WEISSAGUNG UND WOLLPULLOVER

DER STRICKCLUB DER VAMPIRE, BAND 6

NANCY WARREN

Weissagung und Wollpullover, Der Strickclub der Vampire, Band 6

Urheberrecht © 2022 Nancy Warren

Alle Rechte vorbehalten.

ISBN: Ebook 978-1-990210-66-2

ISBN: Druckausgabe 978-1-990210-67-9

Cover-Gestaltung von Lou Harper von Cover Affair.

Übersetzung: Christine L. Weiting – Language + Literary Translations, LLC.

Ambleside Publishing

VORWORT

Band 6 – Weissagung und Wollpullover: Ein paranormaler Cosy-Krimi

~

Was passiert, wenn die Wahrsagerin auf dem Dorffest in
Wirklichkeit eine Hexe ist?
Und wenn alle ihre Weissagungen in Erfüllung gehen, sogar,
als sie einen Todesfall prophezeit ...

Als ihre Großcousine Violet beschließt, bei dem alljährlichen
Sommerfest in Moreton-Under-Wychwood als Wahrsagerin
aufzutreten, freut sich Lucy Swift darauf, an dem Samstag als
deren Assistentin dabei sein zu können. Doch der Spaß hat
ein Ende, als jemand ermordet wird und die Dorfbewohner
Violet die Schuld daran geben, weil sie den Todesfall vorausgesagt hat.

Um sie zu retten, müssen Lucy und ihr Trupp untoter Amateurdetektive herausfinden, was in dem hübschen Dorf in den Cotswolds wirklich vor sich geht. Was gäbe es da Besseres, als Strickunterricht anzubieten? Es muss ja niemand wissen, dass die Stricklehrerin ein Vampir ist.

Doch das Aufdecken finsterer Geheimnisse unter der hübschen Oberfläche des romantischen Dörfchens bringt Lucy und alle, die sie liebt, in große Gefahr.

Weissagung und Wollpullover kann als eigenständiger Krimi dieser Bestsellerserie gelesen werden. Diese Geschichte ohne Gewalt und Blutvergießen ist ein schöner, jugendfreier Krimi mit einer wahnsinnig klugen Katze und verwickelten Strickereien, der für viel Lesespaß und einige Lacher sorgt.

Gratis bekommen Sie die Vorgeschichte Rafes, des atemberaubend attraktiven Vampirs aus der Serie *Der Strickclub der Vampire*, wenn Sie Nancys spamfreien Newsletter hier abonnieren: NancyWarrenAuthor.com

Treten Sie Nancys privater Facebook-Gruppe bei, wo es um Bücher, Stricken, Haustiere und das Leben geht: facebook.com/groups/NancyWarrenKnitwits

WEISSAGUNG UND WOLLPULLOVER

KAPITEL 1

öhepunkt der gesellschaftlichen Ereignisse von Moreton-Under-Wychwood, einem kleinen Dorf in den Cotswolds, war das Dorffest – zumindest für die meisten Dorfbewohner. Für den Hexenzirkel hatten natürlich die Sonnwendfeiern bei den nahe gelegenen „Stehenden Steinen" Vorrang.

Zum Dorffest kamen die Einheimischen, sowie Familien und Kirmesfans aus dem ganzen Umland. Da ich noch nie auf einer Dorfkirmes gewesen war, war ich begeistert, als meine Großcousine Violet mir vorschlug, sie zu begleiten.

„Ich trete als Wahrsagerin auf, da brauche ich jemanden, der das Eintrittsgeld kassiert und die Leute hereinführt." Grinsend warf sie sich das schwarze Haar über die Schulter, so dass die bunten Strähnen in Lila und Pink wie ein Banner flatterten. „Zur Abwechslung kannst du dann mal *meine* Aushilfe sein."

„Verdienst du viel als Wahrsagerin?"

„Ich weiß nicht. Ich habe es noch nie gemacht. Bisher war immer Madame Tatania die Wahrsagerin. In Wirklichkeit heißt sie Elsie Thompkins und ihr Mann betreibt im Ort ein Pub. Aber Elsie ist zu ihrer Tochter nach Dublin gefahren, die ein Baby bekommt. Deswegen wird eine neue Wahrsagerin gebraucht."

„Das macht bestimmt Spaß! Hast du überhaupt Erfahrung damit?"

Violet hob die Brauen und stemmte ihre Hände in die Hüften. „Lucy, ich bin eine Hexe. Ich denke, das ist Qualifikation genug. Du wirst dir einiges von mir abgucken können." Vi hatte die nervige Angewohnheit, mir immer unter die Nase zu reiben, dass sie die Hexenkunst schon länger praktizierte als ich. Dabei war mir allerdings nicht ganz klar, wie sie nach der Katastrophe mit den Liebestränken im Februar noch die Stirn haben konnte, mir gegenüber die Überhexe zu spielen.

Aber ich hatte meine Freude daran, das Umland von Oxford, wo ich meinen Laden hatte, besser kennen zu lernen, und es würde sicher Spaß machen, den Samstag auf einem Dorffest zu verbringen. Da ich meinen Strickladen, Cardinal Woolsey's, nicht einfach zumachen konnte, fragte ich Violet, ob sie eine Idee hätte, wie ich an eine Aushilfe kommen könnte. Mit Verkäuferinnen hatte ich schon einige Male Pech gehabt. Sie hatten sich entweder als Mörderinnen oder seelenfressende Dämonen entpuppt oder gekündigt. Eigentlich hielt ich mich nicht für eine schlechte Arbeitgeberin, aber anscheinend suchte ich mir nie die richtigen Leute aus.

Dasselbe Problem hatte ich mit den Männern in meinem Leben. Zumindest mit den sterblichen. Rafe Crosyer, der fünfhundertjährige Vampir, würde für immer da sein. Wortwörtlich. Das Problem in unserer Beziehung war, dass ich nicht unsterblich war. Es war zwar eine romantische Vorstellung, mich von ihm in einen Vampir verwandeln zu lassen, damit wir für immer zusammenleben könnten, aber in Wirklichkeit, das wusste ich aus meiner tagtäglichen Erfahrung, war das Unsterblichsein gar nicht so aufregend, wie man vielleicht denkt. Die Sterblichen, die den Vampiren etwas bedeuteten, mussten irgendwann sterben. Als Vampir konnte man nicht zu lange an einem Ort leben, weil man nicht alterte und somit den Menschen verdächtig geworden wäre. Also musste man nach etwa einer Generation umziehen.

Das größte Problem erschien mir jedoch die Langeweile zu sein. Die Vampire, die in den Tunneln unter meinem Laden in Oxford lebten, hatten alle mehr Geld, als sie jemals würden ausgeben können – Einstein hatte recht mit der Macht der Zeit und dem Zinseszins. Sie hatten so ziemlich alles gesehen und getan, und dank der Blutbanken und der modernen Technologie brauchten sie auch nicht mehr auf die Jagd zu gehen.

Sie waren reich, stark und gelangweilt. Und, was Rafe anging, war er außerdem herrisch und ein Kontrollfreak. Ich wusste, dass er es gut meinte und sich um meine Sicherheit sorgte, aber ich war nun einmal eine unabhängige Frau aus der heutigen Zeit. In seiner Jugendzeit hatten Frauen als das Eigentum ihrer Männer gegolten. Er versuchte, mit der Zeit zu gehen, aber wir gerieten öfter aneinander, als mir lieb war.

Doch obwohl mir das alles bewusst war, fühlte ich mich unglaublich zu Rafe hingezogen. Er war hinreißend, sexy und intelligent. Dass er ein kontrollsüchtiger Besserwisser war, wäre nicht so schlimm gewesen, wenn er nicht tatsächlich so gut wie alles gewusst hätte. Wenigstens war ich ihm in Sachen moderner Kultur überlegen, und wir hatten mit am meisten Spaß, wenn wir uns Filme ansahen, für die er sich vorher nie interessiert hatte, weil er dafür zu versnobt war.

Da Violet eigentlich in meinem Laden als Verkäuferin angestellt war, erschien es mir nur gerecht, dass sie sich für den Samstag eine Vertretung überlegen sollte. Zumal sie ja auch noch vorhatte, mich selbst aus dem Laden wegzuholen. Sie zog ihre Nase kraus und überlegte. „Wie wäre es mit Alice? Glaubst du nicht, dass sie uns einen Gefallen schuldet, nachdem wir Charlie dazu gebracht haben, sich in sie zu verlieben?"

Kaum zu glauben, dass Violet meinte, Alice wäre uns etwas schuldig, nachdem ihr Geliebter fast wegen Mordes im Gefängnis gelandet wäre. Aber Alice war so nett, dass sie es vielleicht tatsächlich tun würde, wenn sie nicht schon am Samstag in der Buchhandlung gegenüber arbeiten müsste.

„Ich muss wirklich eine richtige Verkäuferin einstellen." Wir blickten beide zum Schaufenster, an das ich einen Zettel mit der Aufschrift „Aushilfe gesucht" geklebt hatte. Ich hatte das Papier laminieren lassen, weil ich es schon ziemlich oft ans Fenster gehängt hatte.

Auch im Lebensmittelladen in der Nähe hatte ich einen Aushang gemacht, aber bis jetzt hatte sich niemand gemeldet. Das Problem – wie ich langsam begriff – war, dass ein warmes, gemütliches Wollgeschäft in Oxford zwar bei kaltem Wetter ein wunderbarer Arbeitsplatz war, aber in der warmen Jahreszeit viel weniger interessant. Wenn ich durch Oxford spazierte, die Sonne auf meinem Gesicht spürte, und die blühenden Blumen sah, die die Luft mit ihrem Duft erfüllten, hatte ich gar nicht mehr so viel Lust, den ganzen Tag zwischen all den Wollsachen eingesperrt zu sein. Wahrscheinlich ging es den meisten Menschen, die einen Teilzeitjob bei Cardinal Woolsey's in Betracht gezogen hätten, genauso.

Eine zuverlässige Aushilfe musste ich jedoch finden, und zwar bald.

In diesem Moment hörte ich Geräusche im Hinterzimmer meines Ladens, anscheinend bekamen wir Besuch. Und tatsächlich betraten, nachdem sie erst heimlich durch den Vorhang gelugt hatten, zwei meiner Lieblingsvampire, Sylvia und meine Großmutter, den Laden.

Sylvia strahlte uns an. „Wir waren gerade dabei, uns bettfertig zu machen, und dachten, wir könnten vorher noch ein bisschen stricken. Ich habe überhaupt kein lila Kaschmirgarn mehr."

Granny kam hinter ihr herein. „Und ich habe mir überlegt, dass ich dir eine schöne Spitzentischdecke häkeln könnte, Lucy. Die würde sich auf dem Esstisch im Obergeschoss gut machen."

Ich traute meinen Ohren nicht. „Du willst eine Tischdecke häkeln? Dauert so etwas nicht ewig?" Sobald mir die Worte herausgerutscht waren, hätte ich mir auf die Zunge beißen können. Sie seufzte und sagte: „Das will ich hoffen."

Oje. Ich beeilte mich, meinen Fehler vergessen zu machen, und sagte: „Dieses ecrufarbene Baumwollgarn ist neu. Das würde sicher nach antiker Spitze aussehen."

Sie strahlte sofort. Über neue Produkte in ihrem früheren Laden hielt Granny sich immer gern auf dem Laufenden. „Es ist wunderschön, Liebes." Sie nahm ein Knäuel in die Hand und besah es sich von allen Seiten. „Wer ist der Lieferant?" Dann mussten wir natürlich Verkaufszahlen und die aktuellen Lagerbestände besprechen. Es war schön, mit der früheren Ladenbesitzerin über das Geschäft reden zu können.

Ich seufzte. „Mein größtes Problem ist im Moment, dass ich eine Aushilfe brauche. Violet möchte, dass ich am Samstag zum Dorffest in Moreton-Under-Wychwood mitgehe, aber ich glaube nicht, dass das klappt. Ich habe niemanden, der Cardinal Woolsey's für mich hüten kann."

Granny und Sylvia sahen sich an. „Wir machen das."

Ich versuchte, Sylvia einen telepathischen Notruf zu senden. Granny durfte sich in der Öffentlichkeit nicht blicken lassen. Sie vergaß immer wieder, dass viele der Leute, die hier einkauften, früher ihre Kunden gewesen waren. Und Granny hier lebend vorzufinden, nachdem sie bei ihrer Beerdigung geweint hatten, wäre nicht gerade förderlich für das Geschäft.

Sylvia verstand mein Dilemma sofort und sagte: „Aber, Agnes, hast du vergessen, dass du dieses Wochenende nach Dublin fährst? Mit Mabel."

Grannys Stirn legte sich vor Verwunderung in Falten. „Dublin? Hätte ich das wissen müssen?"

Dass Granny ein wenig vergesslich sein konnte, nutzte Sylvia schamlos aus. „Natürlich weißt du das. Du triffst dich mit Mary und Sheila, den reizenden Damen, die wir bei unserem letzten Besuch dort kennen gelernt haben."

An mich und Violet gerichtet, fügte sie hinzu: „Mary besitzt ein schönes altes Herrenhaus auf dem Lande, etwa eine Stunde von Dublin entfernt. Agnes und Mabel werden dort das ganze Wochenende mit Handarbeiten verbringen." Als meine Großmutter immer noch verwirrt dreinschaute, sagte sie: „Agnes, warum nimmst du dir nicht ein bisschen von dieser schönen Baumwolle mit und zeigst allen, wie man

Spitzen häkelt? Ich wette, dass einige von ihnen gar nicht wissen, wie das geht."

Grannys Gesicht hellte sich sofort auf. „Das ist eine gute Idee. Das Unterrichten fehlt mir richtig."

Als sie alles Notwendige zusammenhatten, kam Sylvia zu mir und flüsterte: „Jetzt muss ich zusehen, wie ich ein Handarbeitswochenende in Dublin organisiert bekomme. Und Mabel dazu bringen, dass sie sie begleitet."

Ich dankte ihr, ebenfalls im Flüsterton. Dann sagte sie: „Warum bittest du nicht Clara, an deiner Stelle im Laden zu bleiben? Sie ist sehr tüchtig. Wenn sie am Abend vorher ein Nickerchen macht, sollte sie den Tag eigentlich gut überstehen."

Mit gefiel die Idee, aber ich hatte trotzdem das Gefühl, dass ich eine richtige Verkäuferin brauchte. Eine, die nicht den ganzen Tag lang gähnen würde.

Selbst die schwarze Katze Nyx, mein Begleittier, faulenzte nicht mehr so oft im Schaufenster wie in der kalten Jahreszeit. Nachts ging sie durch ein offenes Fenster ein und aus, und wenn ich am nächsten Morgen aufstand, war sie oft noch nicht wieder nach Hause gekommen. Sie kam zurück, wenn ihr danach war, und wenn ihr langweilig war oder sie sich einsam fühlte, hörte ich sie durch die Tür miauen, die vom Laden zu meiner Wohnung im Obergeschoss führte.

Wenn ich sie hereinließ, gähnte sie, drehte eine Kontrollrunde im Laden, um sicherzugehen, dass sich während ihrer Abwesenheit keine Mäuse eingeschlichen hatten, um dann, nach getaner Arbeit, in das vordere Schaufenster zu springen und sich in der Sonne zusammenzurollen.

Da ich selbst etwas Sonne und frische Luft brauchte, ging ich über die Straße und dann den Block entlang zu Frogg's

Books, in der Hoffnung, Alice für den Samstag zum Hüten des Ladens überreden zu können. Sie war eine ausgezeichnete Strickerin und hatte einige Anfängerkurse gegeben. Kaum hatte ich einen Moment Zeit gehabt, die warme Sonne auf meinem Gesicht und meinen bloßen Armen zu spüren, sah ich Scarlett Baker und ihre Freundin Polly auf mich zukommen. Sie waren beide Studentinnen am Cardinal College, das in derselben Straße lag wie mein Laden. Wir hatten uns während eines Theaterprojekts zur Aufführung von „Ein Sommernachtstraum" angefreundet. Das Projekt war eine Katastrophe gewesen, aber das hatte uns überraschenderweise zusammengeschweißt.

Die beiden winkten mir zu und Scarlett rief: „Lucy! Du willst doch nicht etwa weg? Wir wollten gerade zu dir."

Ich blieb mitten auf dem Bürgersteig stehen und wartete, bis sie mich erreicht hatten. Polly sagte: „Wir wollten in deinen Laden. Scarlett bringt mir nämlich Stricken bei. Ich versuche, mit dem Rauchen aufzuhören, und brauche Beschäftigung für meine Hände."

Scarlett sah sie liebevoll an. „Das Nichtrauchen macht sie außerdem unleidlich, und ich hoffe, dass das Stricken eine beruhigende Wirkung auf sie hat."

Ich freute mich natürlich sehr, dass Polly das Rauchen aufgab, aber noch mehr freute ich mich, dass Scarlett stricken konnte. „Warum hast du mir eigentlich nie gesagt, dass du stricken kannst?"

Sie schüttelte den Kopf. „Wir waren so sehr mit dem Theaterstück beschäftigt, dass ich nie wirklich daran gedacht habe. Ich stricke seit meiner Kindheit. Erst als Polly verzweifelt nach einer anderen Beschäftigung für ihre Hände suchte ..."

„Anstatt immer nur Bonbon- und Chipstüten aufzureißen", warf Polly ein. „Ich hatte so zugenommen."

„Da fiel mir das Stricken ein. Polly macht es Spaß, und es ist etwas, das wir während langweiliger Vorlesungen oder vor dem Fernseher gemeinsam tun können."

Natürlich freute ich mich immer, wenn mehr Kunden in mein Geschäft kamen, aber noch mehr freute ich mich über die Aussicht, dass eine Studentin einer Oxforder Universität vielleicht an einem Teilzeitjob interessiert sein könnte. Ich fragte Scarlett sofort, ob sie bei mir arbeiten wollte, und erklärte ihr, dass ich eine zweite Kraft vor allem für die Samstage und ab und zu, nach Vereinbarung, für eine Zusatzschicht benötigte.

Sie sahen sich an und mussten lachen. „Ich suche ja gerade einen Teilzeitjob. Polly sagte mir, ich sollte dich fragen, aber ich habe mich nicht getraut."

Jetzt war ich diejenige, die lachen musste. „Perfekt. Du bist eingestellt."

„Das ist alles? Das ist das ganze Vorstellungsgespräch?"

Jetzt, wo sie es sagte, fiel mir auf, dass ich als Arbeitgeberin wirklich etwas zu locker war. Kein Wunder, dass ich ständig meine Verkäuferinnen verlor. Scarlett war eine Schauspielerin, die gerne Theater spielte, aber ich wusste auch, dass sie fröhlich und hübsch war und gut mit Menschen umgehen konnte.

Wenn man mit jemandem gemeinsam etwas Schreckliches erlebt, lernt man ihn kennen, und Scarlett war ein guter Mensch. „Versuchen wir es und sehen wir, wie es läuft. Vielleicht könntest du Samstag in einer Woche beginnen? Wenn du ein bisschen früher kommst, erkläre ich dir, wie die Kasse funktioniert und so."

„Das ist fantastisch", sagten sie beide wie aus einem Munde.

Ich konnte kaum glauben, wie einfach das gewesen war. Ich fühlte mich so großmütig, dass ich sagte, ich würde ihnen als Bonus bei Vertragsabschluss den Mitarbeiterrabatt auf all ihre Einkäufe gewähren.

Damit war das Problem für diesen Samstag zwar noch nicht gelöst, aber ich war mir ziemlich sicher, dass Mabel und Clara einspringen würden, sodass ich an dem einen Tag, an dem ich auf dem Dorffest war, eine Vertretung hätte.

Es war ja schließlich nur ein Tag. Wie viel Schaden würden zwei Vampirinnen an einem Tag schon anrichten? Solange sie nur gut genährt wären ...

KAPITEL 2

$\mathcal{A}$ls ich Cardinal Woolsey's und die darüberliegende Wohnung von meiner Großmutter erbte, hatte ich auch – ein bisschen skeptisch – ihren winzigen Ford übernommen. Autofahren hatte ich in den USA gelernt, wo ich aufgewachsen war, aber mit der Zeit fiel es mir immer leichter, solange ich meine Gedanken nicht abschweifen ließ, auf der *falschen* Straßenseite zu fahren. An jenem Samstagmorgen Anfang Juni fuhr ich vorsichtig von Oxford nach Moreton-Under-Wychwood, eine kleine Ortschaft, die etwa zehn Meilen entfernt lag. Ich fuhr das winzige alte Auto auf den Parkplatz des „Pig and Plough"-Pubs, der den Kirmesbesuchern für diesen Tag zur Verfügung stand. Glücklicherweise war das Wetter der Veranstaltung gnädig. Die Sonne schien und es standen gerade so viele Wolken am Himmel, dass sie dem Ort die richtige Atmosphäre verliehen.

Der Dorfanger war normalerweise nichts weiter als eine große runde Wiese, durch die ein Bach floss. Außer ein paar uralten Bäumen, einem größtenteils leeren Schwarzen Brett und ein paar Bänken gab es dort nicht viel. Allerdings war die Ortschaft um diesen Dorfanger herum gewachsen. Die Kirche, die im Mittelalter erbaut wurde, befand sich direkt auf der anderen Straßenseite, zusammen mit dem ebenso alten Friedhof. Die Wiese war von Cottages und Häusern aus honigfarbenem Cotswold-Stein gesäumt. Sie stammten aus verschiedenen Epochen, die modernsten wohl aus viktorianischer Zeit. Es gab dort ein Pub, an dem ich soeben geparkt hatte, ein Café, ein Postamt und einen Coop-Lebensmittelladen. Heute war die Dorfwiese voller Zelte und Menschen, Spielbuden und Imbisswagen und Kinder, die lachend umherrannten.

Wann immer möglich, trug ich handgestrickte Pullover, um für Cardinal Woolsey's zu werben. Es machte mir Spaß, als wandelndes Aushängeschild für meinen Laden unterwegs zu sein, aber heute war es so warm, dass ich den Gedanken an einen dicken Pullover nicht ertragen konnte. Daher hatte ich ein schwarzes T-Shirt angezogen und trug einen weißen Kaschmir-Pashmina-Schal darüber. Für die Assistentin einer Hellseherin, meinte ich, würde ein Schal sicher glamouröser wirken als eine Strickjacke.

Ich kam an einem Stand vorbei, an dem Wimpel mit dem britischen Flaggenmuster hingen und köstlich duftende Pasteten verkauft wurden. An einem anderen bekamen Kinder das Gesicht bemalt und an einer Bude musste man Kegel mit Bällen umwerfen, um einen Preis zu gewinnen. Gegenüber sah ich, wie ein Puppentheater aufgebaut wurde.

Ich ging über die alte Holzbrücke, die den kleinen Bach überquerte. Dort stand eine alte Pumpe mit einem Schild, auf dem stand, dass hier früher das ganze Dorf sein Wasser holte. Diese kleinen Einblicke in die Geschichte habe ich immer geliebt.

Die Zelte waren alle gleich, weiß mit roten Streifen, was die fröhliche Stimmung noch verstärkte. Ich beschloss, eine komplette Runde zu drehen und mir alle Buden anzusehen, bevor ich meine Schicht bei Violet antrat, die mit ziemlicher Sicherheit eine strenge Lehrerin sein würde.

Eine Band spielte sich gerade warm. Zumindest hoffte ich, dass die schrägen Klänge nichts anderes wären als Vorübungen. Die Band stand an dem einen Ende des Dorfangers, neben dem Platz, wo ein Bogenschießverein seinen Stand aufgebaut hatte. Ich hatte selbst früher im Ferienlager Bogenschießen gelernt und dachte, ich könnte es ja auch einmal versuchen, falls ich eine Pause hätte.

Ich ging an einer Antiquitäten-Bude vorbei, die ich eher als Flohmarktstand bezeichnet hätte. Es gab dort allerlei Gerümpel: kleinere Möbelstücke, Vasen, Bilder, ein altes Grammophon, Bücher, alte Schallplatten, eine Vitrine mit Kostümschmuck, Uhren, alte Pfeifen und andere Sachen. Was mir auffiel, oder besser gesagt, regelrecht ins Auge sprang, war eine Lampe. Und zwar keine gewöhnliche. Als Sockel diente ein rosafarbener Keramikpudel mit einem schlecht gemalten Gesicht und einer zerfledderten grünen Schleife um den Hals. Der Lampenschirm war ebenfalls rosa und am Rand mit rosa Plastikrosen besetzt. Es war zweifellos der hässlichste Gegenstand, den ich je gesehen hatte.

Eine Frau um die fünfzig mit weichem, rotem Haar, in einer blauen, weiß gepunkteten Bluse und einer weißen Hose, kam auf uns zu. „Die spricht Bände, nicht wahr?"

„Mir fehlen die Worte."

„Wir haben offiziell noch nicht geöffnet, aber ich kann Ihnen dieses Stück gern zurücklegen, wenn Sie möchten."

Ich wich zurück. „Nein. Ist schon in Ordnung. Ein solch

großartiges Teil möchte ich niemandem vor der Nase wegschnappen."

Ich drehte mich um und bahnte mir meinen Weg vorbei an einer Sammlung alter Hocker und Kaminzubehör, als ich hörte, wie eine Männerstimme meinen Namen rief.

Ich blickte auf und lächelte, als ich Liam sah. Auch er studierte am Cardinal College und im „Sommernachtstraum" hatte er den Puck gespielt. So wie die Mitglieder eines Geheimbundes sich an einem besonderen Ring erkennen, hatten wir uns an unseren Besonderheiten erkannt.

„Liam, schön, dich zu sehen. Wohnst du hier in der Nähe?"

„Meine Familie stammt aus Irland, aber ich habe Verwandtschaft hier." Seine Augen funkelten mich verschmitzt an. „So wie du, nehme ich an."

Sicher, meine Großcousine Violet und meine Großtante Lavinia wohnten hier, und auch Margaret Twig, die zwar manchmal als meine Mentorin auftrat, mich aber auch oft als Rivalin auszutricksen versuchte, wohnte nicht allzu weit entfernt.

„Ich habe dich bei der letzten Buffet-Party des Hexenzirkels vermisst."

Ich erschauderte. „Nach dem Desaster mit dem Liebestrank habe ich mich nicht mehr dorthin getraut. Außerdem werde ich mich immer als Außenseiterin fühlen, solange ich meine Hexenkunst nicht besser beherrsche."

Er begann zu glucksen. „Du bist ziemlich berühmt, weißt du. Ich wünschte, ich wäre dabei gewesen, als du den obersten Stehenden Stein hast durch die Luft fliegen lassen."

Ich erschauderte erneut. „Erinnere mich nicht daran. Es war demütigend."

Seine Augen verloren ihr böses Funkeln und wurden ernst. „Es war auch unglaublich stark. Du musst dich auf das Erlernen deiner Kunst konzentrieren, um unser aller willen! Man kann ja nie wissen, wann wir einmal jemanden mit deiner Macht brauchen, um uns zu verteidigen und zu beschützen."

„Aber ihr habt doch Margaret Twig", sagte ich. Ich mochte die Frau zwar nicht, aber ihre Macht konnte niemand leugnen.

Da sagte er etwas, das ich schon öfters gehört hatte. „Du bist eine mächtigere Hexe, als Margaret Twig es je sein wird. Deshalb fühlt sie sich von dir bedroht."

Sehr ernst versicherte ich ihm, dass ich nicht auf einen Machtkampf mit Margaret Twig aus war. Sie konnte gern Vorsteherin unseres Hexenzirkels bleiben. Sehr gern. Ich wollte genauso wenig Oberhexe sein, wie ich überhaupt eine Hexe sein wollte. Schließlich habe ich mir das ja alles nicht aussuchen können.

Er hielt einen Kleidersack über dem Arm, und ich fragte ihn: „Trittst du hier auf?"

„Ich lasse keine Gelegenheit aus, mich lächerlich zu machen. Ich werde eine Zaubershow veranstalten."

Da hob ich die Brauen. Ich bin vielleicht nicht die Oberhexe, aber ich wusste, dass es bei uns verpönt ist, unsere Geheimnisse mit Menschen aus der normalen Welt zu teilen. Als er meinen Gesichtsausdruck sah, lachte er. „Keine Sorge, alle Tricks, die ich vorführe, kannst du aus einem Buch oder heutzutage aus dem Internet lernen."

„Ach, wirklich?"

„Du wärst erstaunt, was du auf YouTube alles finden kannst. Aber ich weiß genau, dass jeder, der zu viel preisgibt,

seinen Kanal auf mysteriöse Weise ‚abgeschaltet' bekommt."
Das „abgeschaltet" setzte er mit den Fingern in der Luft in
Anführungszeichen. Ich fragte mich, ob es zu seinen Lebens-
aufgaben gehörte, diejenigen im Auge zu behalten, die zu viel
von sich preisgaben. Mir ging der Gedanke durch den Kopf,
dass es wohl eine Art inoffizielle Polizei geben musste, eine
Art Amt für Zaubervorschriften.

Ich sagte, ich würde versuchen, mir seine Vorführung
anzuschauen. Als er mich fragte, wohin ich gehen würde,
berichtete ich vom Stand der Wahrsagerin.

Verwirrt sah er mich an. „Ich dachte, Madame Tatania sei
wieder in meiner Heimatstadt. Sie wird wieder Großmutter.
Ich habe gehört, dass sie dieses Jahr hier nicht als Wahrsagerin auftritt."

„Das tut sie auch nicht. Meine Großcousine Violet springt
für sie ein."

Er warf mir einen seltsamen Blick zu. „Deine Großcousine Violet? Hier?"

„Ja. Zelt Nummer zweiunddreißig. Da will ich jetzt hin.
Kennst du Violet?"

„Wir sind uns begegnet." An der betont flapsigen Art, wie
er die Worte hinwarf, erkannte ich sofort, das mehr dahinter-
steckte. Da er jedoch ein Mann war, und nicht mit mir
verwandt, würde er mir wohl kaum mehr sagen. Ich musste
Vi fragen.

Als ich ihn fragte, ob er mitkommen und Violet Hallo
sagen wolle, lehnte er mein Angebot glattweg ab, was mich in
dem Verdacht bestärkte, dass er mir etwas verschwieg.

Und wie jede normale Hexe habe ich meinen Spaß an
einer guten Klatschgeschichte.

VIOLETS ZELT FAND ICH PROBLEMLOS. Sie hatte es mit Tüchern und Glöckchen und ein paar baumelnden Kristallen geschmückt, und Theodore, einer der strickenden Vampire, der auch ein talentierter Kulissenmaler war, hatte ihr ein Banner aus Seide angefertigt. Es war ein Prachtstück aus dunkelvioletter Seide, verziert mit goldener Farbe und künstlichen Edelsteinen, die im Sonnenlicht glitzerten.

Als ich das Zelt betrat, stellte ich fest, dass meine Großcousine ihre heutige Berufung wahrhaftig ernstnahm. Ihre Augen waren stark geschminkt, so dunkel umrahmt wirkten sie riesig. Sie trug einen rot-goldenen Seidenturban und dicke goldene Kreolenohrringe. Ihr Kleid war eigentlich ein seidener Morgenmantel, den sie sich von Alfred geliehen hatte, einem der Vampire, der eine Vorliebe für farbenfrohe Loungewear hatte.

Sie war gerade dabei, einen runden Terrassentisch mit einer Spitzendecke zu bedecken.

„Was hältst du von meiner Kristallkugel?", fragte sie mich gleich nach der Begrüßung.

Ich wäre nie auf die Idee gekommen, dass das eine Kristallkugel hätte sein sollen. „Sie sieht aus wie ein umgedrehtes Goldfischglas über einem Teelicht."

Violet verdrehte die Augen. „Lucy, ein bisschen Fantasie!"

„Vielleicht wenn du ein Tuch darüberlegst?" Meiner Meinung nach wäre sogar ein interessanter Briefbeschwerer aus Glas besser gewesen.

Violet kramte in einer Stofftasche und fand darin einen zerknitterten weißen Seidenschal. „Ich dachte, Madame Tatania würde mir ihre Kristallkugel leihen, aber sie ist scheinbar sehr eigen mit ihren Sachen. Sie sagt, die Kugel sei seit Generationen im Besitz ihrer Familie und ich könnte ihre Kraft verwässern. Ganz ehrlich, was ist bloß mit den Sterblichen los? Sie lesen ein paar Horoskope und legen ein paar Tarotkarten, und plötzlich sind sie überzeugt, sie hätten Zauberkräfte. Ich hätte ihr zeigen können, wie echte Zauberkraft aussieht." Bei meinem erschrockenen Keuchen verzog sie die blutroten Lippen zu einem Lächeln. „Keine Sorge. Ich habe nur ihren Koffer ein wenig durcheinandergebracht."

Als wir das Goldfischglas mit dem Schal geschmückt hatten, sah es gar nicht so schlecht aus. Dann sah Violet mich an und schüttelte den Kopf. „Du solltest auch kostümiert sein."

„Ich fand, dass der Pashminaschal mir einen glamourösen Touch verleiht."

„Nicht glamourös genug für die Assistentin von Madame Violetta." Violet kramte wieder in der Tasche und zog einen blau-golden gemusterten Schal heraus, den sie mir im Piratenstil um den Kopf band. Sie legte den Kopf zur Seite. „Warte, ich glaube, ich habe noch ein Paar goldene Kreolenohrringe. Ich war mir nicht sicher, welche Größe ich wollte, also habe ich beide mitgebracht." Die goldenen Ohrringe, die sie anhatte, waren riesig. Ich fragte mich, wie die Ersatzohrringe wohl aussahen, aber wie sich herausstellte, waren sie kleiner. Eher so wie der Umfang einer Klopapierrolle, während man die von Violet wohl auch als Hamsterrad hätte benutzen können.

Nachdem ich die Ohrringe angelegt und Vi mir ein oder zwei Pfund Make-up ins Gesicht geschmiert hatte, was mir dramatisch bemalte Augen und sehr, sehr rote Lippen bescherte, trat sie zurück und musterte mich kritisch. „Das muss reichen."

Meine Aufgabe war es, vor dem Zelt zu stehen, die Namen der Leute auf eine Liste zu schreiben, den Eintritt zu kassieren und sie hereinzubringen, wenn Madame Violetta bereit war, sie zu empfangen. Eigentlich ein Kinderspiel. Das würde ich wohl kaum vermasseln können.

Obwohl die Kirmes erst in einer halben Stunde losgehen sollte, kamen bereits Autos an, aus denen Familien und aufgeregte Kinder jeden Alters auf das Gelände strömten.

Vor dem Zelt stand ein zweiter, kleinerer Terrassentisch, auf dem zum Erstellen der Listen ein Block Papier und ein Stift bereitlagen. Es stand dort sogar ein Plastikstuhl, auf den ich mich setzen konnte, und ich bekam eine verschließbare Geldkasse aus Metall. Der gesamte Erlös des Festes war für ein Projekt zur Instandhaltung des Glockenturms der alten Kirche bestimmt.

Violet zog sich ins Zelt zurück, während ich eine Vorlage für den Zeitplan erstellte, wo ich die Uhrzeiten eintrug, mit einem leeren Feld für den Namen dahinter. Violet war der Meinung, dass sie jede Sitzung in zehn Minuten abschließen könnte, also plante ich für jeden Besucher zwölf Minuten ein, um etwas Spielraum zu lassen. Während ich dies tat, kam eine sehr dienstfertig wirkende Frau auf mich zu. Nachdem sie einen prüfenden Blick auf ihr Klemmbrett geworfen hatte, sah sie mich an. „Zelt Nummer zweiunddreißig? Wahrsagerin Violetta?" Ich nickte und zeigte auf Theodores Schild.

Die Frau blickte nach oben und schnaubte. „Ein bisschen übertrieben, oder?"

Sie war mir sofort unsympathisch. Mit ihrer spitzen Nase und dem humorlos verkniffenen Mund sah sie so sauertöpfisch aus, als würde sie die Zitronen, mit denen das Leben sie scheinbar ausgiebig bedachte, auslutschen, statt Limonade daraus zu machen. Sie trug einen knallrosa Sonnenhut mit Plastikblumen darauf, ein gelbes T-Shirt und einen geblümten Baumwollrock – und da meinte sie, unser Schild wäre übertrieben? Dennoch schenkte ich der Frau mein schönstes Lächeln, denn dem Anstecker an ihrem T-Shirt entnahm ich, dass sie Hilary Beaumont, die Koordinatorin des Festes, war. „Nun, es ist alles für einen guten Zweck, nicht wahr?"

Daraufhin schnaubte sie noch einmal und ging weiter.

Als das Fest um elf Uhr eröffnet wurde, hatten wir bereits zwei Kundinnen, die sich für Madame Violetta angemeldet hatten. Sie waren offensichtlich Freundinnen und schienen Anfang dreißig zu sein. Die Rothaarige sagte: „Ich war letztes Jahr hier, und sie war so super, die Wahrsagerin. Sie sagte, ich würde einen Jungen bekommen, und so war es auch. Der kleine Justin." Mit einer Geste deutete sie den Umfang ihres damaligen Schwangerschaftsbauches an und sagte: „Ich war schon so weit und alle sagten, es würde ein Mädchen, aber Madame Tatania hat es gewusst."

Ich nahm an, dass Madame Tatania damit gerechnet hatte, mit fünfzigprozentiger Wahrscheinlichkeit richtig zu liegen, aber ich sagte nur: „Leider ist Madame Tatania dieses Jahr nicht hier. Wir freuen uns sehr, stattdessen Madame Violetta bei uns zu haben."

Die Frau wirkte enttäuscht. „Oh, ist sie denn auch so gut?"

„Ich habe gehört, sie soll ausgezeichnet sein." Das war keine Lüge. Ich hatte es von Madame Violetta selbst gehört. Aus den Tiefen des Zeltes ertönte eine dunkle Frauenstimme, die klang, als käme sie von einer Mischung aus einem stark rauchenden Franzosen, einer russischen Gräfin und einem Mädchen aus Jersey. „Lassen Sie die erste Person eintreten."

Ich forderte die Mutter des kleinen Justin auf, einzutreten. Ihre Freundin sagte: „Ist das nicht aufregend? Die Zukunft vorhersagen zu können? Ich gehe diese Woche mit zwei Männern aus. Hoffentlich sagt sie mir, dass einer von ihnen der Mann meines Lebens ist."

„Das hoffe ich auch."

Zehn Minuten vergingen, und die Mutter des kleinen Justin kam tränenüberströmt herausgerannt. Erschrocken blickte ihre Freundin sie an. „Jeannie, was ist denn los?"

Diese gab der Freundin nur ein Zeichen, sie solle mitkommen, und rannte von der Dorfwiese weg in Richtung der öffentlichen Toiletten. Die Freundin sah mich verwirrt an. „Soll ich ihr hinterherlaufen?"

Madame Violetta rief: „Isch bin bereit firr die nächste Veissagung."

„Warum gehen Sie nicht einfach rein? Ich bin sicher, Ihrer Freundin geht es gut."

Es kamen noch drei Frauen und ich setzte ihre Namen auf die Liste.

Alle waren gut gelaunt, kicherten und tratschten. Da stolperte die zweite Frau aus dem dunklen Zelt und blinzelte, als sie in das helle Sonnenlicht trat, als wäre sie unsicher auf den Beinen. Ich sagte strahlend: „Hat sie Ihnen gesagt, ob einer der beiden der Richtige ist?"

Die Frau sah mich fassungslos an. „Nein. Sie sagte, sie seien beide Loser und ich solle aufhören, meine Zeit mit Online-Dating zu vergeuden. Sie sagt, ich muss an meiner inneren Unsicherheit arbeiten, bevor ich jemandem gefallen kann."

„Das hat sie bestimmt nicht so gemeint ..."

„Ich muss meine Freundin suchen. Ob es wohl noch zu früh ist, ins Pub zu gehen?"

KAPITEL 3

Ich wäre ihr gern hinterhergelaufen, aber da kam ein gut gekleidetes älteres Ehepaar. Sie schienen etwa Ende sechzig zu sein und sahen aus, als seien sie gut situierte Ruheständler. Sie trug ein gelbes Baumwollkleid und einen großen Sonnenhut, er war mit einer beigefarbenen Baumwollhose, einer blauen Strickjacke und einem blau-weiß karierten Hemd bekleidet. „Möchten Sie beide zu Madame Violetta?"

Die Frau lachte. „Nein. Nur ich. Harry hält Hellseherei für Unsinn." Ich nahm ihre zwei Pfund entgegen und führte sie in das Zelt.

Ihr Mann stand herum, als wüsste er nicht recht wohin, während seine Frau beschäftigt war.

Ich wusste ja jetzt schon Einiges über das Stricken. Daher konnte ich sagen: „Das ist aber eine schöne Strickjacke. Hat Ihre Frau die für Sie gestrickt?"

Er drehte sich zu mir um und betrachtete mein Gesicht, als müsse er es später zeichnen. Dann blinzelte er und kicherte. „Wieso sind Sie so sicher, dass ich sie nicht selbst gestrickt habe?"

„Das könnte natürlich sein. Ich kenne viele Männer, die stricken." Einige von ihnen waren sogar untot. Es war ja auch nicht so, dass ich meinte, Stricken sei nur etwas für Frauen, sondern dass mir dieser Mann nicht der Stricktyp zu sein schien.

„In der Tat haben Sie richtig gelegen. Meine Frau ist eine fantastische Strickerin", sagte er nicht ohne Stolz. „Ihr blieb ja auch nichts anderes übrig. Wissen Sie, ich habe sie so oft allein gelassen, als ich noch im Beruf stand. Ich war nämlich Polizeibeamter."

Ich wusste aus meiner kurzen Zeit mit Detective Inspector Ian Chisholm, wie wahr das war. Ich fragte mich, wie überhaupt einer von denen heiraten konnte, wo sie so oft Bereitschaftsdienst hatten. Vielleicht betraf das aber auch nur die von der Kripo. Ich warf einen Blick auf all die fröhlichen Menschen, die hier im Sonnenschein ein Dorffest genossen. Das größte Verbrechen, das heute begangen wurde, würde wahrscheinlich darin bestehen, dass jemand nicht genug Sonnencreme auftrug. „War das hier ihr Bezirk?", fragte ich.

Er schüttelte den Kopf. „Ich war in Oxford stationiert, obwohl ich auch einmal einige Wochen hier an einem Fall gearbeitet habe. Das war wohl auch die Zeit, in der ich mich in diesen Ort verliebt habe." Er runzelte die Stirn. „Obwohl wir den Fall nie gelöst haben." Er wippte auf seinen Fersen, und ich hatte das Gefühl, dass er in die Vergangenheit blickte. „Das war eine unangenehme Angelegenheit. Ein Mord."

„Ein Mord? Hier?"

Seine Augen waren blassgrün, wie eine Stoffserviette, die einmal grasgrün gewesen war, aber dann durch häufiges Waschen einen salbeifarbenen Farbton angenommen hatte. Er wirkte wie jemand, der anderen Befehle gab, und ich vermutete, dass er, was auch immer er im Leben getan hatte, am Ende das Sagen gehabt hatte. Seine Augen blickten weise und ein wenig traurig. „Lassen Sie sich von diesen charmanten englischen Dörfchen nicht täuschen. Sie alle verbergen ihre Geheimnisse. So wie ein lächelndes Gesicht dunkle Gedanken verbergen kann, verbirgt der helle Cotswold-Stein einige schreckliche Taten."

Leider wusste ich, dass er recht hatte. Aber es war ein schöner sonniger Tag, und ich glaubte, dass heute alle gekommen waren, um sich zu amüsieren.

Allerdings lebte meine Großcousine Violet hier. Meine Großtante Lavinia wohnte nicht weit entfernt, und auch Margaret Twig hatte ihr Haus hier in der Nähe. „Wenn der Mörder niemals gefasst wurde, glauben Sie, dass die Menschen, die jetzt hier leben, irgendwie in Gefahr sind?"

Er schüttelte den Kopf. „Eigentlich nicht. Und ich bin ja auch mit meiner Frau hierhergezogen, also halte ich es eindeutig für ein sicheres Dorf. Es war ein merkwürdiger Fall. Grayson Timmins war eine Stütze der Gemeinde gewesen. Keine Schulden, keine Skandale, ein regelmäßiger Kirchgänger. Er wurde in seinem eigenen Haus umgebracht. Es sah aus, als hätte er einen Einbrecher gestört. Man sagte, es sei eine Zufallstat gewesen. Ein Fremder kam ins Dorf, wurde bei einem Einbruch auf frischer Tat ertappt, und tötete den Besitzer, der ihn überrascht hatte."

Das klang für mich plausibel. „Und das haben Sie nicht geglaubt?"

Er warf einen Blick auf das Zelt, aber seine Frau war offensichtlich noch beschäftigt. „Haben Sie manchmal so einen Instinkt? Eine unerklärliche Ahnung?"

Ich nickte, wahrscheinlich heftiger, als er erwartet hätte.

Er lächelte wieder, mit Lachfältchen um die Augen. „Meine Frau hat Ihnen ja gesagt, dass ich nicht an Hellseherei oder so einen Unsinn glaube, und das stimmt auch, aber wenn man lange genug bei der Polizei ist, entwickelt man einen Instinkt. Und mein Instinkt sagte mir, dass dieser Mann nicht von einem zufälligen Einbrecher getötet wurde."

Ein Schatten zog sich über sein Gesicht. „Und Sie dachten, Sie wüssten, wer es getan hat, nicht wahr?"

Sein Körper zuckte überrascht zusammen. „Sie sind eine sehr clevere junge Frau. Ja. Das dachte ich." Er schüttelte den Kopf. „Aber ein Mensch kann nicht gleichzeitig an zwei Orten sein." Er wippte wieder vor und zurück. „Am Ende mussten wir die Ermittlungen abbrechen. Natürlich bleibt der Fall offen. Ich hoffe immer noch, dass eines Tages jemand redet oder dass neue Beweise auftauchen." Er zuckte die Achseln. „In der Zwischenzeit spiele ich Golf, arbeite ein bisschen im Garten und fahre meine Frau regelmäßig nach Yorkshire, um die Enkelkinder zu besuchen, und auch ihre Mutter, der es nicht so gut geht. Sie ist über neunzig und sehr stolz darauf, dass sie immer noch allein lebt. Trotzdem wollen wir so oft wie möglich hinfahren und ein Auge auf sie haben."

Ich lächelte bei seinem etwas mürrischen Tonfall. „Das hört sich an, als hätten Sie ein schönes Leben."

„Ja, schon. Nur ein bisschen langweilig." Ich lachte, und er sagte: „Sie sollten darüber nachdenken, zur Polizei zu gehen. Sie haben etwas an sich, das einen dazu bringt, mehr zu sagen, als man eigentlich möchte."

Ich hatte in meinem Leben bereits mehr als genug mit Verbrechen zu tun gehabt. „Ich bin sehr glücklich mit meinem Strickladen. Ich habe allen Respekt vor der Polizei, aber ich könnte diese Arbeit nicht machen."

„Ein Strickladen? Doch nicht hier im Dorf, oder?"

„Nein. In Oxford."

„Der hübsche kleine Laden in der Harrington Street?"

Ich gluckste. „Genau, der! Cardinal Woolsey's."

„Oh, meine Liebe, meine Frau liebt Ihren Laden. Da fließt der größte Teil meiner Polizistenpension hin, das kann ich Ihnen sagen."

Da ich mir ziemlich sicher war, dass er einen Scherz gemacht hatte, lachte ich, wie über einen guten Witz. Er sagte: „Sie werden vielleicht lachen, aber ich kann es nicht fassen, dass es mehr Geld kostet, wenn sie einen Pullover selbst strickt, als wenn sie einen nagelneuen in einem John-Lewis-Kaufhaus kauft."

Ich hatte für ihn das gleiche Argument wie für jeden Ehemann, der sich über die Preise beschwerte. „Die werden maschinell gestrickt. Das Schöne an einem handgestrickten Pullover ist die Liebe und Sorgfalt, die in ihm steckt. Keiner ist wie der andere."

„Ja, das sagt meine Frau auch immer. Aber sie beschäftigt gern ihre Hände und sagt mir, sie fände es beruhigend."

Ich hätte darauf normalerweise irgendeine banale Antwort gegeben, so wie ich es immer tat, da ich selbst nie verstanden habe, was am Stricken beruhigend sein soll. Für mich war es eine teuflische Tätigkeit voller Verwicklungen und Frust, die mir Schmerzen zwischen den Schulterblättern verursachte. Eine Antwort blieb mir jedoch erspart, als seine Frau aus dem Zelt kam. Wegen des großen Hutes konnte ich ihr Gesicht nicht sofort sehen, aber ihr Mann, der ehemalige Polizist, schon. Er machte zwei schnelle Schritte nach vorne. „Emily, was ist los?"

Als ich sie jetzt unter der Hutkrempe ansah, konnte ich erkennen, dass ihr Gesicht leichenblass und ihre Pupillen geweitet waren. „Sie sagt, dass Mama den Sommer nicht überleben wird. Sie hat Krebs im fortgeschrittenen Stadium und will es keinem von uns sagen, weil sie denkt, wir würden sie in ein Heim stecken." Sie sah sich blicklos um. „Harry, bring mich nach Hause und lass uns packen. Ich will morgen unterwegs sein."

„Emily", sagte er in beruhigendem Ton. „Sie ist eine Amateur-Hellseherin auf einem Dorffest. Zweifellos ist dir irgendwie herausgerutscht, dass du eine alte Mutter hast, und sie hat eine Vermutung angestellt."

„Sie hat nicht gesagt, dass Mum innerhalb eines Jahres sterben wird, sondern dass sie jetzt stirbt, an Krebs. Ich kann nicht riskieren, dass sie recht hat. Wir müssen hinfahren."

Da sich ihre Stimme am Ende mit einem Zittern erhob, das vermuten ließ, dass sie den Tränen nahe war, sagte ihr Mann: „Lass uns auf die andere Straßenseite gehen und eine schöne Tasse Tee trinken. Wir rufen deine Mutter an und fragen sie, wie es ihr geht. Ich bin sicher, dass alles in Ordnung ist."

Er warf mir einen Blick zu, aber ich glaube, wir wussten beide, dass er sehr bald zu seiner Schwiegermutter fahren würde.

Ich wollte gerade mit Madame Violetta sprechen, als eine ängstlich aussehende Frau von etwa siebzig Jahren in einem altmodischen Hauskleid mit Kniestrümpfen und Sandalen auf mich zukam. Da sie keine Schlange sah, fragte sie: „Ist die Wahrsagerin jetzt frei?"

„Ja." Ihr Name war Dierdre Gunn. Ich nahm ihre zwei Pfund und führte sie hinein.

Eine mollige, blonde Frau so um die fünfzig kam mit einer dunkelhaarigen Freundin im gleichen Alter vorbei. Sie zahlte ihr zwei Pfund und sagte: „Ich weiß, es ist alles nur Spaß, aber es ist ja für einen guten Zweck."

Sie sah so glücklich aus, dass ich sie fast gewarnt hätte, vorsichtig zu sein, aber dann dachte ich mir, dass Violet nicht so viele schlimme Schicksale hintereinander würde sehen können. Das wäre, als würde man eine Münze werfen und bekäme immer wieder Kopf, wenn Kopf für eine schlechte Nachricht steht.

Ich setzte ihre Namen auf die Liste. Die Blondine hieß Elizabeth Palmer und ihre Freundin Nora Betts.

Während sie warteten, bis sie an der Reihe waren, unterhielten sie sich miteinander und auch mit mir. Elizabeth sagte: „Ich hatte meine Freude an dem Antiquitätenstand. Normalerweise ist es ein Haufen Müll, aber dieses Jahr gab es auch einige gute Sachen."

Ich dachte an die Pudellampe und erinnerte mich daran, dass jeder Mensch einen anderen Geschmack hat. Zum Glück war die braune Papiertüte, die sie bei sich trug, zu klein für eine Lampe. Sie bemerkte, dass ich darauf schaute. „Das ist für meinen Mann. Er hat sich schon immer eine Taschenuhr gewünscht." Sie zog eine runde, silberne Uhr an einer Kette hervor. Auf dem Gehäuse war ein interessantes Muster eingraviert, das an eine Weinrebe mit Traubenblättern erinnerte. Wie kommt es, dass einige Kunden wunderschöne Uhren fanden und ich mich nur mit dem Kitsch aufhielt? „Wissen Sie, die ist für unsere Silberhochzeit. Sie gefällt mir sehr. Natürlich war sie etwas teurer als die meisten anderen Sachen dort, aber es ist alles für einen guten Zweck, und es war wirklich ein Schnäppchen. Sie ist aus Sterlingsilber. Man kann die Prägezeichen erkennen." Sie zeigte mir die vier kleinen Symbole, die in die Uhr eingeprägt waren. Sie sahen auf jeden Fall wie Sterling-Punzierungen aus, auch wenn ich keine Expertin war. Offensichtlich glaubte sie auch nicht, dass ich viel wüsste, denn sie zeigte auf den Löwen mit der erhobenen Tatze, der auf der Rückseite des Uhrengehäuses eingeprägt war. „Das hier steht für britisches Sterlingsilber." Dann zeigte sie auf ein Ankersymbol. „Ich denke, das bedeutet, dass es in Birmingham registriert wurde. Das nächste ist ein Datumsstempel, aber ich bin mir nicht sicher, was das ‚D' bedeutet. Die Uhr ist aber eindeutig alt. Und dann ist das DE das Zeichen des Uhrmachers. Keine Ahnung, wer er war", schloss sie fröhlich.

„Wow. Sie wissen ja ganz schön viel über Silber."

„Nicht wirklich. Mein Mann interessiert sich dafür und zeigt mir in Antiquitätenläden immer Uhren, die für uns zu teuer sind. Ich schätze, die ganze Sucherei hat sich endlich gelohnt."

„Geht die Uhr denn genau?", fragte ich, eher, weil ich etwas sagen wollte, als weil es mich wirklich interessiert hätte.

„Ja, sehr genau." Und sie ließ das Gehäuse aufspringen. Die Uhr ging tatsächlich perfekt, wie ich feststellen konnte, da mein Mobiltelefon die gleiche Zeit anzeigte.

„Es war ein hervorragender Kauf", sagte ihre Freundin Nora. „Jason wird sich sehr freuen."

Violets letzte Kundin trat aus dem Zelt und blinzelte, als wäre sie das Sonnenlicht nicht gewohnt.

„Die Nächste bitte", sagte Madame Violetta mit tiefer Stimme, und ich winkte Elizabeth mit einem schnellen „Viel Glück" herein.

„Entschuldigen Sie mich bitte", sagte ich zu ihrer Freundin und folgte Violets letzter Kundin, die etwa zwanzig Schritte gegangen war und sich nun an einen Baum lehnte, als ob sie sich abstützen müsste.

„Mrs Gunn? Ist alles in Ordnung?", fragte ich.

Sie blinzelte und richtete dann ihren Blick auf mein Gesicht. „Ach, Sie sind es. Sie sind die Assistentin."

„Ja. Ich hoffe, Madame Violetta hat Ihnen nichts Schlimmes prophezeit?", fragte ich, obwohl man es der Frau an ihrem gequälten Gesichtsausdruck ansah.

„Sie hat mir gesagt, dass Billy sterben wird."

Billy war nicht der Einzige, der sterben würde, wenn ich das hier noch länger ertragen musste. „Das tut mir so leid. Ist das Ihr Mann? Ihr Sohn?"

„Billy ist mein Wellensittich. Er ist jetzt seit sechs Jahren bei mir. Er frisst nicht mehr so viel und ist nicht mehr so lebhaft, aber sogar für einen Vogel ist er doch noch jung." Sie klang so traurig, dass ich es kaum ertragen konnte.

Ich sagte: „Madame Violetta ist nur eine von hier, die für Madame Tatania einspringt. Wahrscheinlich ist sie nicht besonders gut. Ehrlich gesagt, ich glaube, sie denkt sich alles nur aus."

Sie nickte. „Also, wenn sie das macht, dann ist es wirklich gemein. Ich werde sofort nach Hause gehen und nach dem armen Billy sehen."

Während sie über die Straße eilte, versuchte ich, mich zu

erinnern, ob es nicht einen Zauber gab, mit dem man ein Vogelleben verlängern konnte. Mir wollte keiner einfallen, aber ich wünschte Billy aufrichtig ein langes und glückliches Leben.

Dann begab ich mich wieder auf meinen Posten und fügte meiner Liste drei weitere Personen hinzu. Wir waren jetzt für die nächste Stunde ausgebucht. Vi würde sich freuen.

Die Schlange der Wartenden war schon ziemlich lang, als die ehemals fröhlich wirkende Elizabeth Palmer herausgestolpert kam. Mir wurde ganz mulmig. „Hat sie Ihnen etwas Gutes prophezeit?"

Sie sah aus, als käme sie von einer Beerdigung und nicht von einer lustigen kleinen Wahrsagerei. „Sie sagte, ich darf kein Gewässer überqueren, sonst sterbe ich." Die Frau legte beide Hände an die Brust. „Nächsten Monat ist unser fünfundzwanzigster Hochzeitstag. Wir machen eine Kreuzfahrt." Und dann brach sie in Tränen aus.

Ich fühlte mich schrecklich, weil ich vor diesem elenden Zelt stand und den Leuten Geld abnahm. „Hören Sie, Madame Violetta ist keine echte Wahrsagerin. Bitte lassen Sie sich von ihr nicht den Tag verderben. Möchten Sie Ihre zwei Pfund zurück?"

Sie winkte ab. „Ich muss mit meinem Mann sprechen. Ich frage mich, ob es zu spät ist, unsere Reise zu stornieren."

Ich setzte das hoffentlich beruhigende Lächeln einer Wahrsagerinnen-Assistentin auf und sagte zu den verängstigt dreinblickenden Menschen: „Entschuldigen Sie mich kurz." Und dann schlüpfte ich in das Zelt. Violet war dabei, den Schal um das Fischglas zu richten, als ich hereinkam. Ich starrte sie an. „Was tust du diesen Leuten an?"

Überrascht sah sie zu mir auf. „Ich sage ihnen, was ich in ihrer Zukunft sehe. Das tun Wahrsagerinnen nun einmal."

Ich schüttelte meinen Kopf so heftig, dass mir der Seidenschal an einem Ohr herunterrutschte. „Nein. So etwas tun Wahrsager nicht. Schon gar nicht auf einem Dorffest. Sie sagen alleinstehenden Frauen, dass sie einem großen, gutaussehenden Fremden begegnen werden. Sie sagen den besorgt dreinblickenden Leutchen, dass sie sehr bald gute Nachrichten erhalten werden. ‚Sie werden eine Reise über das Meer unternehmen' ist auch so ein Glücksfall, den man gemeinhin vorhersagt. Damit hast du ins Schwarze getroffen, ist richtig, aber man sagt den Leuten nicht, dass sie sterben werden, wenn sie auf der anderen Seite ankommen." Meine Stimme wurde lauter, also regte ich mich ab, um die wartenden Kunden nicht noch mehr zu beunruhigen, als sie es ohnehin schon waren.

Violet schien sich in ihrer neuen Rolle als Madame Violetta recht wohlzufühlen. Sie lehnte sich in ihrem Plastik-Gartenstuhl zurück, streckte die Arme aus und wedelte mit den Handflächen über dem umgedrehten Fischglas herum. „Ich muss meiner Kunst treu bleiben."

„Violet, diese Frau denkt darüber nach, ihre Kreuzfahrt zum fünfundzwanzigsten Hochzeitstag mit ihrem Mann abzusagen. Und das alles nur, weil du ihr gesagt hast, dass sie sterben wird, wenn sie das Wasser überquert."

Violet wirkte erleichtert. „Das freut mich. Sie sollte diese Reise absagen. Ehrlich, Lucy, ich habe Tod und Wasser in ihrer Zukunft gesehen."

Mir wurde unbehaglich zumute. „Wirklich?"

„Ja."

„Und was ist mit den anderen armen Frauen? Diejenige,

die nur sehen wollte, ob sie ein gutes Date findet, diejenige, die jetzt glaubt, dass ihre Mutter Krebs hat, und die Dame, deren Vogel sterben wird?"

Violet tat meinen Einwand mit einer Handbewegung ab. „Die Erste hat ein geringes Selbstwertgefühl und einen unmöglichen Geschmack bei Männern. Ich habe ihr gesagt, dass sie daran arbeiten muss. Das ist doch positiv, oder? Die Mutter dieser Frau hat Krebs im letzten Stadium. Und dieser Vogel stirbt *wirklich*. Wahrscheinlich heute."

„Ich glaube, du verstehst die Sache mit der Wahrsagerin nicht ganz. Für zwei Pfund wollen sie nur etwas Geheimnisvolles und Aufregendes in ihrer Zukunft haben. Die Ledigen wollen glauben, dass ein attraktiver Mann in ihr Leben tritt, und die Verheirateten wollen zu Geld kommen. Mütter wollen hören, dass ihre Kinder erfolgreich und berühmt sein werden. Leute, denen ihre Arbeit nicht gefällt, wollen hören, dass sie im Lotto gewinnen werden. Und keiner möchte hören, dass sein geliebtes Haustier sterben wird."

Sie schaute bockig drein. „Na gut. Aber Lügen erzähle ich keine."

„Das musst du ja auch nicht. Jeder muss doch irgendetwas Gutes in seiner Zukunft haben, das du sehen kannst. Behalte einfach die schlechten Dinge für dich."

„Gut. Aber ich habe Tod und Wasser in der Zukunft dieser Frau gesehen."

Ich stemmte die Hände in die Hüften. „Wie konkret war deine Vision? Vielleicht wird sie fünfundneunzig Jahre alt und ertrinkt in der Badewanne. Willst du wirklich, dass sie die nächsten vierzig oder fünfzig Jahre lang Angst hat, auch nur einen Fuß in ein Boot zu setzen?"

Sie rückte ihren Turban zurecht. „Nein."

„Wenn du willst, dass ich weiterhin deine Assistent bleibe, musst du anfangen, mehr Glück zu prophezeien."

Sie starrte mich an. „Für eine Assistentin bist du ganz schön herrisch."

Jetzt hob ich die Augenbrauen. „Von wem ich das wohl habe ...?"

KAPITEL 4

*A*ls ich aus dem Zelt zurückkam, kaute Nora, die Freundin der Frau, die sterben würde, wenn sie das Wasser überquerte, auf ihrer Unterlippe herum und schaute in die Mitte des Dorfangers. „Sie ist so nervös. Sie sagte, ich solle sie in Ruhe lassen, aber ich frage mich, ob ich meine Sitzung ausfallen lassen und ihr nachgehen soll."

In beruhigendem Ton sagte ich: „Gehen Sie rein und holen Sie sich ihre Weissagung. Ich gehe und rede mit ihr." Dann senkte ich meine Stimme fast auf ein Flüstern und versicherte ihr, Madame Violetta habe bereits angedeutet, dass die Person, die draußen wartete, eine gute Nachricht erhalten würde. Ich war mir sicher, dass sie von nun an jeder Kundin etwas Gutes prophezeien würde.

Sie nickte erleichtert und ging dann in das Zelt. Ich wusste, dass ich mindestens fünfzehn Minuten zur Verfügung hatte, bevor ich zurück sein musste.

Ich sagte der nächsten Person in der Schlange, ich wolle nur kurz meine Wasserflasche auffüllen, was ich in der Tat tun musste, und dass ich zurück sein würde, bevor sie an die

Reihe käme. Die Leute in der Schlange kannten sich fast alle und plauderten fröhlich miteinander, als ich ging.

Violet hat mir immer gesagt, dass ich an meinen Fähigkeiten arbeiten müsse, und das war die perfekte Gelegenheit, einen Vergessenszauber zu üben. Wenn ich Elizabeth nur kurz allein erwischte, war ich mir ziemlich sicher, dass ich den Schaden, den meine Großcousine Violet angerichtet hatte, in etwa zwei Minuten würde beseitigen können.

Ich übte den Vergessenszauber in meinem Kopf.

Dann ging ich um die Ecke des Zeltes und sah mich nach Elizabeth Palmer um, die ich auch bald erblickte. Sie hielt schirmend ihre Hand über die Augen und schien jemanden zu suchen. Ich hatte die schlimme Vorahnung, dass es ihr Mann oder vielleicht die Dame aus dem Reisebüro war.

Rasch folgte ich ihr. Da so viele Menschen auf der Kirmes waren, verschwand sie immer wieder hinter Familiengruppen und Ansammlungen von Jugendlichen, die so taten, als wäre das alles unter ihrer Würde. Plötzlich ertönte ein Trommelwirbel. Ich sprang auf, wie wohl jeder in der Umgebung. Als ich mich umsah, entdeckte ich, dass die „Forest of Wychwood"-Dudelsackkapelle sich gerade einspielte.

Die Mitglieder hatten sich schwer in Schale geworfen: Sie trugen leuchtend rote Uniformen und hohe, schwarze Pelzmützen mit goldenen Paspeln. Sie sahen aus wie die Garde der Königin. Ein Mann in der Mitte schlug eine riesige Trommel von mindestens 1,20 m Durchmesser. Auch der Trommler war einer von der größeren Sorte, so zwischen 1,92 m und 1,95 m, und er trommelte mit so viel Humor, dass die Leute zu lachen begannen und sich ihm näherten.

Ich wäre gerne hingegangen und hätte zugesehen, aber ich wusste, dass mir die Zeit weglief. Ich musste Elizabeth finden, ihr die Unglücksprophezeiung aus dem Kopf vertreiben und dann meine Wasserflasche auffüllen, bevor Violet bereit war für ihre nächste Kundin.

Also sah ich mich nach der blonden Frau um. Ich konnte sie nicht sofort finden und schirmte, wie sie es getan hatte, meine Augen mit der Hand, während ich das Gelände vor mir absuchte.

Ich begann in die Richtung zu gehen, in der ich sie vermutete, als ich plötzlich einen Schrei hörte. Der schreckliche, schrille Klang übertönte sogar den Lärm der Blaskapelle.

Ich lief los, in die Richtung, aus der Schrei gekommen war. Damit war ich nicht die Einzige. Dem Hilferuf folgten von allen Seiten alle, die den panischen, verzweifelten Schrei gehört hatte.

Jetzt konnte ich sehen, wer geschrien hatte. Die Frau war groß, schlank und blond und ruderte mit den Armen. „Helfen Sie mir! Helfen Sie mir!"

Ich sprintete über das Gras und hörte dann das hohle Klopfgeräusch, als meine Schuhe auf die Holzbrücke traten, die über den Bach führte. Als meine Füße das Gras auf der anderen Seite berührten, blieb ich stehen.

Jetzt konnte ich verstehen, warum sie schrie. Die arme Elizabeth, die kurz davorgestanden hatte, ihre Silberhochzeit zu feiern, würde nun doch nicht auf Kreuzfahrt gehen. Ihr Lebensweg war zu Ende. Sie lag auf dem Rücken und starrte mit leblosen Augen in den wolkenlosen Himmel.

Ein Pfeil ragte aus ihrer Brust.

Ein Mann, den ich nicht kannte, kniete neben ihr nieder und prüfte ihren Puls. Er schaute auf und schüttelte den Kopf. „Sie ist tot."

Die Frau, die anfangs geschrien hatte, schrie jetzt noch lauter. Die Dudelsackkapelle spielte unbekümmert weiter, und in der Ferne hörte ich gelegentlich das Aufprallen von Pfeilen auf den Zielscheiben des Bogenschießplatzes. Gegenüber stritten sich die Figuren Mister Punch und Judy im Puppentheater und die Kinder lachten.

Doch um die tote Frau bildete sich ein schweigender Kreis, und als immer mehr Menschen erkannten, was hier vor sich ging, breitete sich dieser Kreis aus wie die Wellen in einem Teich, in den jemand einen schweren Stein geworfen hatte.

Meine Gedanken schienen stillzustehen. Mir schwirrte der Kopf. Noch vor wenigen Minuten war sie so lebendig gewesen. Wie sehr wünschte ich mir, dass Violet ihr diese dumme Prophezeiung nicht gemacht hätte oder dass ich sie schneller eingeholt hätte. Ich war so traurig, dass das Leben dieser armen Frau zu Ende gegangen war, während sie sich sorgte, sie würde ums Leben kommen, wenn sie ein Gewässer überquerte.

Dann jedoch überkam mich mit einem Schauer des Entsetzens die Erkenntnis, dass sie auf der Holzbrücke den Bach überquert hatte und praktisch sofort nach Erreichen des anderen Ufers von dem Pfeil getroffen worden war.

Violet hatte recht gehabt. Sie hatte ein Gewässer überquert und war gestorben.

KAPITEL 5

$\mathcal{A}$ls immer mehr Menschen von der Tragödie erfuhren, schien das Dorffest den Erfrierungstod zu sterben. Es erfror nach und nach, von außen nach innen, das Innerste starb zuletzt.

Die Bogenschützen ließen ihre Bögen fallen, sobald sie merkten, was geschehen war. Der Spielplatz machte zu, während Mütter und Väter herbeieilten, um ihre Kinder abzuholen. Die Menschen kamen aus ihren Zelten und standen zusammen. Die Letzten, die schließlich ihren Betrieb einstellten, waren die Dudelsackkapelle, das Puppentheater und der Essensstand mit den Pasteten.

Während sich ein unnatürliches Schweigen auf dem Kirmesplatz ausbreitete, wirkten die Militärmärsche des Spielmannszuges beunruhigend. Langsam, mitten im Marsch, verstummte die Musik, und ich konnte das schallende Gelächter der Kinder vor dem Puppentheater hören. Am Ende hörte ich nur noch den Ruf „Rinder- und Nierengulasch, Pilze und Gemüse, Curryhuhn, leckere selbstgebackene Pasteten! Kommen Sie und holen sie sich, solange sie heiß sind!" Und dann, dieselbe Stimme: „Was? Ach du Schande!" Und dann verstummten sogar die Schreie der Pastetenverkäuferin.

Ich wartete bei der Leiche, nicht weil ich die arme Frau kannte, sondern für den Fall, dass die Polizei mich brauchte. Ich konnte mir vorstellen, dass Detective Inspector Ian Chisholm bald auftauchen würde. Er kannte mich nun schon eine Weile und konnte sich darauf verlassen, dass ich ihm die Wahrheit sagte und meine Beobachtungen in logischer Abfolge wiedergab.

Die dienststeifrige Koordinatorin des Festes, Hilary Beaumont, kam mit hochrotem Kopf und hervortretenden Augäpfeln herbeigeeilt, als wäre es unerhört, dass unter ihrer Aufsicht so etwas Schreckliches passierte. Als sie sich vergewissert hatte, dass tatsächlich eine Frauenleiche mitten auf dem Dorfanger lag, rief sie: „Oje, was sollen wir nur tun? Was sollen wir nur tun?"

Ihre Hysterie begann, auch die anderen anzustecken. Ich beschloss, ihr eine Aufgabe zu geben, damit sie etwas Nützlicheres tun konnte, als in Panik zu geraten. „Finden Sie ein paar vertrauenswürdige Personen, die eine Absperrung bilden können, um die Schaulustigen fernzuhalten. Die Kinder sollten das nicht sehen."

„Aber die Polizei?"

„Wir werden die Leiche nicht anrühren."

Sie nickte und lief davon. Ich hatte gedacht, sie würde versuchen, mir gegenüber ihre Autorität zu behaupten, aber sie war viel zu froh, dem Anblick des Todes zu entkommen, als dass sie hätte mit mir streiten wollen. Innerhalb weniger Minuten bildete eine Gruppe erwachsener Männer und Frauen einen improvisierten Kreis und hielten weitere Personen davon ab, sich der Menge anzuschließen.

Ich wusste nicht viel über den Tod, aber da nur wenig Blut aus der Wunde ausgetreten war, vermutete ich, dass Elizabeth Palmers Ende sehr schnell eingetreten sein musste.

Während wir auf die Polizei warteten, konnte ich sehen, wie Eltern ihre Kinder einsammelten und nach Hause oder zu ihren Autos gingen. Als ich mich nach der Organisatorin umschaute, sah ich, wie sie sich aufgeregt mit der Frau vom Antiquitätenstand unterhielt.

Ich hätte mein scharfes Gehör gar nicht gebraucht, um ziemlich genau sagen zu können, worum es dabei ging. Mit der Kraft meiner Gedanken brachte ich Hilary Beaumont dazu, mich anzusehen, und als sie es tat, winkte ich sie zu mir. Zögernd kam sie mir so nahe, dass ich sagen konnte: „Sie müssen die Leute davon abhalten, wegzugehen. Die Polizei wird bald hier sein und alle befragen wollen."

Mit dem Nachlassen der Schockwirkung kehrte ihre Beflissenheit zurück. Sie hielt mir ihr Klemmbrett entgegen, als wäre es eine amtliche Plakette. „Wer hat Ihnen eigentlich die Zuständigkeit übertragen? Sie sind doch nur die Assistentin der Wahrsagerin."

Ich hielt mich an meinem Geduldsfaden fest wie ein Kleinkind an einem Luftballon. Mit schlaffen Fingern. Dabei spürte ich, wie mir die Kontrolle entglitt. Mit gezwungener Ruhe sagte ich: „Sie müssen doch wissen, dass ich recht habe. Zumindest müssen Sie die Namen und Telefonnummern aller Personen herausfinden, die hier waren, als diese Frau auf so tragische Weise ums Leben gekommen ist."

Zum Glück machte sich ihre Freundin vom Antiquitätenstand bemerkbar. „Oh, die arme Elizabeth. Was für ein schreckliches Unglück. Meine Güte, ja. Wir fangen am besten mit den Bogenschützen an. Einer der Bogenschützen muss sich versehentlich genau in dem Moment umgedreht haben, als der Pfeil abflog. So etwas haben wir in den vierzig Jahren, seit wir dieses Dorffest veranstalten, noch nie erlebt.‟

Sie schaute sich um und sagte Hilary Beaumont, dass sie den Rest des Festkomitees um Hilfe bitten müssten. Sie schien die Sache gut im Griff zu haben, und Hilary hörte ihr zu, ohne zu widersprechen.

Ein Range Rover mit getönten Scheiben fuhr langsam vorbei und hielt hinter dem Bogenschießplatz. Einen Moment lang dachte ich, es sei die Polizei, aber niemand stieg aus dem Auto aus. Es hatte kein Martinshorn. Es war so leise und ausweichend wie ein Geschöpf der Nacht. Und noch während mir dieser Gedanke durch den Kopf ging, lief mir ein Schauer über den Rücken. Mir wurde sofort klar, wer es war.

Rafe Crosyer war ein fünfhundert Jahre alter Vampir, der die unheimliche Fähigkeit besaß, mich aufzuspüren, vor allem, wenn Ärger drohte.

Ich verstand nicht ganz, wie es den Vampiren gelang, bei Tageslicht unterwegs zu sein. Da ich im Winter angekommen war und es in Oxford so häufig bewölkt war, sah ich Rafe oft tagsüber auf den Straßen spazieren, wenn auch meist früh am Morgen oder am späten Nachmittag und Abend. Aber seit das Wetter hell und sonnig geworden war, sah ich meine Vampire tagsüber viel seltener. Falls sie einmal draußen waren, trugen sie meist große Sonnenhüte oder hatten Schirme aus speziellem Gewebe dabei, die sie vor UV-Strahlen schützten.

Ich versuchte, das schwarze Fahrzeug zu ignorieren, was

mir leicht fiel, denn nun hörte ich den Klang der Martins-
hörner näherkommen. Die Menschen um mich herum
begannen, sich aufzurichten und ernster dreinzuschauen,
oder sie beschäftigten sich plötzlich mit irgendetwas, so als
ob sie herumgestanden hätten und ein Regisseur „Bitte!"
gerufen hätte.

Ich bewegte mich nicht, sondern blieb auf meinem
Posten neben der toten Frau. Bald gesellte sich der Mann zu
mir, der das Bogenschießen leitete. Sein Name war Hubert
Drosselmeyer. Er war groß und blond, und man hätte ihn
sich leicht als mittelalterlichen Bogenschützen vorstellen
können, der mit seinem Langbogen in die Schlacht zieht. Er
wirkte besorgt, ja fast panisch. Als er auf die tote Frau mit
dem Pfeil im Leib hinunterblickte, schüttelte er den Kopf.
„Ich verstehe das nicht. Es ist unmöglich, dass ein solcher
Unfall passiert."

Ich war versucht, Fragen zu stellen, aber ich wusste, dass
ich Ian damit auf die Füße treten würde, und das hätte er gar
nicht gern. Aber durch mein Schweigen erfuhr ich eine ganze
Menge. Der Mann schien unbedingt über sein Dilemma
sprechen zu wollen. Ich brauchte gar nichts zu fragen. Ein
stiller, mitfühlender Blick genügte, und er lud seine Sorgen
bei mir ab.

„Wir sind sehr streng. Wir geben den Leuten nicht
einfach Pfeil und Bogen und lassen sie auf alles schießen. Als
Erstes sprechen wir mit ihnen über die Sicherheit. Die Zielscheiben sind an Strohballen gestützt." Er sah ehrlich
verwirrt aus, als er den Kopf erst in Richtung des mittlerweile
stillen Bogenschießplatzes und dann wieder in Richtung der
toten Frau drehte. „Man müsste schon ein extrem guter

Bogenschütze sein, um die Frau aus dieser Entfernung ins Herz zu treffen."

„Oder extrem viel Pech haben", sagte ich und brach dabei versehentlich mein momentanes Schweigegelübde. Allerdings hatte ich ihm ja wirklich keine Frage gestellt.

Er sah aus, als wäre er der Pechvogel hier.

Ein Krankenwagen traf ein, mit Sanitätern und einem Arzt, der die Frau nach einer kurzen Untersuchung für tot erklärte. Man brachte sie jedoch nicht weg, sondern bald darauf kam ein Mann, der aussah wie Mitte dreißig, und dessen Haltung und kurzer Haarschnitt auf Zugehörigkeit zum Militär zu deuten schienen. Begleitet wurde er von zwei uniformierten Polizeibeamten.

Erst als er sich als Detective Inspector Thomas vorstellte, wurde mir klar, dass Ian nicht kommen würde. Aus irgendeinem Grund hatte ich die Vorstellung, dass Ian jedes Mal dabei sein würde, wenn es einen Mord gab, aber das war natürlich Unsinn. Es gab ja noch andere Kriminalinspektoren hier. Er wandte sich an uns beide, während wir auf beiden Seiten von Elizabeth Palmers Leiche standen. „Hat einer von Ihnen gesehen, was passiert ist?"

Hubert Drosselmeyer schüttelte den Kopf. „Ich habe gar nichts gesehen. Jemand sagte, eine Frau sei von einem Pfeil tödlich getroffen worden, aber ich habe es nicht geglaubt, bis ich sie selbst gesehen habe."

Der DI hob die Brauen und wandte sich an mich.

„Ich war in dieser Richtung unterwegs, als ich einen Schrei hörte. Innerhalb einer Minute muss ich hier gewesen sein, aber da war sie schon tot."

Er nickte. „Haben Sie gesehen, wer auf sie geschossen hat?"

Ich zuckte zusammen. „Es ging alles so schnell. Als ich ankam, war hier eine blonde Frau, die schrie, aber ich glaube, jemand hat sie zum Erste-Hilfe-Auto gebracht."

Weitere Polizisten trafen ein und umgaben die Leiche mit Zeltplanen, um sie vor der Allgemeinheit abzuschirmen. Detective Inspector Thomas wies die uniformierten Polizisten an, jeden zu befragen, der sich noch auf dem Festplatz befand, um herauszufinden, ob jemand etwas gesehen hatte, und um sicherzustellen, dass sie von allen Namen, Telefonnummer und Adresse hatten und wussten, was sie zum Zeitpunkt des Unglücks getan hatten.

Hubert und ich wurden nicht sofort vom Tatort weggeschickt, vielleicht weil wir neben der Leiche gestanden hatten, als die Polizei eintraf. Es war, als gehörten wir irgendwie zu dieser Tragödie. Ich schaute noch einmal in sein rundes Gesicht, das immer noch von Schock und Befremden gezeichnet war. Aber nach einem Blick auf ihre Brust und den Pfeil, der immer noch herausragte, sagte Hubert mit hörbarer Erleichterung: „Moment mal. Das ist ja gar kein Pfeil von uns."

Wir alle starrten ihm ins Gesicht. „Sind Sie sicher?", fragte DI Thomas.

Hubert nickte nachdrücklich. „Kommen Sie zum Schießplatz, ich kann es Ihnen zeigen. Wir verwenden Kurzbögen, so ähnliche, wie sie auch im Mittelalter verwendet wurden. Die Pfeile dazu werden von unserem hauseigenen Pfeilmacher hergestellt. Die, die wir zum Üben und für Vorführungen wie diese hier verwenden, haben alle eine blaue und rote Feder am Schaftende." Wir konnten alle sehen, dass die Feder an diesem Pfeil schwarz war.

Er gewann jetzt an Selbstvertrauen. Er kniete sich auf

allen vieren neben die Leiche und kniff die Augen zusammen. „Ich bin seit zwanzig Jahren Bogenschütze. Ich bin sicher, dass Ihr Gerichtsmediziner mir recht geben wird: Dieser Pfeil kann gar nicht vom Bogenschießplatz aus abgefeuert worden sein. Sehen Sie sich den Eintrittswinkel an."

Nun gingen wir alle in die Hocke und senkten unsere Köpfe, um sehen zu können, worauf er sich bezog. Ich verstand, was er meinte. Der Pfeil ragte nicht gerade heraus. Er war schräg. Ich sprach meine Gedanken laut aus. „Es sieht so aus, als hätte er sie von oben getroffen."

Er nickte und sah mich anerkennend an. „Genau so ist es abgelaufen. Wenn es Absicht war, dann war es ein hervorragender Schuss."

Ein Schauer lief mir über den Rücken. „Sie meinen also, es sei vielleicht kein unglücklicher Zufall gewesen?"

Sein Gesicht bekam wieder etwas Farbe. „Welcher Narr würde mit Pfeil und Bogen auf einem Baum oder in einem der Gebäude mit Blick auf den Dorfanger herumsitzen und einfach in die Menge schießen? Nein, das war Mord. Die einzige Frage, die sich mir stellt, ist, ob der Mörder sein Opfer zufällig ausgewählt hat oder ob diese Frau absichtlich ermordet worden ist."

KAPITEL 6

$\mathcal{J}$n diesem Moment kamen Nora und Violet angerannt. Wahrscheinlich waren sie in der Wahrsagerbude so abgelenkt gewesen, dass sie von dem Aufruhr nichts mitbekommen hatten. Bis jetzt.

Nora drängte sich an den Schaulustigen vorbei und rief: „Elizabeth. Nein!"

Violet sah erst zu mir und dann auf den Bach, und als die Farbe aus ihrem Gesicht wich, stach ihr Make-up wie eine bizarre Maske hervor.

„Wie konnte das passieren?", schluchzte Nora.

„Komm, Liebes", sagte die Frau vom Antiquitätenstand und nahm sie in die Arme.

„Der Pfeil hat einen Eintrittswinkel von etwa vierzig Grad", bemerkte Hubert Drosselmeyer. Er sah auf Elizabeth Palmer hinab, die immer noch nach oben starrte. Ich wünschte, jemand würde ihr die Augen schließen. „Wie groß war sie?"

Okay, ich musste mich zusammenreißen und versuchen

zu helfen. Ich hatte ja im Stehen mit ihr gesprochen. „Ich glaube, sie war ungefähr so groß wie ich."

„Gut." Der Bogenschütze erhob sich und drehte mich so, dass ich mit dem Rücken zu ihm stand. Er zog mich an sich. „Legen Sie Ihr Handgelenk auf die Höhe Ihres Herzens. Dabei müssen Ihre Hand und Ihre Finger nach vorne zeigen."

Das tat ich.

Er reichte um mich herum und neigte meine Hand in denselben Winkel wie den Pfeil. Ich konnte spüren, wie uns alle in der Menge beobachteten. Er drehte meinen Körper leicht. „Da." Und dann zeigte er nach oben und auf die andere Straßenseite, wo eine Reihe alter Häuser in unsere Richtung starrte. Viele der Fenster im zweiten und dritten Stock waren an diesem warmen Tag geöffnet. Mit fester Stimme sagte er: „Das Gebäude in der Mitte ist das Rathaus, und im oberen Stockwerk befindet sich ein Museum."

Ich folgte seinem Blick, und tatsächlich, das Fenster im Obergeschoss war offen. „Glauben Sie, dass der Pfeil von dort abgeschossen wurde?"

„Das Rathaus war zum Fest unverschlossen. Wir alle haben dort Zusatzausrüstung, Jacken und Ähnliches abgelegt. Jeder hätte sich hineinschleichen können, als es leer war, und sich mit Pfeil und Bogen oben postieren können."

Ich spürte einen kalten Schauer, als ich zu dem Fenster hinaufblickte. „Aber warum?", flüsterte ich.

Detective Inspector Thomas sagte: „Vielen Dank, Sir. Sie haben uns sehr geholfen." Er wies mit dem Kinn in Richtung Rathaus und zwei der Uniformierten rannten dorthin.

Hubert trat von mir weg. Er sagte: „Die Person, die Sie suchen, ist ein ausgezeichneter Schütze."

„So wie Sie? Oder einer der Bogenschützen, die diese kleine Vorführung veranstalten?"

Hubert richtete sich gerade auf. „Ich kann mich für jeden verbürgen, der heute hier war. Die Wychwood Bowmen haben es sich zur Aufgabe gemacht, diesen alten Sport als gesundes Freizeitvergnügen zu pflegen. Wir sind keine Mörder."

„Ich möchte Sie alle bitten, hierzubleiben, um uns bei unseren Ermittlungen zu helfen." DI Thomas sah uns alle an und erhob seine Stimme. „Wenn Sie jetzt bitte alle einem unserer Beamten Ihre Namen und Kontaktdaten geben und ihm mitteilen, ob Sie etwas gesehen haben, das uns bei unseren Ermittlungen helfen könnte. Danach können Sie alle nach Hause gehen."

Das Letzte, was ich tun wollte, war hier zu bleiben. Es war zu traurig. Außerdem musste ich mit Violet sprechen. Was hatte sie wirklich gesehen?

Ich drehte mich um, um sie zu suchen, und musste zu meinem Entsetzen feststellen, dass Margaret Twig aufgetaucht war. Sie trug einen wallenden rot-schwarzen Kaftan über einer schwarzen Baumwollhose, dazu eine rote Perlenkette. Ihre Frisur war wie üblich eine grau melierte Korkenzieherlockenmähne.

Als ich mich zu ihr und Violet gesellte, sagte sie: „Lasst uns Violets Sachen aus dem Zelt holen und von hier verschwinden."

Ich nickte. Wir gaben einem der Uniformierten unsere Namen und Kontaktinformationen und gingen dann zurück zum Wahrsagerzelt. Jetzt, an diesem Tag des Todes, wirkte das Seidenbanner grell und fehl am Platz.

Als wir alle im Zelt waren, sagte ich: „Aber es ist doch so

ein friedliches, schönes kleines Dorf. Warum sollte jemand Elizabeth Palmer ermorden wollen?"

Violet sagte: „Nun, es kann kaum ein Unfall gewesen sein. Die Frau wurde ermordet."

Margaret Twig hatte keine Zeit für all diese Spekulationen. Sie sah ernstlich verärgert aus, wie so oft, wenn ich in der Nähe war. „Es gibt keine ruhigen, friedlichen Dörfer. Wenn mehr als zwei Menschen zusammenkommen, gibt es immer Geheimnisse, Intrigen und Skandale. Ein englisches Dorf ist wie ein Mikrokosmos der ganzen Welt. Von außen sieht man die hübschen Häuschen mit ihren Kletterrosen und Union-Jack-Wimpeln, aber im Inneren herrscht so viel Finsternis, Wut und Hass wie nirgendwo sonst. Das zu vergessen, kann gefährlich werden."

„Aber zu dem Todesfall kam es auf dem Dorffest. Wo man alles feiert, was an englischen Dörfchen so schön ist."

Margaret und meine Großcousine wechselten einen kurzen Blick. Margaret fuhr fort: „In Moreton-Under-Wychwood gibt es seit Jahrhunderten Hexen. Die Einheimischen haben es schon immer gewusst, so wie man wissen kann, dass ein unterirdischer Fluss unter dem eigenen Grundstück verläuft, ohne ihn jemals gesehen zu haben. Solange er einem nicht das Haus überflutet und das Land verwüstet, lässt man den Fluss gern in Ruhe. Aber sobald einem das Wasser bis zu den Knöcheln steht, fängt man an, Dämme zu bauen, den Fluss umzuleiten oder ihn auf jede erdenkliche Weise trockenzulegen."

Ich fand diese Metapher ziemlich verwirrend. „Du meinst, wir Hexen sind wie ein unterirdischer Fluss?"

„Genau. Solange wir uns nicht blicken lassen und uns um unsere eigenen Angelegenheiten kümmern, drücken die

Menschen in Moreton-Under-Wychwood ein Auge zu. Die meisten von ihnen sind klug genug zu wissen, dass wir hier Gutes tun. Wir helfen bei der Ernte, und lange bevor es richtige Ärzte und Krankenhäuser gab, waren es die weisen Frauen, die bei Geburten halfen, Kranke heilten und sich bemühten, die Mächte des Bösen fernzuhalten."

Violet nickte. „Und jetzt sieht es so aus, als wäre etwas Böses am Werk."

Ich riss die Augen auf. „Du meinst, die Frau wurde von einem bösartigen übernatürlichen Wesen getötet?"

Margaret warf mir einen spitzen Blick aus ihren hellblauen Augen zu. „Du bist sehr freundlich zu den Vampiren, die in den Tunneln unter deinem Laden leben. Vielleicht solltest du sie fragen."

In meinem Bauch begann Zorn zu brodeln. „Du willst ja wohl nicht andeuten, sie hätten etwas damit zu tun. Ihr tut den Vampiren nur das an, was die Menschen den Hexen seit Jahrhunderten antun: ihnen alles Unerklärliche anlasten. Du solltest es eigentlich besser wissen."

Offensichtlich gefiel es ihr nicht, von mir zurechtgewiesen zu werden, aber das war mir egal. Ich starrte sie an und spürte, wie sich meine Brust vor Wut rasch hob und senkte.

„Wenn du mir beweist, dass hier ein Mensch einen Menschen getötet hat, dann streiche ich deine Vampirfreunde von meiner Fahndungsliste."

„Sie waren ja nicht einmal hier. Welcher Vampir, der etwas auf sich hält, geht schon an einem sonnigen Tag Anfang Juni auf ein Dorffest?"

Ihre schmalen Augenbrauen hoben sich. „Bist du wirklich so naiv? Ein Range Rover mit getönten Scheiben stand auf der anderen Seite der Grünfläche. Du musst doch wissen, wem der gehört?"

So ein Mist. Warum war Rafe mir hierher gefolgt? Wir müssten wirklich einmal ein Gespräch führen, in dem ich ihm den Unterschied zwischen einem Freund und einem Stalker erklärte.

Ich sah die beiden an. „Ihr wohnt beide hier in der Gegend. Sagt mir, was ihr über die tote Frau, Elizabeth Palmer, wisst. Ich weiß nur, dass sie sich auf ihre Silberhochzeit gefreut hat. Sie und ihr Mann hatten eine Kreuzfahrt geplant. Und dann sagte Violet ihr, dass sie sterben würde, wenn sie ein Gewässer überquert."

Violet nickte energisch mit dem Kopf. „Und wenn sie auf mich gehört hätte, wäre sie vielleicht noch am Leben. Keine zehn Minuten, nachdem ich sie gewarnt hatte, lief sie über den verflixten Bach." Sie warf ihre Hände hoch. „Es ist, als hätte ich ihr gesagt, sie solle sich vom Feuer fernhalten, und sie wäre direkt in ein brennendes Gebäude gelaufen. Was bringt es, Dinge vorherzusehen, wenn die Leute einen ignorieren?"

Ich schüttelte den Kopf. „Ich glaube nicht, dass sie das Überqueren des kleinen Baches als Überqueren eines Gewässers betrachtete. Ich bin sicher, sie dachte, du hättest eine Seereise gemeint."

„Habe ich vielleicht Seereise gesagt?"

Nun, sie hat ihre Lektion gelernt.

Margaret Twig sagte: „Uns gegenseitig anzugiften, bringt uns hier nicht weiter. Folgendes weiß ich über die tote Frau: Ihr Mann betreibt ein Autohaus. Es gehörte früher ihrem Vater. Vor fünfundzwanzig oder wohl eher sechsundzwanzig Jahren kam er als Verkäufer zu ihrem Vater, um dort zu arbeiten. So haben sich Elizabeth und Jason kennengelernt. Im Dorf wurde gemunkelt, dass ihre Eltern die Heirat strikt ablehnten, aber das war Mitte der 1990er Jahre, nicht in den 1950ern, also konnten sie nicht viel dagegen tun. Elizabeth setzte ihren Willen durch, und sie und Jason heirateten. Als ihr Vater starb, übernahm er das Familienunternehmen. Sie lebten mit ihrer Mutter in dem großen Haus, bis auch sie starb, und Elizabeth und Jason auch das Haus erbten."

Ich sagte: „Die Eltern hatten sich wohl geirrt. Die Ehe hatte offensichtlich Bestand, und das Paar muss glücklich gewesen sein, wenn sie zur Silberhochzeit eine Kreuzfahrt geplant hatten."

„Ich bin nicht so oft in der Stadt, aber ich bin ziemlich sicher, dass sie mit einem anderen Ehepaar in ihrem Alter gut befreundet waren. Nora und Tony Betts."

Ich nickte. „Nora Betts und sie standen zusammen in der Schlange und warteten auf ihren Termin bei der Wahrsagerin. Sie schienen beste Freundinnen zu sein."

Ich schaute Violet an. „Erinnerst du dich, Violet? Nachdem du der Frau gesagt hattest, sie würde sterben, wenn sie das Gewässer überquert, kam ihre Freundin herein. Weißt du noch, was du ihr gesagt hast?"

Violet rümpfte die Nase. „War das, nachdem du mir eine Moralpredigt gehalten und mir gesagt hast, ich dürfte meinen zahlenden Kunden nicht die Wahrheit sagen? Sondern ich sollte mir lieber irgendeinen Blödsinn über gut aussehende Fremde und bevorstehenden Reichtum ausdenken?"

Ich verdrehte die Augen. „Ja. Nachdem ich dir gesagt habe, dass du aufhören sollst, die Kundinnen so zu erschrecken, dass sie weinend aus deinem Zelt gerannt kommen."

Sie schien sehr zufrieden mit sich zu sein. „Ich habe genau das getan, was du mir gesagt hast. Ich habe ihr gesagt, dass sie zu etwas Geld kommen würde."

„Aber was hast du wirklich gesehen?"

„Ich habe dir gesagt, dass ich nicht lügen werde, und das habe ich auch nicht. Sie wird zu Geld kommen."

„Viel Geld?"

Sie schloss die Augen, als würde sie in die Vergangenheit zurückkehren. „Ich habe eine Hand gesehen, die einen Scheck ausstellte. Es ging um Hunderttausende von Pfund.

„Das nenne ich viel Geld. Hast du eine Ahnung, woher es kam?"

„Ich bin Wahrsagerin, keine Bilanzbuchhalterin."

„Violet", ermahnte ich sie, „du bist eine Hexe. Denke scharf nach. Hast du in deiner Vision sonst noch etwas gesehen?"

„Die Hand eines Mannes, die den Scheck unterschrieb. Unter dem Ärmel seiner Anzugjacke schaute der Manschettenrand heraus. Dann fingen alle an zu schreien, und die Vision war verschwunden."

„Das ist doch wenigstens ein Indiz. Eines der häufigsten Mordmotive ist ein finanzieller Vorteil. Könnte es sein, dass Nora nach dem Tod von Elizabeth irgendwie zu Geld kommt? Vielleicht hat ihre Freundin sie in ihrem Testament bedacht?" Ich dachte an die beiden Frauen zurück, die wie beste Freundinnen miteinander gekichert hatten. „Sie müsste ganz schön kaltblütig sein, um mit ihrer Freundin zu scherzen, obwohl sie weiß, dass sie sie umbringen will."

„Sie hätte es natürlich nicht ohne Hilfe tun können, sie war ja bei mir, als ihre Freundin ermordet wurde."

Ich überlegte. „Violet", sagte ich dann, „wie wäre es, wenn du und ich ihr einen Kondolenzbesuch abstatten?"

„Aber wir kennen sie doch gar nicht."

Sie hatte recht. „Okay, was hältst du hiervon: Du hast etwas anderes in ihrer Zukunft gesehen, was du ihr nicht gesagt hast."

„Aber ich habe doch sonst gar nichts gesehen."

„Manchmal muss man die Wahrheit eben im Namen der Gerechtigkeit ein bisschen ausschmücken. Wir werden ihr nichts sagen, was ihr Leben verändern könnte. Nur etwas, das sie an diesem sehr dunklen und traurigen Tag, an dem sie ihre Freundin verloren hat, aufmuntern könnte."

„Was zum Beispiel?"

„Ich weiß es nicht." Ich schaute zu Margaret Twig. „Welche Art von Nachricht würdest du gerne von einem Fremden hören?"

„Dass ich um einige hunderttausend Pfund reicher sein werde, wäre die einzige Nachricht, die ich bräuchte."

Ich dachte kurz nach. „Warum machen wir nicht einfach das, was viele falsche Wahrsager tun? Wir hören uns um, und versuchen, mehr über diese Frau herauszufinden. Der Mord ist sowieso Stadtgespräch. Es wird bestimmt über diese beiden Freundinnen geredet. Wir werden einiges über sie herausfinden, z. B. was sie von Beruf ist, wo sie wohnt, ob sie Kinder hat und wie diese sind. Wenn ihre Familie ihr ganzer Stolz ist, sagen wir ihr, dass ihr Kind einen Schulpreis oder so etwas gewinnen wird. Oder ihr preisgekrönter Hund gewinnt eine Meisterschaft."

Margaret sah aus, als hätte sie einen bitteren Geschmack im Mund. „Hunde. Ekelhafte, stinkende kleine Biester. Wenn sie aber jung genug sind, eignen sie sich sehr gut für einen

Zaubertrank, damit eine schwangere Frau einen Jungen zur Welt bringt."

„Margaret!", sagte ich schockiert.

Ihr überlegenes Lächeln umspielte boshaft und spöttisch ihre Lippen. „Was meinst du wohl, woher das „Frogs and snails and puppy dog tails" in dem englischen Kinderreim kommt, der besagt, dass kleine Jungs aus Fröschen, Schnecken und Welpenschwänzchen gemacht sind?"

„Da dreht sich einem ja der Magen um. Bitte sag mir, dass du noch nie ..."

Da brach sie in ihr hämisches Hexengelächter aus. „Wirklich, Lucy, mit dir hat man es wirklich zu leicht."

Vielleicht machte sie sich über mich lustig, aber in Zukunft würde ich sehr vorsichtig sein und keine Welpen in die Nähe von Margaret Twig lassen. „Wo ist denn in dieser Ortschaft die Klatschzentrale?"

„Also", sagte Violet, „da wären das Café und das Pub. Außerdem kommen in diesem Dorf die Leute überall ins Gespräch, wo sie sich gerade über den Weg laufen. Sie haben ja sonst nicht viel zu tun."

„Okay. Ich denke, wir beide sollten ins Pub gehen. Ich weiß nicht, wie es euch geht, aber ich könnte durchaus einen Drink gebrauchen."

Wir gingen hinein, und erwartungsgemäß war der Laden proppenvoll. Selbstverständlich wäre am Ende eines Dorffestes ohnehin viel los gewesen, aber heute waren auch draußen im Biergarten alle Bänke und Tische besetzt. Als Violet und ich das Lokal betraten, standen drei Gäste an der Bar Schlange und warteten darauf, bedient zu werden. Andere standen in Grüppchen herum und unterhielten sich leise. Es herrschte eine nervöse und angespannte Stimmung.

„Warum sehen uns die Leute so an?", fragte ich.

Sehr leise sagte Margaret Twig: „Weil sie den Verdacht haben, dass Violet und ich Hexen sind. Es wäre viel besser, wenn du nicht mit uns gesehen würdest, Lucy."

Ich wollte zusammen mit Violet mit der Freundin der Ermordeten sprechen, aber das hätte auch Zeit bis morgen. Margaret Twig hatte recht. Es hätte keinen Sinn, den Ortsbewohnern zu nahe zu kommen, wenn sie meinten, ich hätte mit Hexen zu tun. Wenn ich es recht bedachte, gefiel es mir nicht besonders, dass die Existenz von Hexen in der Gegend ein offenes Geheimnis war.

Ich hatte jedoch verstanden, was Margaret meinte. Solange die Anwesenheit der Hexen nützlich war, störte sich niemand daran. Allerdings hatte uns die Geschichte gelehrt, dass Menschen gern Sündenböcke suchten, sobald irgendetwas schieflief.

KAPITEL 7

*A*m nächsten Morgen rief mich Violet an. Sie klang erschöpft und den Tränen nahe. „Lucy, du musst mir helfen."

Ich genoss gerade ein gemütliches Sonntagsfrühstück und blätterte in einer Zeitschrift, während ich meinen Kaffee trank. Bei ihren Worten war meine gemütliche Faulheit wie weggeblasen und ich setzte mich kerzengerade auf. „Was ist passiert?"

„Gestern Abend hat mir jemand einen Stein ins Fenster geworfen."

Ich sagte, das täte mir sehr leid, aber ich verstand nicht, warum sie sich so aufregte, bis sie erklärte: „Der Stein war mit Symbolen beschriftet."

Da überkam mich eine schlimme Ahnung. „Schriftzeichen? Was für welche?"

„Margaret Twig hat sie erkannt", antwortete sie. „Sie sagte, sie sollten böse Geister abwehren und Hexen verscheuchen."

„Ach du meine Güte. Ich dachte, so etwas gibt es nur im Museum."

„Lucy, kannst du herkommen? Ich glaube, die Leute sind alle nervös, wegen dem Mord gestern."

Damit hatte sie natürlich recht. Außerdem war ich eine der Letzten gewesen, die mit Elizabeth gesprochen hatten, und wahrscheinlich eine der Ersten, die nach ihrem Tod eingetroffen waren. Ich verspürte große Lust, herauszufinden, was ihr zugestoßen war, und, wenn möglich, einen Betrag dazu zu leisten, dass ihr Mörder vor Gericht gestellt wurde.

Es ist noch nicht lange her, da hätte ich schon bei dem Gedanken an Mord würgen müssen. Aber seit ich nach Oxford gezogen war, schien es an der Tagesordnung zu sein, dass ich immer wieder in irgendwelche Mordsachen verwickelt wurde. Gott sei Dank hatte dieser Fall nichts mit mir zu tun. Ich war nur zur falschen Zeit am falschen Ort gewesen. Und Violet leider auch.

Ich erklärte mich bereit, bei ihr vorbeizukommen, und schlug dann vor, in Moreton-Under-Wychwood einen Kaffee trinken zu gehen. Das Café wäre der beste Ort, um die eine oder andere Klatschgeschichte mitzubekommen. Und sich vielleicht auch eine Vorstellung machen zu können, wer so wütend auf Violet war.

Margaret Twig bei Violet vorzufinden, als ich dort ankam, ärgerte mich. Natürlich hätte ich das kommen sehen müssen. Als Leiterin des Hexenzirkels musste Margaret verständigt werden, aber mein Vormittag wäre trotzdem angenehmer verlaufen, wenn ich ihr nicht hätte begegnen müssen. Violets Großmutter, meine Großtante Lavinia, war auch da. Als sie mich sah, stürzte sie auf mich zu und umarmte mich. „Lucy, was für eine schreckliche Geschichte. Ich mache mir furchtbare Sorgen um Violet. So etwas haben wir in unserer Gegend noch nie erlebt."

Violet warf ihr einen Seitenblick zu, woraufhin sie ergänzte: „Nun, jedenfalls die letzten hundert Jahre nicht."

Was sich mit der Hexenverfolgung hier in der Gegend auch immer für Horrorgeschichten abgespielt hatten, so wollte ich sie jetzt wirklich nicht hören. Sehr viel mehr interessierten mich die Mordfälle der Gegenwart. Noch einmal schlug ich vor, mit Violet einen Kaffee trinken zu gehen, ein bisschen herumzufragen und uns den Dorfklatsch anzuhören. Zu meinem Entsetzen beschlossen sowohl Lavinia als auch Margaret Twig mitzukommen. Ich wusste nicht, wie ich ihnen sagen sollte, dass ich sie lieber nicht dabei hätte, also machte ich gute Miene zum bösen Spiel. Wir stiegen zu viert in mein kleines Auto und fuhren ins Dorf.

Das Café war bis auf den letzten Platz besetzt, und es herrschte ein reges Treiben, aber als wir eintraten, wurde plötzlich alles still. Es war schrecklich.

Ich spürte, wie sich aller Augen auf unsere kleine Gruppe richteten, und man musste keine Hexe sein, um die Feindseligkeit zu spüren, die uns entgegenschlug.

„Vielleicht sollten wir wieder gehen", sagte Violet leise.

„Auf keinen Fall." Margaret wirkte angriffslustig und reizbar, was mir in dieser Menschenmenge eine gefährliche Haltung zu sein schien.

Ich war auch der Meinung, dass wir uns nicht einschüchtern lassen sollte, aber es war doch etwas nervenaufreibend, so viel Abneigung von Menschen zu spüren, die ich nicht einmal kannte.

Ein junges Paar mit zwei Kindern stand von seinem Ecktisch auf und ging. Mir fiel auf, dass sie an der gegenüberliegenden Wand entlanggingen, anstatt den direkten Weg an uns vorbei zu nehmen. Es kam mir vor, als hätten wir irgendeine ansteckende Krankheit, und als hätten alle Angst, uns zu nahe zu kommen.

Wir bestellten Kaffee und machten es uns dann an unserem Tisch bequem, oder taten zumindest so. Die Gespräche kamen wieder in Gang, meist leise, und das Prickeln meiner Haut gab mir das untrügliche Gefühl, dass es um Hexen ging.

Die Atmosphäre hatte sich kaum beruhigt, da stürmte plötzlich eine Frau ins Café. Oje. Es war Dierdre Gunn, die Frau, deren Wellensittich es nicht so gut ging. Violet hatte vorausgesagt, dass er sterben würde.

Dierdre schaute sich um und als sie Violet sah, wies sie triumphierend in ihre Richtung. Ich hatte den Verdacht, dass jemand sie auf dem Handy kontaktiert hatte, denn sie schien bereits vorher gewusst zu haben, dass Violet im Café war. Sie schlängelte sich zwischen den Tischen hindurch, bis sie in der Mitte des Cafés stand. Dann richtete sie bebend ihren Finger auf Violet. „Sie haben meinen Billy umgebracht."

Violet schaute sich hilfesuchend um, aber es herrschte Totenstille. „Das habe ich nicht."

„Doch, das haben Sie, Sie verlogene Hexe. Er war kerngesund, als ich zum Dorffest gefahren bin, und dann haben Sie in Ihre Kristallkugel geschaut. Sie haben ein paar Worte gemurmelt. Ich weiß, dass es ein böser Zauber war, und Sie haben gesagt, er würde sterben. Sie haben ihn umgebracht."

Violet stand auf und stellte sich ihrer Anklägerin. „Er war alt. Er ist an Altersschwäche gestorben."

Da meldete sich eine neue Stimme zu Wort. Die junge Frau, der Violet gesagt hatte, sie müsse an ihrem Selbstwertgefühl arbeiten, stand auf und stellte sich neben Dierdre Gunn. „Und mir hat sie gesagt, dass keines meiner Dates diese Woche gut laufen würde. Als ich nach Hause kam, fand ich zwei Nachrichten vor: Beide Dates wurden abgesagt. Mich hat sie auch mit einem Fluch belegt."

Fassungslos hörte sich Violet diese neue Anschuldigung an. „Ich habe Ihnen gesagt, Sie sollten etwas für Ihr Selbstwertgefühl tun und dass die beiden Typen Loser sind. Ich habe nicht gesagt, dass sie absagen würden."

Die Frau ließ sich nicht besänftigen. „Sie haben mich verflucht. Sie haben mich verflucht, damit ich niemals Glück in der Liebe habe."

Dierdre Gunn klopfte ihr auf die Schulter und sagte: „Na, na, meine Liebe. Es ist gar nicht so schlecht, allein zu leben. Was Sie brauchen, ist ein Haustier." Ihre Unterlippe zitterte. „Wie meinen Billy." Und dann brach sie in Tränen aus.

Ich wusste nicht, ob irgendwelche Leute hier unter normalen Umständen je geglaubt hätten, sie wären verhext worden, aber wegen des plötzlichen Todesfalles auf dem Jahrmarkt waren alle nervös, und es entwickelte sich eine gefährliche Massenhysterie.

Violet sah sich um und erblickte Nora, Elizabeths beste Freundin, die mit einem Mann, vermutlich ihrem Ehemann, in der Ecke saß. Violet sagte: „Sie, da hinten. Warum sagen Sie den Leuten nicht, was ich Ihnen gesagt habe? Dass Sie zu einer Menge Geld kommen würden."

Aber als Nora aufstand, hatte sie nicht die Absicht, die anderen damit zu besänftigen, dass Violet auch Positives prophezeit hatte. Stattdessen rief sie: „Was kümmert mich das Geld? Meine beste Freundin ist tot. Warum haben Sie mir nicht gesagt, dass sie umgebracht werden würde, damit ich sie hätte retten können?"

„So funktioniert das nicht."

„Was hatten Sie gegen Elizabeth? Wir waren doch nur zum Spaß auf der Kirmes. Und jetzt ist sie tot. Und es heißt, Sie hätten sie getötet."

Violet sah sich am Tisch um, als ob wir drei ihr helfen könnten, aber mir fiel nichts ein, und Margaret Twig kam mir auch auffallend schweigsam vor.

„Natürlich habe ich sie nicht getötet. Warum hätte ich das tun sollen? Sie schien mir ein netter Mensch zu sein. Ich habe versucht, sie zu retten."

Nein, beschwor ich sie im Stillen. *Hör auf. Sag jetzt nichts mehr. Sag nicht, dass ...*

„Ich habe ihr gesagt, sie würde sterben, wenn sie ein Gewässer überquert. Und sie hat ein Gewässer überquert."

„Aber woher wussten Sie das? Woher wussten Sie, dass sie sterben würde, wenn sie das Gewässer überquert?"

„Weil ich eine Vision hatte!" Ich trat Vi unter dem Tisch gegen den Knöchel, aber es war zu spät. Sie hatte die unglückselige Wahrheit bereits ausgesprochen.

Mehrere Leute sprangen von ihren Stühlen, und ein Mann schrie hysterisch auf. „Seht ihr? Sie gibt es zu. Sie hat Visionen vom Tod. Schon lange hatten wir hier keine schwarze Hexe mehr. Aber ihr wisst ja, was wir mit schwarzen Hexen machen, nicht wahr?"

Ich kam mir vor wie im Mittelalter, so als stünden wir alle vor Gericht und sollten verurteilt werden. Natürlich hatten die Menschen in Moreton-Under-Wychwood Angst, aber es gefiel mir gar nicht, wie diese Angst in Wut und Anschuldigungen gegen Violet und Margaret umschlug. Mich kannten sie nicht, daher spürte ich keinen gegen mich gerichteten Verdacht. Noch nicht.

Ohne überhaupt zu wissen, was ich sagen wollte, stand ich auf. Alle blickten auf mich. Natürlich war ich in dieser Gegend ein Fremde. „Mein Name ist Lucy. Elizabeth Palmer wurde durch einen Pfeil getötet, der von einem Gebäude gegenüber der Festwiese abgeschossen wurde. Wenn wir alle mit der Polizei zusammenarbeiten, glaube ich, dass wir ihren Mörder finden können."

„Hört nicht auf sie", sagte Dierdre Gunn. „Sie steckt mit der anderen unter einer Decke. Sie hat sich gestern als ihre Assistentin ausgegeben. Aber ich weiß, dass sie beide Hexen sind."

„Woran können Sie das denn erkennen?", fragte ich ziemlich höhnisch. Es tat mir leid, dass ihr Vogel gestorben war, aber das war lächerlich. Sie blickte mich fast triumphierend an, und ich sah ein Funkeln in ihren kleinen, dunklen Augen, das mir nicht gefiel. Sie zog einen undurchsichtigen weißen Kristall heraus. Er sah aus wie Quarz, nur mit einem leicht gelblichen Farbton. Ich hatte so etwas noch nie gesehen.

Jetzt sah sie selbst wie eine Hexe aus, als sie auf uns zukam und den Kristall in der Hand hielt, als wäre er ein Folterinstrument. „Wenn Sie keine Hexe sind, haben Sie nichts zu befürchten. Aber wenn Sie eine sind, wird dieser Kristall seine Farbe ändern."

Ich schnaubte verächtlich, aber hörte Margaret ganz leise sagen: „Komm dem Ding nicht zu nahe! Es wird uns verraten."

Also lachte ich, und hoffte, es würde höhnisch klingen: „Das ist doch Unsinn", sagte ich. „Viele Steine ändern ihre Farbe, wenn man sie berührt. Das hat nichts zu bedeuten."

Ich hatte zwar von Massenhysterien gehört und auch etwas darüber gelesen, aber nicht einmal in meinen kühnsten Träumen hätte ich mir vorstellen können, dass mir einmal so viel Misstrauen entgegenschlagen würde. Es gefiel mir gar nicht, wie die Menschen in Moreton-Under-Wychwood uns anstarrten. Leider – oder vielleicht auch zum Glück – stand der Tisch, an dem wir saßen, an der Wand. Das Misstrauen und die Feindseligkeit, die uns von allen Seiten entgegenschlugen, hatten uns zurückweichen lassen, so dass wir alle vier mit dem Rücken zur Wand standen. Das erinnerte alles viel zu sehr an ein Erschießungskommando oder einen Hexenprozess.

Die Espressomaschine stieß eine Dampfwolke aus, was mich erschreckte, aber auch in die Realität zurückbrachte: Wir befanden uns in einem Dorfcafé im Herzen Englands, wo es seit Jahrhunderten keine Hexenprozesse mehr gab. Zumindest keine, über die ich je gelesen hätte.

Es musste eine Möglichkeit geben, diese Spannung zu entschärfen, aber ich wusste nicht, wie. Ich hatte das Gefühl, als könnten diese normalerweise friedfertigen Dorfbewohner bei einer falschen Bewegung oder einem falschen Wort gewalttätig werden.

Die Frau kam mit dem Kristall auf uns zu, aber die Tische im Café standen so dicht beieinander, dass sie Mühe hatte, zwischen ihnen durchzukommen.

Ich zermarterte mir das Hirn auf der Suche nach einer Idee und spürte, dass die anderen drei Hexen dasselbe taten. Ich nahm an, dass Margaret Twig nach einem Zauberspruch suchte. Wenn wir alle verschwinden und die Dorfbewohner dann vergessen lassen könnten, dass wir jemals hier gewesen waren, würde das funktionieren? Ich hatte zwar keine

Ahnung, wie man einen solchen Zauber anwendete, aber ich versuchte, die Idee in den Raum zu stellen und in Richtung Margaret zu lenken.

Es war jedoch nicht Margaret, die meine stillschweigende Bitte erhörte. Die Worte „Bleib ruhig" in meinem Kopf spürte ich mehr, als dass ich sie hörte, und als ich mich umsah, erblickte ich Liam auf einem Hocker an der Bar. Kurz trafen sich unsere Blicke, bevor ich absichtlich meinen Blick in eine andere Richtung lenkte, um niemanden auf die Magie aufmerksam zu machen, die hier vor aller Augen verborgen war.

Ich bemerkte, dass der Frau mit dem Kristall jedes Mal dann der Weg versperrt wurde, wenn sie versuchte, sich uns zu nähern. Immer war entweder eine Tasche im Weg, oder jemand verrückte seinen Stuhl und hielt sie damit auf.

Liam.

Er würde sie nicht mehr lange zurückhalten können, aber er gab uns ein paar Minuten Zeit, uns etwas zu überlegen.

Ein anderes Gefühl überkam mich wie kalte Finger in meinem Nacken.

Das bedeutete, dass Rafe Crosyer in der Nähe war. Rafe war ein extrem mächtiger Vampir, und ich hatte nicht den Eindruck, dass es etwas bringen würde, noch weitere übernatürliche Wesen in diese Konfrontation zu verwickeln.

Ich wurde immer unruhiger. Bevor ich mir etwas überlegen konnte, ging die Tür auf. Aber nicht Rafe trat ein, sondern Sylvia, und mit ihr Clara. Beide Vampirinnen waren ältere Damen, aber während Sylvia, die in den 1920er Jahren ein Filmstar gewesen war, mit ihrem perfekt gestylten silberweißen Haar und ihren Designerkleidern immer sehr elegant auftrat, war Clara genau das, was sie im Leben auch gewesen war: eine gemütliche, großmütterliche Frau, die gerne am Kamin saß und strickte. Beide stellten die Schirme aus High-tech-UV-Schutzgewebe ab, die sie als Sonnenschirme benutzten.

Ihre raschen Blicke durch den Raum zeigten mir, dass sie die Situation sofort erfasst hatten.

Clara ging vorwärts, als wäre sie sich der feindseligen Atmosphäre gar nicht bewusst. Während der Frau mit dem Kristall der Weg versperrt war, schien sie auf magische Weise freie Bahn zu haben. Mit einer kräftigen Stimme, die durch das ganze Café tönte, sagte sie: „Lucy, Gott sei Dank. Ich habe meine Strickarbeit furchtbar durcheinander gebracht, und ich wusste, du würdest mir helfen können, wenn ich dich finde. Wenn dein Strickladen geschlossen ist, ist es immer so schwierig, weil ich nicht weiß, an wen ich mich wenden soll. Zum Glück hat mir Sylvia gesagt, dass ich dich hier finden kann."

Niemand auf der Welt sah weniger wie ein Vampir aus als Clara, aber ich wusste, dass ihre Macht bei Bedarf furchterregend sein würde. An den kalten Schauern, die mir immer noch über den Rücken liefen, spürte ich, dass Rafe in der Nähe war und sofort hier sein würde, falls es Ärger gäbe. Wenn es darum ginge, mich zu beschützen, würde er niemandem gegenüber Gnade walten lassen. Aber mein Ziel, und natürlich auch das von Sylvia und Clara, war es, jede Art von Ärger oder, Gott bewahre, ein Blutvergießen zu vermeiden.

Clara konnte die schönsten Kleidungsstücke stricken. Auch auf das Häkeln und Klöppeln verstand sie sich meisterhaft. Wie so viele Vampire hatte sie versucht, mir bei der Verbesserung meiner Strickkünste zu helfen, und war daran gescheitert. Die Vorstellung, dass sie mich diesbezüglich um Hilfe bitten würde, wäre also urkomisch gewesen, wenn es nicht so eine geniale Finte gewesen wäre.

Ich begriff sofort, trat vor und tat ebenfalls so, als würde ich den Zorn und die Spannung, die sich gegen uns vier Frauen richteten, nicht spüren. „Clara, wie schön, dich zu sehen. Natürlich helfe ich dir gerne." Ich führte sie zu unserem Tisch und ließ sie neben mir Platz nehmen. Laut vernehmbar sagte sie: „Es tut meinen armen Beinen so gut, sich einen Moment lang hinzusetzen. Sylvia, Liebes, würdest du mir bitte einen Cappuccino, bestellen?"

Als Sylvia mit einem Cappuccino für Clara und einem Espresso für sich selbst an den Tisch kam, sagte sie leise zu den anderen drei Hexen: „Geht jetzt."

Die ließen sich das nicht zweimal sagen. Als ich aus dem Schaufenster schaute, erblickte ich den Range Rover mit den getönten Scheiben, von dem ich jetzt wusste, dass er Rafe gehörte.

Lavinia und Violet und sogar Margaret Twig folgten Sylvias Anweisung, und während ich vor Nervosität den Atem anhielt, verließen sie das Café.

„Sollen wir sie denn einfach gehen lassen?", fragte Dierdre, deren Wellensittich gestorben war. Sie wirkte plötzlich ziemlich lächerlich, wie sie da stand und mit ihrem Kristall herumfuchtelte.

Irgendwie hatten Clara und ihr Strickzeug ein Gefühl der Normalität in die aufgeladene Stimmung zurückgebracht. Jemand rief: „Was hast du denn vor? Sie teeren und federn?"

Dierdre sah plötzlich verwirrt und ein wenig traurig aus. „Ich weiß nicht. Aber Billy hätte nicht so sterben dürfen."

Ein älterer Herr stand auf und legte ihr die Hand auf die

Schulter. „Komm mit, Dierdre. Ich hole meine Schaufel, und wir werden den alten Billy in deinem Garten begraben."

Sie ließ ihr Kinn auf die Brust sinken und erlaubte ihm, sie aus dem Café zu führen. Als sie die Tür erreichten, hörte ich ihn sagen: „Ich kenne da eine nette Zoohandlung, die eine gute Auswahl an tropischen Vögeln hat. Wenn du soweit bist, fahre ich dich hin."

„Billy kann keiner ersetzen."

„Natürlich nicht. Wie gesagt, erst, wenn du soweit bist."

KAPITEL 8

$\mathcal{D}$ie Tür schloss sich hinter ihnen, und damit wich noch ein wenig mehr Spannung aus dem Café. Wenn es im Wilden Westen gewesen wäre und wir uns in einem Saloon statt in einem Café befunden hätten, dann wäre jetzt eine Schießerei im Gange.

Unterdessen zog Clara ihr Strickzeug hervor. Ich musste fast lachen, mehr vor Nervosität als vor Vergnügen, als ich erkannte, dass es sich um eines meiner eigenen Stücke handelte, das ich aufgegeben hatte. „Ja, das ist wirklich ziemlich durcheinander", sagte ich und wiederholte, was sie mir schon so oft gesagt hatte. „Für den Anfang ist die Fadenspannung zu stark." Nachdem ich das gesagt hatte, und das auch noch sehr selbstbewusst, war bei mir die Luft raus. Was nun? Ich hatte keine Ahnung, wie ich dieses Fadengewirr ordnen sollte. Genau deshalb hatte ich ja aufgegeben. Dann kam mir die Inspiration: „Warum ziehst du nicht alles auf und wir fangen noch einmal von vorne an?"

Wenn wir ganz von vorne anfangen würden, könnte ich so tun, als würde ich ihr das beibringen, was ich selbst kaum verstand. Und Clara konnte sich als die Expertin, die sie nun einmal war, ungeschickt stellen, während sie das Stück tatsächlich richtig strickte. Es schien mir eine Win-Win-Situation zu sein.

Meine Vampire waren sehr dagegen, dass ich beim Stricken Magie einsetzte. Darin waren sie altmodisch und sehr streng. Sie meinten, ich solle das Handwerk erlernen. Da ich es sehr genoss, bei den Treffen des Vampir-Strickclubs mit ihnen zusammen zu sein, strengte ich mich sehr an, um besser zu werden. Und ich wurde auch besser. Ich konnte rechte und linke Maschen stricken, und wenn ich gut aufpasste, sogar in der richtigen Reihenfolge. Schlimm war es für mich immer noch, wenn ich Maschen fallen ließ. Und wann immer jemand die wohltuende Wirkung des Strickens erwähnte, hätte ich ihn am liebsten erwürgt. Es war jedoch nicht zu leugnen, dass ich besser wurde. Für jemanden, der ein Strickwarengeschäft besaß, war das eine sehr gute Sache.

Eine ältere Frau kam herüber, um Clara beim Aufdröseln meines Gestricks zu beobachten, und sprach mit mir. „Haben Sie wirklich ein Strickgeschäft?"

„Ja. Cardinal Woolsey's, in Oxford."

Sylvia sagte: „Es ist ein wunderschöner Laden. Lucy führt ausschließlich hochwertiges Strick- und Häkelmaterial sowie Muster und Kurzwaren. Und sie gibt ausgezeichneten Unterricht."

Es war toll, dass sie so gute Werbung für meinen Laden machte, aber ich fragte mich, warum. Das Letzte, was ich brauchen konnte, war ein Haufen Hexenjäger, die ins Cardinal Woolsey's kamen. Das Einzige, was noch schlimmer wäre, wären Vampirjäger.

Aber als sie mich ansah und mir unmerklich zuzwinkerte, wartete ich, denn ich wusste, dass sie etwas vorhatte. Sie sagte: „Und sie baut ihre Kurse weiter aus." *Kurse ausbauen?* Ich hatte schon Schwierigkeiten, Lehrerinnen für die wenigen zu finden, die ich anbot.

Erstaunt starrte ich sie an, als sie fortfuhr: „Wenn es genug Interessenten gibt, könnten wir vielleicht auch hier in Moreton-Under-Wychwood einen anbieten."

Wen meinte sie wohl mit „wir"?

Noch bevor ich etwas sagen konnte, trat ein erfreutes Lächeln auf das Gesicht der Frau, die Clara zugesehen hatte. „Oh, das wäre wunderbar. Immerhin gibt es hier mindestens ein halbes Dutzend Frauen, die gerne stricken. Ich weiß, dass die Leute sagen, man könne alles online bestellen, aber ich mag keine Computer. Ich möchte die Ware sehen und anfassen, bevor ich etwas kaufe."

Ich war zwar eine Hexenanfängerin, die nur knapp einem Lynchversuch entronnen war, aber ich war auch Geschäftsfrau, und wie meine untote Großmutter war auch ich stolz darauf, unser kleines Geschäft auszubauen. Ich blickte zu Sylvia hinüber. „Wenn du dich für die Kurse hier zur Verfügung stellst, kann ich eine Auswahl an Wolle und Mustern mitbringen. Wenn jemand online etwas findet und sich nicht sicher ist, kann er uns eine E-Mail schicken, und ich kann die Ware zur Ansicht mitbringen", sagte ich, denn die Idee gefiel mir immer besser. „Sie brauchen nichts im Voraus zu kaufen."

Ich hatte noch nie in meinem Leben etwas so Erstaunliches gesehen, wie das Umschlagen der Stimmung in diesem Café, als die Frauen des Dorfes von einem Haufen misstrauischer Hexenhasserinnen zu Rentnerinnen und Hausfrauen wurden, die sich für Strickkurse begeisterten.

„Gewiss. Ich habe einige Fair-Isle-Muster entwickelt. Ich könnte den AnfängerInnen ein einfaches und den Fortgeschrittenen ein komplizierteres beibringen. Was meinst du, Lucy?"

Ich bin sicher, dass ich gerade lächelte wie jemand, der die Pointe eines Witzes gehört hat und sie nicht versteht. Fair Isle? War das nicht ein Ort in Schottland?

Alle Strickerinnen schienen davon begeistert zu sein, aber ich schwieg immer noch. Clara lehnte sich näher heran und flüsterte: „Fair-Isle-Muster werden, ähnlich wie Norwegermuster, mit zwei Farben gleichzeitig gestrickt." Es hat seinen Grund, warum Clara eine meiner Lieblingsvampirinnen ist.

„Klar", sagte ich. „Das ist eine großartige Idee."

Die Frau war so aufgeregt gewesen, aber jetzt wurde sie ernst. „Aber wo sollen wir den Kurs abhalten? Normalerweise würde ich das Rathaus vorschlagen, aber die Polizei hat es abgesperrt."

Es herrschte einen Moment lang eine peinliche Stille, als wir alle in die Realität des gestrigen Todes zurückversetzt wurden.

„Joanna? Wie wäre es mit deinem Bauernhof?" Ich erkannte die Sprecherin. Sie war die Dame, die den Antiquitätenstand gestern organisiert hatte. Sie schien eine vernünftige Frau zu sein, die ebenso wie ich darauf bedacht war, die Stimmung im Café zum Guten zu wenden.

Joanna entpuppte sich als eine große, elegante Frau, die mehr nach London als nach Moreton-Under-Wychwood aussah. „Was für eine wunderbare Idee. Ich würde mich freuen, den Unterricht auf unserem Hof abzuhalten. Wir betreiben das alte Bauernhaus als Ferienunterkunft und

Seminarzentrum für Unternehmen." Sie sagte, der Raum würde dreißig Personen fassen, und da das Interesse bereits groß war, vermutete ich, dass es durchaus so viele werden könnten. Da ich mir nie ein Geschäft entgehen lassen wollte, zückte ich mein Handy und erstellte sofort eine Liste, in die ich die E-Mail-Adressen der Leute eintrug.

Einige, die sich anmeldeten, sagten, ihre Freundinnen seien bestimmt auch interessiert, und kontaktierten diese sofort per SMS, weil sie befürchteten, sie könnten sonst keinen Platz mehr bekommen.

Die Frau, deren Online-Dates beide abgesagt hatten, sagte plötzlich: „Aber woher wissen wir, dass sie keine Hexe ist?"

Bei dem Taktgefühl war es kein Wunder, dass sie Schwierigkeiten hatte, ein Date zu bekommen. Zum Glück lachte die Frau, die ihr Haus angeboten hatte, noch bevor ich etwas sagen konnte. „Mal ehrlich, Sarah, was für eine Hexe würde wohl einen Strickladen betreiben?"

Einen Moment lang wirkte Sarah skeptisch, doch dann, als alle der Besitzerin des Bauernhauses zuzustimmen schienen, gab sie auf. „Stimmt, das ist unwahrscheinlich."

Dieser Schuss war zum Glück danebengegangen.

Und apropos Schuss bzw. tödlicher Pfeil: Das Beste an Sylvias Strategie war, dass ich damit einen guten Grund hatte, nach Moreton-Under-Wychwood zurückzukehren. Vielleicht hatte ich keinen triftigen Grund, mich an der Aufklärung dieses Mordes zu beteiligen, aber ich mochte meine Großcousine Violet, und es gefiel mir nicht, dass ihre Nachbarn sie mit Argwohn betrachteten.

Margaret Twig schien auf sich selbst aufpassen zu können. Da sie jedoch das Oberhaupt meines Hexenzirkels war, sollte ich ihr wohl ein wenig Respekt erweisen und versuchen, ihr, wenn möglich, zu helfen.

Die Begeisterung über die Strickkurse war so groß, dass Sylvia sagte, sie würde gerne an einem Abend dieser Woche mit den Kursen beginnen. „Lucy?"

„Wenn bis heute Abend mindestens zehn Teilnehmerinnen bestätigen, dann ja. Wir können am Mittwoch anfangen." Ich wusste aus Erfahrung, dass man niemals sicher sein konnte, dass ein Teilnehmer kommen würde, solange er nicht gebucht und bezahlt hatte. Wir einigten uns darauf, dass Sylvia die Strickmuster zur Verfügung stellen würde und dass Anfänger und Fortgeschrittene die gleiche Wolle verwenden sollten, um die Logistik zu vereinfachen.

Für die erste Stunde einigten wir uns auf den Mittwochabend. Joanna, die Besitzerin des Bauernhauses, sagte, ich könne gerne kommen und mir ihre Räumlichkeiten ansehen. Mir ging es nicht nur darum, ob sie sich für die Strickstunden eigneten. Ich hatte auch das Gefühl, dass sie in dieser Gemeinde bekannt und beliebt war. Sie wüsste vielleicht auch einiges über die beteiligten Personen.

Ich wollte Sylvia gerade vorschlagen zu gehen, als ein Mann das Café betrat. Alle Gespräche verstummten plötzlich. Die Stille war noch angespannter als beim Eintreten der Hexen. Er schien Anfang fünfzig zu sein und den Höhepunkt seiner etwas rauen Attraktivität überschritten zu haben. Er sah aus wie einer, der normalerweise mit seinem Leben recht zufrieden ist, aber in diesem Moment war sein Blick angespannt und er hatte rote Ränder um die Augen. Nora, die beste Freundin der toten Frau, erhob sich von ihrem Stuhl und ging mit ausgebreiteten Armen nach vorne. „Oh, Jason. Es tut mir so leid. Komm und setz dich."

Ich brauchte keine magischen Kräfte, um zu erraten, dass er der Ehemann des Mordopfers war. Vielleicht würden Sylvia und ich das Café doch noch nicht verlassen. Da Clara ihren Cappuccino nicht angerührt hatte, begann ich, etwas davon zu trinken. Ich beobachtete, wie der trauernde Witwer sich neben der Freundin seiner verstorbenen Frau und deren Mann niederließ.

Sie steckten ihre Köpfe zusammen und begannen mit leiser Stimme zu sprechen.

„Wie tragisch", sagte die Frau, die gerne strickte. „Die vier haben alles zusammen gemacht. Jetzt sind sie nur noch zu dritt. Und Jason sieht so traurig aus, der arme Kerl. Ich sollte ihm einen Kuchen backen."

Eine Frau am Nebentisch hörte das und stimmte zu, dass dies eine nette Geste wäre. Nach der Begeisterung zu urteilen, mit der die Frauen des Ortes überlegten, welches Essen sie dem frischgebackenen Witwer zukommen lassen würden, würde Jason Palmer in der nächsten Zeit wohl kaum verhungern.

Dennoch zeigten diese Nachbarn so viel gemeinschaftliche Freundlichkeit, dass ich ihre Großzügigkeit kaum mit dem kalten Misstrauen vereinbaren konnte, das sie den Hexen zuvor entgegengebracht hatten. Ich würde mir merken müssen, dass dieses Dorf, so nett die Leute auch sein mochten, eine dunkle Seite hatte. Irgendwo hier wohnte ein Mörder.

KAPITEL 9

*J*oanna Newman, die Besitzerin des Bauernhauses, wohnte etwa zwei Meilen vom Ortszentrum entfernt. Sie sagte, es gäbe eine Abkürzung, einen angenehmen Spazierweg über die Felder, und normalerweise wäre ich in Versuchung geraten. Aber Clara und Sylvia würden an einem sonnigen Frühlingstag nicht durch Felder und Wiesen stapfen wollen, also sagte ich, dass wir nicht viel Zeit hätten und zu ihrem Haus fahren würden.

Außerdem wollte ich ein paar Minuten mit Sylvia allein sein, damit wir unsere Strategie planen konnten. Ich notierte mir Joannas Adresse und sagte, wir würden in dreißig Minuten bei ihr zu Hause eintreffen.

Joannas Anweisungen folgend, fuhren wir eine schmale Landstraße hinunter bis zu einem hell gestrichenen Schild mit der Aufschrift Nickleby Farm. Unter dem Schild hingen Körbe voller Frühlingsblumen.

Wir fuhren eine ziemlich lange Einfahrt entlang. Auf der

Wiese standen zwei Pferde, die aufhörten, Gras zu kauen, und zu uns aufschauten, vermutlich in der Hoffnung, wir würden anhalten und etwas wie Karotten oder Äpfel mitbringen. Als wir jedoch weiterfuhren, senkten sie ihre Köpfe wieder auf den grünen Rasen.

Jede Überlegung, dass das Bauernhaus alt und schäbig sein könnte, wurde schnell widerlegt. Das Bauernhaus war ein schönes altes Steingebäude mit Dachgauben und einem Obstgarten dahinter. Am anderen Ende des Obstgartens glitzerte ein Swimmingpool, daneben gab es einen Tennisplatz und etwas, das nach einer Minigolfanlage aussah.

Als wir anhielten, öffnete Joanna die grün lackierte Tür und begrüßte uns. Sie führte uns in einen großen Raum, der zum Teil hochwertige Bauernküche und zum Teil Wohnzimmer war. „Wir vermieten das Bauernhaus für Betriebsfahrten, große Familienfeiern und Hochzeiten. Im Erdgeschoss ist also jede Menge Platz."

Sie führte uns rasch herum, so als ob wir vielleicht an einen Firmenausflug denken würden. Sie erwähnte die hervorragende Beleuchtung, die vielen Steckdosen für Laptops, die gute Ausstattung der Küche und die sechs Schlafzimmer im Obergeschoss. „Es gibt ein komplettes Badezimmer und eine Toilette auf dem Flur und zwei weitere Bäder im Obergeschoss."

Ich fand es perfekt und sagte das auch. „Wenn Sie so freundlich sind, das Bauernhaus für den Unterricht zur Verfügung zu stellen, bekommen Sie den Unterricht natürlich kostenlos."

Sie sah nicht so aus, als bräuchte sie das Geld, aber sie freute sich trotzdem über mein Angebot. „Das ist sehr nett von Ihnen. Vielen Dank. Wahrscheinlich bringe ich auch meine Tochter mit, aber ich bin gerne bereit, für sie zu bezahlen."

Ich wollte Joanna unbedingt dazu bringen, ein bisschen zu reden, und sagte: „Ich hoffe, wir bekommen genug Leute. Es würde wirklich Spaß machen, hier einen Strickkurs zu veranstalten. Kennen Sie viele Leute hier in der Gegend?"

„Oh, ja. Dieser Bauernhof hat Bills Eltern gehört, wissen Sie. An den Wochenenden kamen wir immer aus London mit den Kindern her. Die meisten Sommer haben wir hier verbracht. Nach dem Tod seiner Eltern ging das Grundstück an Bill über, wir haben es zum Gästehaus ausgebaut und wohnen hier, seit wir im Ruhestand sind. Da Bill hier aufgewachsen ist, wurden wir nie als Außenseiter betrachtet. Also, ja, ich denke, man kann sagen, dass ich die meisten Leute hier kenne", sagte sie augenzwinkernd, „und auch die meisten Klatschgeschichten mitbekomme."

Ich lachte, als wäre Tratsch und Klatsch das Allerletzte, das ich im Sinn hatte. „Was für ein schrecklicher Schock für das ganze Dorf, dass diese nette Frau gestern umgekommen ist."

Sie wurde sofort ernst. „Es ist unvorstellbar. Elizabeth Palmer war wirklich eine reizende Frau. Alle mochten sie. Es war so ein schrecklicher Unfall."

Sie ging auf eines der üppig gepolsterten Sofas zu und setzte sich. Ich gab den Vampirinnen mit einem leichten Kopfnicken zu verstehen, dass sie mir folgen sollten, und setzte ich mich ihr gegenüber. Clara und Sylvia setzten sich auf zwei bequeme Sessel. Ich musste zugeben, dass dies ein sehr gemütlicher Raum zum Stricken wäre. Zumindest für diejenigen, die im Gegensatz zu mir das Stricken als eine gemütliche Beschäftigung empfanden.

Ich nickte. „Ich hatte sie natürlich nur kurz kennengelernt, aber sie freute sich so auf ihre Silberhochzeit. Sie sagte, sie und ihr Mann würden eine Kreuzfahrt machen."

„Ja. Sie sprach fast nur noch davon. Es war für Elizabeth und Jason nicht immer einfach. Offen gesagt, war er nicht so ein guter Geschäftsmann wie ihr Vater. Ich glaube, das Geld war manchmal ein bisschen knapp. Dennoch haben sie für ihre Silberhochzeitsreise alle Register gezogen. Ich nehme an, Jason wird sie jetzt absagen. Ich frage mich, ob Tony und Nora trotzdem fahren werden. Es wäre schade, das nicht zu tun, jetzt wo alles gebucht und vermutlich auch bezahlt ist."

„Tony und Nora?"

„Oh ja, die vier waren gute Freunde. Sie wollten alle zusammen auf die Kreuzfahrt gehen."

War da etwas in ihrem Tonfall? Oder suchte mein auf Hochtouren laufendes Gehirn nach möglichen Mordmotiven? Ich wusste es nicht, aber mir rutschte die Frage heraus, ob die vier sich wohl schon immer nahe gestanden hatten. Was ich wirklich meinte, war, wie nah.

Wie ich schien auch Joanna zwischen den Zeilen zu lesen. Sie sagte: „Nora und Jason sind beide begeisterte Golfspieler. Weder Elizabeth noch Tony interessierten sich für diesen Sport, also gingen Nora und Jason oft zusammen zum Golfen."

Ihr Tonfall wirkte ein wenig zu unbeschwert. Manchmal war es zu anstrengend, in Andeutungen zu reden. Ich beschloss, sehr amerikanisch zu sein und ihr eine direkte Frage zu stellen. „Haben Sie jemals den Eindruck gehabt, zwischen den beiden könnte mehr sein als nur Golf?"

Wenn sie von meiner Direktheit überrascht war, zeigte sie es nicht. „Natürlich gab es Gerüchte. Aber Sie wissen ja, wie Menschen sein können. Tony und Liz schien es nichts auszumachen, und wenn es ihnen recht war, dass ihre Ehepartner miteinander Golf spielen gingen, was ging es dann die anderen an?"

„Aber jetzt ist Elizabeth tot", warf ich ein. „Wenn es Mord war, wird die Polizei nach einem Motiv suchen."

Ruckartig hob sie den Kopf und ihre Augen weiteten sich erschrocken, als hätte sie Elizabeths Tod nicht mit der Möglichkeit in Verbindung gebracht, dass ihr Ehemann eine Affäre hatte. „Was wollen Sie damit sagen? Dass Jason seine Frau umgebracht hat? Oder Nora ihre beste Freundin? Das ist undenkbar. Außerdem waren sie beide auf dem Dorffest. Alle waren auf dem Dorffest."

Sicher, Nora war zum Zeitpunkt des Mordes bei Violet im Zelt gewesen. Aber war das nicht ein hervorragendes Alibi für sie? Sie könnte den Mord gemeinsam mit ihrem Geliebten, dem Ehemann von Elizabeth, geplant haben. Sie hätte sich vergewissern können, dass ihre Freundin den Weg zum Bogenschießplatz einschlug und ihm dann irgendwie Bescheid geben können.

Ich hatte nicht gesehen, wie sie in das Zelt ging. Ich war zu sehr damit beschäftigt gewesen, Elizabeth einzuholen. Nora hätte vor dem Besuch bei der Hellseherin einfach eine kurze Nachricht senden können.

Ich bedankte mich bei Joanna und stand auf, bevor ich als neugierige Wichtigtuerin dastand. Aber eines ließ mich nicht los. „Wirkten Tony und Nora auf Sie glücklich?" Ich hatte sie heute Morgen kurz im Café gesehen, und es gab keine Anzeichen von Zwietracht, auch nicht, als Jason sich zu ihnen gesellte.

Sie sagte: „Für seine Frau würde Tony absolut alles tun. Er betet sie an."

„Ich kann verstehen, dass alle nervös sind. Es muss schrecklich sein, wenn eine Nachbarin in einem schönen, ruhigen Dorf wie diesem hier ermordet wird."

Joanna sah mich seltsam an. „Ich glaube, die Leute sind besonders besorgt, weil es nicht der erste Mord ist, der hier geschehen ist."

Meine Augen weiteten sich vor Schreck. „Das ist nicht der erste?" Ich hoffte wirklich sehr, dass der erste Mord nichts mit der Tötung einer Hexe zu tun hatte.

Sie wandte ihren Blick zum Fenster, als ob die Geschichte an der Scheibe geschrieben stünde. „Es muss jetzt dreißig Jahre her sein. Ein Mann namens Grayson Timmins überraschte einen Einbrecher und wurde totgeprügelt."

„Wie furchtbar." Erst gestern hatte mich der pensionierte Kriminalbeamte auf den Fall aufmerksam gemacht, und in dem ganzen Drama hatte ich ihn tatsächlich vergessen.

Kein Wunder, dass die Leute hier ausflippten. „Glauben Sie, es könnte ein Zusammenhang zwischen Elizabeths Tod und einem früheren, ungeklärten Fall bestehen?"

Sie wandte sich wieder mir zu, und ihr Blick wirkte traurig und auch ein wenig ängstlich. „Man macht sich schon seine Gedanken."

„Gibt es da denn irgendeine Verbindung?" Einmal mehr war ich sicher, dass ich ihre Gedanken lesen konnte. „Oder könnte es sich um die Tat eines geistesgestörten Serienmörders handeln?"

Zitternd senkten sich ihre Lider. „Am Wochenende kommen meine Enkelkinder, Lucy. Bitte sagen Sie so etwas nicht."

Da schaltete sich Sylvia ein: „Wenn ich Sie wäre, würde ich die Enkelkinder lieber ein andermal kommen lassen."

KAPITEL 10

*I*ch bedankte mich nochmals bei Joanna dafür, dass sie uns den Raum für den Strickkurs zur Verfügung stellte.

Sie stand auf und reichte mir eine Broschüre. „Darin finden Sie alle meine Kontaktdaten, und auch eine Wegbeschreibung. Machen Sie sich keine Sorgen. Ich bin fast hundertprozentig sicher, dass dreißig Personen an Ihrem Strickkurs teilnehmen werden. Auf zehn zu kommen, ist garantiert kein Problem."

Die beiden Vampirinnen und ich verabschiedeten uns, und ich setzte meine Sonnenbrille auf, während Clara und Sylvia ihre großen Sonnenhüte aufsetzten und ihre Sonnenschirme zur Hand nahmen. Dann stiegen wir wieder in den kleinen Ford und fuhren zurück nach Oxford.

Ich gratulierte Sylvia zu ihrem ausgezeichneten Manöver, den Strickkurs vorzuschlagen, und Clara zu ihrer Idee, uns mit der Bitte um Strickunterstützung zu Hilfe zu eilen. Beide lachten und Clara sagte: „Gerne würde ich die Lorbeeren dafür einheimsen, aber eigentlich war es Rafes Idee."

Das Getriebe krachte, weil ich beim Hochschalten in den dritten Gang von der Kupplung gerutscht war. Natürlich war es Rafes Idee gewesen.

Auf der ganzen Rückfahrt nach Oxford sprachen wir drei über alles, was wir mitbekommen hatten. „Ich weiß, dass ihr beide Joanna beobachtet habt. Habt ihr den Eindruck, dass die Beziehung zwischen Nora und Elizabeths Ehemann Jason nicht ganz platonisch war?"

Keine von beiden antwortete sofort. Clara, die von den Menschen immer das Beste annahm, sagte: „Es könnte eine enge Freundschaft zwischen Menschen sein, die sich schon sehr lange kennen. Wenn es ihren Ehepartnern nichts ausmachte und sie beide begeisterte Golfer sind, dann ist das alles vielleicht nur missgünstiger Dorftratsch."

Sylvia war sowohl zynischer als auch weltgewandter. Sie saß hinter mir. Ich schaute in den Rückspiegel und versuchte, ihren Gesichtsausdruck zu erkennen, aber ich sah nur den Rücksitz. Manchmal vergaß ich völlig, dass diese Frauen, die meine Freundinnen geworden waren, als Vampirinnen kein Spiegelbild hatten. Also fragte ich. „Sylvia? Was meinst du?"

„Joanna schien nicht der Typ zu sein, der nur aus Spaß am Tratschen etwas erzählt. Du kennst doch das alte Sprichwort ‚Kein Rauch ohne Feuer'?"

„Aber es könnte doch auch ein Serienmörder gewesen sein", warf ich ein. „Was, wenn der Mörder von Grayson Timmins auch Elizabeth getötet hat?"

„Dreißig Jahre wären ein langer Abstand für eine Mordserie. Meiner Ansicht nach würde es sich eher lohnen, die Beziehung zwischen dem Ehemann der toten Frau – Jason, oder? – und deren Freundin Nora zu untersuchen."

„Aber wie? Wir sind ja nicht die Polizei."

„Wir sollten die liebe Nora dazu bringen, sich für den Strickkurs anzumelden. Ja", sagte sie, während sie über ihre Idee nachgrübelte. „Genau das müssen wir tun."

„Bitte verlange nicht von mir, sie mit einem Zauberspruch zur Teilnahme an dem Kurs zu bewegen. Ich glaube nicht, dass ich das kann."

„Ich werde meine eigenen Talente nutzen."

„Vampirtalente?"

„Hauptsächlich Charme und Überzeugungskraft, die habe ich schon von Geburt an."

Ich hätte daran denken sollen, dass Sylvia jede Andeutung, sie könne jetzt mächtiger sein als zu Lebzeiten, unangenehm war. Sie war ja ganz offensichtlich spektakulär gewesen. Als berühmte Bühnen- und Filmschauspielerin der 1920er Jahre war es für sie eine Tortur, sich immer unauffällig im Hintergrund halten zu müssen und sich von anderen schminken zu lassen, weil sie ihr eigenes Gesicht niemals im Spiegel sehen konnte.

„Wie willst du Nora dazu bringen, zum Strickkurs zu kommen?" Ich selbst würde mich nicht unbedingt zu einem Handarbeitskurs anmelden, wenn meine beste Freundin gerade ermordet worden wäre.

„Ich weiß es noch nicht genau. Wir werden Theodore bitten, uns zu helfen. Er kann ein paar Poster machen. Clara und ich können ja morgen wieder ins Dorf fahren und sie an ein paar strategischen Stellen anbringen. Natürlich wird sich der Kurs auch ohne zusätzliche Werbung füllen, aber wir werden herausfinden, wo Nora wohnt und arbeitet und dafür sorgen, dass sie dort ein Plakat vorfindet."

„Na dann, viel Glück!" Wir fuhren gerade durch Woodstock, und der Verkehr war sehr dicht, wie üblich am Sonntagnachmittag.

Mit Lachen in der Stimme erwiderte sie: „Lucy, du kommst natürlich mit. Du musst uns fahren."

„Sylvia, du hast doch selbst ein Auto und einen Fahrer." Ich schaltete, was mir mit der linken Hand immer noch schwerfällt. Ich wusste nicht, ob ich mich jemals daran gewöhnen würde, auf der falschen Straßenseite zu fahren. Und das Letzte, was ich brauchte, war eine weitere riskante Fahrt nach Moreton-Under-Wychwood. „Außerdem ist morgen Montag. Da ist mein Laden geöffnet."

„Ich kann nicht mit meinem Bentley mit Chauffeur in diesem kleinen Dorf vorfahren. Sie werden mich für eine Angeberin halten."

Angeberei hatte Sylvia noch nie etwas ausgemacht.

„Und außerdem, je schneller wir diesen Mordfall aufklären, desto besser für dich und die anderen Hexen."

Ich war mir nicht sicher, wie nützlich meine Anwesenheit sein würde, da meine detektivischen Fähigkeiten bestenfalls laienhaft waren. Mit dem Bentley hatte sie allerdings recht.

ICH LIESS DIE BEIDEN VAMPIRINNEN HINTER DEM HAUS AUSSTEIGEN, und dann zwängte ich den winzigen Ford in die ebenso winzige Parklücke hinter meinem Laden und der Wohnung. Wir gingen vom Garten aus durch die Hintertür, die zur Treppe zu meiner Wohnung führte.

Der köstliche Duft von Ingwerkeksen stieg mir in die Nase, und gleich ging es mir besser. Ich drehte mich zu den beiden um. „Granny ist oben. Wollt ihr nicht auch mit nach oben kommen?"

Clara gähnte. „Ich bin ziemlich müde, aber vielleicht komme ich noch auf einen kurzen Besuch vorbei, bevor ich ins Bett gehe."

Sylvia war wie Rafe und schien mit Nickerchen zu überleben, ohne jemals müde auszusehen. Zu dritt gingen wir nach oben. Und tatsächlich, Granny wuselte in der Küche herum. Als sie mich erblickte, schloss sie mich gleich in ihre Arme. „Ich habe gehört, was passiert ist." Sie sah besorgt aus. „Mabel und ich sind sofort aus Dublin zurückgekommen, als wir davon erfahren haben. Lucy, du musst vorsichtig sein. Natürlich herrscht heutzutage viel mehr Toleranz Hexen und Heiden gegenüber, aber die Angst bringt normale Menschen immer noch dazu, Schreckliches zu tun." Als ich an das Verhalten der Dorfbewohner im Café heute Morgen dachte, erschauderte ich. Ich hatte am eigenen Leib erfahren, wovon sie sprach, und hätte gern darauf verzichtet.

„Mehr Sorgen mache ich mir um Violet. Ich bin hier in Oxford ziemlich gut aufgehoben, aber sie und Tante Lavinia leben beide im Dorf." Ich kämpfte mit mir und sagte dann: „Margaret Twig wohnt auch in der Nähe. Ich habe die Feindseligkeit ihnen gegenüber richtig spüren können."

„Es ist wegen des Mordes", sagte Sylvia. „Der hat alle im Dorf nervös gemacht."

Gleich fühlte ich mich viel weniger nervös. Selbstgebackene Kekse hielten das Grauen irgendwie in Schach. „Granny, Wahnsinn, dass du Ingwerplätzchen gebacken hast. Du bist doch sicher müde von der Reise."

„Nein, überhaupt nicht. Es war ein schönes, erholsames Wochenende. Ich war eigentlich versucht, etwas anderes zu machen. Aber heute dachte ich, du brauchst etwas, das dir vertraut ist und das du magst."

Wie meine Granny. „Ja, wirklich. Bitte hör nie auf, sie zu backen. Sie erinnern mich daran, wie ich als kleines Mädchen hier bei dir zu Besuch war." Sie gaben mir ein Gefühl der Geborgenheit. In einer Welt, die immer chaotischer wurde, sehnte ich mich nach allem, was mir die Illusion von Geborgenheit gab.

Wir begannen sofort, Granny von unserem Tag zu berichten.

Bevor er von der Seite meines Ladens aus oben an der Treppe auftauchte, wurde ich mir seiner Gegenwart bewusst, und zwar nicht etwa, weil er klopfte, klingelte oder sich in irgendeiner anderen Weise wie ein normaler Besucher bemerkbar machte. Rafe schlenderte herein. „Ich habe Backduft gerochen", sagte er, als ob das sein Verhalten entschuldigte. Er nickte den drei Vampirinnen zu und kam dann zu mir, legte seine Hände auf meine Schultern und sah mir ins Gesicht. „Wie kommst du klar?"

„Mir geht es gut." Das war eine Lüge, und er wusste es.

„Etwas ist sehr merkwürdig am Tod dieser Frau", sagte er, als würde er eines seiner seltenen Manuskripte kommentieren, an dem ihm etwas Merkwürdiges aufgefallen war. Ich musste kichern, ich konnte einfach nicht anders. „Ach ja? Meinst du? Eine Frau wird mitten auf dem Jahrmarkt von einem Langbogenpfeil niedergestreckt, und du glaubst, daran sei etwas merkwürdig?"

Er ignorierte meinen Sarkasmus. „Eigentlich war es kein Langbogen."

Es kostet mich wahrhaftig große Selbstbeherrschung, in seiner Gegenwart nicht ständig die Augen zu rollen. Der

Mann nervte, weil er alles wusste, und das nicht nur, weil er schon seit Jahrhunderten auf der Welt war, sondern, weil er von Natur aus intelligent war. Super intelligent, um genau zu sein. „Was für ein Bogen war es denn, Rafe?" Ich gebe zu, mein Ton war der einer schnippischen Schülerin aus der letzten Reihe. Aber auch jetzt ignorierte er meinen Sarkasmus. „Ich bin mir nicht ganz sicher. Aber ich vermutet, dass es ein Recurvebogen war. Der ist kleiner als ein Langbogen, der Pfeil fliegt schneller und man kann genauer zielen."

„Okay, mit mittelalterlichen Bogenschießtechniken kenne ich mich nicht besonders gut aus. Langbogen, Kurzbogen, Recurve, was auch immer. Sie wurde von einem Pfeil getötet."

Er schüttelte den Kopf. „Lucy, in einem Fall wie diesem habe ich den Verdacht, dass es auf jedes Detail ankommt."

„Ein Fall? Was sind wir eigentlich? Sherlock Holmes und Dr. Watson?" Eigentlich war es kein schlechter Vergleich. Rafe war der Schlaflose mit dem brillanten Verstand und dem Auge fürs Detail. Außerdem hatte er einen gesellschaftlich inakzeptablen Appetit. Ich hingegen war teils lustiger Sidekick und teils diejenige, die ihm die dummen Fragen stellen durfte, damit er durch deren Beantwortung seine Genialität zur Schau stellen konnte. Das nervte total.

Wenigstens führte ich nicht Buch über die Fälle, um einen Mann mit einem übergroßen Ego noch einen Kopf größer zu machen.

„Ich glaube, es wäre eine sehr gute Idee, den Wychwood Bowmen einen Besuch abzustatten", sagte er.

Ich erschauderte. „Glaubst du wirklich, dass sie an einem Gespräch mit uns interessiert wären?"

„Ich denke, man könnte sie dazu überreden."

So etwas sagte er nie, wenn er es nicht ernst meinte. „Was hast du dir vorgestellt?"

„Morgen Nachmittag veranstalten sie eine Informationsveranstaltung für Mitglieder und potenzielle Mitglieder. Es ist eine gute Möglichkeit, den Schützenverein kennen zu lernen und Fragen zu stellen

„Und woher weißt du das?"

Er sah mich an, als wäre ich ein bisschen minderbemittelt. „Ich habe im Internet nachgeschaut."

Ich weiß nicht, warum ich angenommen hatte, er hätte das Vampirnetzwerk konsultiert. Manchmal funktionierte die Alltagstechnik ja genauso gut.

Ich nahm einen Keks und eine Tasse frisch aufgebrühten Kaffee von Granny entgegen. Und dann begann ich, auf und ab zu gehen. Ich vertraute jedem hier, und wir hatten gemeinsam schon einige schwierige Zeiten durchgestanden. Gemäß der Theorie, dass fünf Gehirne besser sind als eines, vor allem, wenn eines von ihnen ein Genie ist, fragte ich laut: „Wer tötet eine Frau mitten auf einem Jahrmarkt?"

Ich trank einen Schluck Kaffee und stellte meine Tasse dann auf dem Couchtisch ab. „Und war der Tod ein Unfall? Oder war es Mord? Und wenn es Mord war, hatte es Elizabeth Palmer treffen sollen? Oder war das Zufall?"

„Gute Fragen", sagte Sylvia.

Ich fuhr fort: „Und wer tötet jemanden mit einem Pfeil? Das ist doch so, ich weiß nicht, historisch."

Rafe nickte. „Das habe ich auch schon gedacht. Wenn es tatsächlich Mord war, und ich vermute, dass es das war, liegt dann in der Todesart an sich eine Botschaft?"

Ich starrte ihn an. „Du meinst, die Benutzung von Pfeil

und Bogen könnte eine Botschaft gewesen sein? Aber die Person, die sie bekommt, ist doch am Ende tot!"

„Es sei denn, die Warnung richtete sich an jemand anderen?"

Darauf war ich nicht gekommen.

Auch er begann nun, auf und ab zu gehen. Es nervte, dass wir beide diese Angewohnheit hatten, wenn wir nachdachten. „Es gibt das nicht mehr so oft, zumindest nicht in England, aber öffentliche Bestrafungen und Hinrichtungen waren einmal an der Tagesordnung. Die Leute kamen von weit her und brachten ihre Kinder mit, um zuzusehen, wie ein Wegelagerer gehängt oder einer in Ungnade gefallenen Königin der Kopf abgeschlagen wurde." Er schaute auf. „Einen Dieb mitten auf dem Dorfplatz an den Pranger zu stellen, war eine gute Abschreckung für andere Diebe."

Wenn ich seiner Argumentation folgte, dann wollte er damit sagen, dass ... Ich wusste nicht, was er damit sagen wollte.

Ich war mir auch nicht sicher, ob er es selbst wusste. Ich hatte den Eindruck, dass er laut dachte. „Und wenn nun Elizabeth Palmer in etwas Unerlaubtes verwickelt war? Und das vielleicht nicht allein? Indem er sie auf diese öffentliche Weise tötete, hätte der Mörder ihren Gefährten eine sehr klare Botschaft gesandt."

„Du meinst, so wie jemand einmal versucht hat, mich zu töten, um mich vom Rumspionieren abzuhalten?"

Er lächelte eher grimmig. „Genau so."

Das ließ diesen rätselhaften Fall in einem ganz neuen Licht erscheinen. Aber aus welcher Warte man es auch betrachtete, war das Ganze ein Rätsel. „Wir wissen nicht genug. Wir wissen nicht genug über Elizabeth und über ihren Hintergrund. Wir wissen nicht genug über ihren Ehemann und ihre Freunde. Und offenbar ist das nicht der erste Mord in Moreton-Under-Wychwood."

Er sah mich seltsam an. „Zweifellos gab es dort im Laufe der Jahrhunderte Dutzende von Morden. Es ist ein sehr altes Dorf. Aber du meinst bestimmt den ungelösten Mordfall von vor dreißig Jahren."

Welcher Muskel auch immer das Augenrollen im Zaum halten sollte, wurde heute gehörig trainiert. „Ja, Professor Neunmalklug, ich meinte den ungeklärten Fall von vor dreißig Jahren. Was weißt du darüber?"

„Nicht viel. Damals habe ich nicht hier in der Gegend gewohnt."

Ich erzählte, was Joanna uns über den Mord erzählt hatte, und sah mich dann um. „Was meint ihr? Könnten diese beiden Todesfälle in irgendeiner Weise zusammenhängen?"

Sylvia meldete sich zu Wort. „Ich denke, die Antwort darauf können wir nicht wissen, solange wir nicht beide Morde aufgeklärt haben."

Ich stieß einen Laut aus, es war halb Grunzen, halb Heulen. „Zwei Morde aufklären?" Für die anderen war das in Ordnung. Sie waren für immer im Ruhestand und reich. Ich hatte einen Laden zu führen. „Also, ich wünsche euch viel Erfolg bei euren Nachforschungen, aber ich muss mich um Cardinal Woolsey's kümmern. Außerdem muss ich alles für den neuen Kurs vorbereiten, den wir jetzt ab Mittwoch anbieten." Das brachte mich darauf, dass ich ja runterlaufen und den Kurs auf dem Computer einrichten musste.

Ich wollte nicht mit meinem Material und Sylvia den ganzen Weg nach Moreton-Under-Wychwood zu einer Strickstunde fahren, ohne sicher zu sein, dass ich genug

Schülerinnen hatte. Ganz abgesehen von Morden, die aufzuklären waren, musste ich auch ein Geschäft führen.

„Lucy, du kommst doch morgen mit uns nach Moreton-
Under-Wychwood", erinnerte mich Sylvia.

„Was ist mit Cardinal Woolsey's?"

Von Granny hätte ich am ehesten erwartet, dass sie auf
meiner Seite stehen würde, schließlich hatte sie den Laden
gegründet. Sie sagte: „Violet könnte im Laden bleiben. Violet
ist durchaus kompetent, wenn sie sich darauf konzentriert.
Außerdem tust du es ja für sie."

Und dann sagte Rafe: „Außerdem kommst du morgen
Nachmittag mit mir zu den Wychwood Bowmen. Ich
bezweifle sehr, dass du es morgen überhaupt noch in den
Laden schaffst."

Da jetzt mein ganzer Tag verplant war, hätte ich meinen
Terminkalender ebenso gut wegwerfen können. Wenn ich
einen gehabt hätte.

Resigniert hob ich die Hände. „Okay!" Eigentlich hätte
ich ihnen widersprechen können, aber ich freute mich über
die Aussicht auf einen Tagesausflug. Ich wollte nicht wirklich, dass sie die ganze Detektivarbeit ohne mich machten. Es
machte viel mehr Spaß, bei strahlendem Frühlingswetter auf
Spurensuche zu gehen, als den ganzen Tag mit der Wolle im
Laden zu sitzen. Natürlich würde ich das nicht Violet sagen,
wenn sie morgen zur Arbeit käme.

Rafe sagte: „Es gibt zu viele Dinge, die wir nicht wissen."

Ich sah ihn an. „Hat die Polizei schon die Todesursache
ermittelt?" Er hatte überall Beziehungen, und wir erhielten
Berichte des Gerichtsmediziners oft vor den eigentlichen
Ermittlern.

Er sagte: „Das Herz wurde durchbohrt. Der Tod muss

praktisch sofort eingetreten sein. Ich glaube, sie haben die meisten Kirmesbesucher befragt und nichts wirklich Brauchbares herausgefunden."

„Also hat keiner so einen Robin-Hood-Typen zum Rathaus gehen sehen?"

„Leider nein."

„Aber es war der Pfeil, der sie getötet hat."

„Das steht außer Zweifel. Und wenn er auf Elizabeth Palmer gerichtet war, dann war es ein ausgezeichneter Schuss. Wir haben es mit einem erfahrenen Bogenschützen zu tun."

„Oder einer Bogenschützin", sagte Sylvia und warf den Kopf zurück. „Ich habe einmal in einem Film die Jeanne d'Arc gespielt. Für die Rolle habe ich Bogenschießen gelernt. Ich muss sagen, ich war ziemlich gut." Sie lächelte. „Im Bogenschießen, meine ich. Als Schauspielerin war ich hervorragend."

Instinktiv wandte ich mich an Rafe, der nickte. „Ja. Guter Hinweis, Sylvia. Eine einigermaßen starke Frau hätte diesen Schuss absetzen können."

Ich sah Granny an und dachte über Erbschaften nach. Ich war eine unterbeschäftigte Büroangestellte gewesen, als Granny mein Leben für immer verändert hatte. Sie hatte mir nie gesagt, dass ich nach ihrem Tod die neue Eigentümerin sowohl des Strickladens „Cardinal Woolsey's" als auch der darüber liegenden Wohnung werden würde.

Natürlich hätte ich die Immobilie genauso gut verkaufen können, aber ich war jeden Tag froh, es nicht getan zu haben. Dieses Leben passte zu mir, und das hätte ich nie entdeckt, wenn Granny mich nicht als Erbin eingesetzt hätte. Menschenleben veränderten sich täglich durch Testamente,

Lebensversicherungspolicen und Erbschaften der einen oder anderen Art. „Wer profitiert von Elizabeths Tod? Gibt es eine Lebensversicherung? Hatte sie ein Testament gemacht?"

Rafe nickte mir zustimmend zu. „Gut. Du denkst strategisch. Ich habe Theodore gebeten, ein bisschen herumzuschnüffeln und zu sehen, ob er die Antwort auf diese Fragen finden kann." Wie immer war Rafe mir also weit voraus. Doch schließlich hatte ich meinen Weg dorthin gefunden.

Theodore war zeitlebens Polizist gewesen. Jetzt arbeitete er nebenbei als Privatdetektiv, aber er hatte auch große Freude am Malen von Kulissen für Amateurtheateraufführungen und natürlich am Stricken. Unter den Mitgliedern des Vampir-Strickclubs gab es viele Talente, viel Erfahrung und, was vielleicht am wichtigsten ist, jede Menge Wesen, die endlos viel Zeit und die Fähigkeit hatten, nachts durch die Straßen zu schleichen, wo sie unauffällig Gespräche belauschen und Dinge sehen konnten, die vielleicht nicht für sie bestimmt waren.

Vampire hatten meist extrem scharfe Sinne. Sie konnten also besser sehen als Menschen, und definitiv besser hören und riechen. Sie waren wie Jagdhunde mit menschlichen Gehirnen und Kommunikationsfähigkeiten.

Normalerweise trafen wir uns sonntagabends nicht, aber ich hatte nie Probleme, meine Vampire für eine improvisierte Stricksitzung zusammenzubringen. Ich schlug vor, dass wir uns noch am selben Abend im Hinterzimmer meines Geschäfts treffen sollten. Je schneller wir die Vampire dazu bringen konnten, uns bei diesem Fall zu helfen, desto schneller würde Elizabeth Palmer Gerechtigkeit widerfahren.

Im Hinterzimmer meines Ladens gab es eine Falltür, die zu den Tunneln unter Oxford führte, wo die meisten Vampire wohnten. Clara stand auf. „Ausgezeichnete Idee, Lucy. Ich werde es allen mitteilen. Und wenn es dir nichts ausmacht, gehe ich jetzt ins Bett." Auch Granny hatte heimlich gegähnt. Ich fragte mich, ob die neueren Vampire mehr Schlaf brauchten als die älteren, aber ich hatte keine Ahnung, und es schien eine peinliche Frage zu sein. Sylvia sagte, sie würde mit ihnen hinuntergehen.

Rafe blieb zurück. Er nahm Gegenstände in die Hand, fummelte daran herum und legte sie wieder hin. Das passte gar nicht zu ihm. Dann drehte er sich plötzlich zu mir um. „Müssen wir reden?"

Was hatten wir denn gerade getan? Salsa getanzt? „Worüber reden?"

Er wurde noch unruhiger. Er nahm eine von Grannys viktorianischen Porzellanpuppen in die Hand. Ich hatte es bisher nicht übers Herz gebracht, diese aus dem oberen Regal zu entfernen, wo sie gestanden hatten, seit ich denken konnte. Er richtete ihr das Spitzenhäubchen und stellte sie wieder auf das Regal. Unbeholfen sagte er: „Über uns?"

Ich prustete los. „Rafe, du bist sicher der erste Vampir aller Zeiten, der den Satz ‚Wir müssen reden' ausspricht."

Er glättete die nächste Puppe im Regal. „Ich bin etwas in Verlegenheit, das ist alles."

Im Februar hatte er in einer silbernen Mondnacht in einem Zauberwald meinen Kuss erwidert. Wir waren uns damals beide einig, dass es ein Moment sein würde, der nur außerhalb der Zeit und der Geschichte existiert hatte. Und dass wir ihn nicht mehr erwähnen würden. Hatte ich an den Kuss gedacht, seit er passiert war? Natürlich hatte ich das. Ich bin eine Frau, ein Mensch, und es war ein toller Kuss. Aber ich wollte nicht reden.

Ich hatte keine Ahnung, wohin diese seltsame Beziehung zu Rafe führen würde. Manchmal stellte ich mir vor, ich wäre für immer mit ihm zusammen. Aber das Problem war, dass meine Definition von „für immer" die Lebensspanne eines Normalsterblichen war. Sein „für immer" hingegen war, nun ja, für immer.

Ich würde altern, er nicht. Ich würde sterben, er nicht. So sehr ich mich auch um ihn sorgte, ich hatte kein Interesse daran, selbst zum Vampir zu werden. Ich hatte schon genug Probleme, mir vorzustellen, was ich am nächsten Wochenende machen würde, ganz zu schweigen vom nächsten Jahrtausend. Also begnügte ich mich damit, diesen Kuss in der Zauberwelt zu belassen, zumindest bis ich bereit wäre, einige Entscheidungen zu treffen.

Schließlich hörte er auf, rumzufummeln und drehte sich zu mir um. Sein Gesicht war ernst, und sein Blick ließ mein Herz höher schlagen. „Du bedeutest mir etwas", sagte er einfach.

Wie kommt es, dass die einfachsten Sätze mehr bedeuten können als hundert Blumensträuße oder lange, blumige Reden?

Vielleicht weil ich wusste, wie ernst Rafe diese Worte meinte.

Ich war versucht, ihm zu sagen, dass er mir auch etwas bedeutete. Aber dann würde er mich wieder küssen. Und mein Leben würde komplizierter werden, als ich es zu bewältigen vermochte.

„Ich weiß", erwiderte ich.

KAPITEL 11

Der Strickclub der Vampire traf sich am selben Abend zur üblichen Zeit, 22 Uhr. Die, die unter meinem Laden wohnten, kamen herauf. Einige gähnten, weil sie gerade aufgewacht waren, andere sahen aus, als seien sie schon bereit für die Abenteuer der Nacht.

Für mich war der Tag bald zu Ende und ich war müde, aber sie sahen alle so frisch aus wie der junge, blutsaugende Morgen. Mein Herz sank ein wenig, als ich sah, dass Silence Buggins auch dabei war. Silence war verreist gewesen, um einen anderen Vampir aus der viktorianischen Zeit zu besuchen, den sie zu ihren Lebzeiten gekannt hatte. Es war so friedlich gewesen, ohne sie. Wenn jemals jemand einen unpassenden Namen gehabt hatte, dann war es Silence, die Stille. Sie war nach einer Tugend benannt worden, was im viktorianischen Zeitalter üblich war. Aber gerade diese Tugend besaß die arme Silence überhaupt nicht.

Sie war die schlimmste Quasselstrippe, die mir je untergekommen war. Außerdem war sie eine Angeberin, und das war eine unglückliche Kombination. Normalerweise war sie überzeugt, recht zu haben. Zugegeben, manchmal hatte sie sogar recht. Auf jeden Fall war sie überzeugt, dass die heutige Zeit dem moralischen Verfall anheimgegeben war. Sie hatte nicht nur ihre viktorianischen Werte mitgebracht, sondern auch ihre viktorianisches Kleidung. Sie trug immer noch geknöpfte Lederstiefel. Sie trug hochgeschlossene Kleider mit Spitzenkragen, und obwohl ich nie nachgeforscht hatte, war ich überzeugt, dass sie ein Korsett trug. Ihr Haar war immer hochgesteckt, und niemals ging sie ohne Hut aus dem Haus. In vielen anderen Städten der Welt hätte man sie für sonderbar gehalten, aber zum Glück war in Oxford vieles sonderbar.

Theodore kam nicht mit den anderen durch die Falltür, sondern kurz vor zehn zusammen mit Rafe durch die Vordertür meines Ladens. Ich sah ihm gleich an, dass er Neuigkeiten hatte. Er wirkte übermäßig selbstzufrieden, und seine unschuldigen babyblauen Augen glänzten. Zweifellos hatte er Rafe bereits alles erzählt. Ich gewöhnte mich langsam daran, dass Rafe immer alles vor mir wusste. Nun, nicht alles. Ab und zu gelang es mir nämlich doch, ihn zu verblüffen.

Jeder nahm mit seinem Strickzeug Platz. Ich experimentierte im Moment mit einem Muster für eine Decke herum, die komplett aus gestrickten Quadraten bestand. Tatsächlich war ich recht zufrieden mit mir, denn auf die Art konnte ich solange an einem Quadrat arbeiten, bis ich es ruiniert hatte oder mir langweilig wurde. Eigentlich ging es darum, verschiedene Maschenarten für jedes Quadrat zu üben, bis es am Ende wie ein gestricktes Mustertuch aussah. Ich hielt mich dabei mehr oder weniger an glatt rechts, allerdings in verschiedenen Farben, weil ich nichts überstürzen wollte.

Sylvia wollte mich überreden, ihr Fair-Isle-Projekt für den Strickkurs in Moreton-Under-Wychwood auszuprobieren, aber allein der Anblick des auf Karopapier gezeichneten Musters verursachte mir Kopfschmerzen. Das Anfängerprojekt war ein Quadrat mit einem geometrischen Muster als Mittelstreifen. Es sah aus wie eine Reihe stilisierter Tulpen. Sie sagte, dass das Anfängermodell auf der Rückseite mit Stoff verstärkt und als Topflappen benutzt werden könne. Für die fortgeschrittenen Strickerinnen wollte sie einen Pullover entwerfen.

Wie auch immer, ich holte mein glatt rechts gestricktes Quadrat heraus. Leidenschaftslos betrachtete ich es und strich es auf meinem Schoß glatt. Ich mochte die lila Farbe, aber ich konnte sehen, dass es nicht mit gleichmäßiger Spannung gestrickt war, und es hatte auch ein paar verdächtig aussehende Löcher, wo ich aus Versehen einige Maschen hatte fallen lassen, aber alles in allem war es für meine Verhältnisse nicht allzu schlecht.

Da die Vampire an meine üblichen Katastrophen gewöhnt waren, wurde ich überschwänglich gelobt, weit mehr als es meine mickrige Leistung verdient hätte. Dennoch war ich nicht immun gegen Schmeicheleien, und saugte sie auf wie eine welkende Pflanze das Wasser.

Auch Hester, der ewig mürrische Teenager, war zurückgekehrt. Sie hatte Freunde in L.A. besucht, und ich hatte gehofft, sie hätte sich entschieden, dort zu bleiben.

„Wie war deine Reise?", fragte Clara sie höflich.

Sie stieß einen tragischen Seufzer aus, als sei die ganze Reise eine riesige Zumutung gewesen. „Grauenhaft. Dort scheint ständig die Sonne. Ich konnte kaum das Haus verlassen. Und das Nachtleben, von dem alle so schwärmen, war miserabel."

„Du wurdest nach deinem Ausweis gefragt, stimmt's?", fragte Theodore. „Ich habe dir doch gesagt, dass der gefälschte Ausweis nicht funktionieren wird."

Sie starrte ihn an. „Wie auch immer, ich fand es schrecklich dort." Sie nahm ihr Strickzeug zur Hand, es war eine Art schwarzer Schal, und betrachtete ihn mit finsterem Blick.

Granny arbeitete an einem ärmellosen Spitzentop für mich, etwas, das ich im Sommer tragen konnte, wenn ich im Laden arbeitete. Die Farbe, ein schönes Helllila, hatte ich selbst ausgesucht. Sie bat mich, aufzustehen, um mir die Länge richtig anzupassen. Ich hatte dafür plädiert, dass sie dieses Mal etwas für sich selbst stricken sollte. Ehrlich gesagt, machten mir die Vampire ständig Sachen. Meine Schränke waren vollgestopft mit den schönsten Strickwaren, und ich hatte Schwierigkeiten, für alles Platz zu finden. Granny beharrte jedoch, sie habe ja bereits Strickpullover aus mehreren Leben. Und da ich in der Wohnung so viele davon gesehen hatte, wusste ich, dass das stimmte.

Ich tröstete mich mit der Gewissheit, dass in den Wohltätigkeitsläden bald einige sehr schöne Schnäppchen auftauchen würden.

Dr. Christopher Weaver arbeitete an einer unglaublich komplexen Weste. Er trug gerne schicke Westen. Sylvia häkelte sich eine neue Tagesdecke, ganz aus schwarzer und silberner Spitze. Sie würde wunderschön werden.

Theodore zog ein Paar Socken heraus, um daran zu arbeiten, aber ich merkte, dass er nicht in Stimmung war. Er war immer noch ganz Privatdetektiv und schaffte den Übergang zum Stricker noch nicht ganz. Nicht, dass ich das gewollt hätte, bevor er mir seine Erkenntnisse mitteilte.

Ich wartete, bis sowohl Silence als auch Hester so viel wie möglich über ihre Reisen erzählt hatten. Nun ja, Silence hätte sicher länger von den Freuden Edinburghs erzählen können, als ihre ganze Reise gedauert hatte, wenn Sylvia ihren Redefluss nicht sanft mit der Neuigkeit unterbrochen hätte, dass es in Moreton-Under-Wychwood einen Mord gegeben hatte.

Hester ließ den Schal, an dem sie halbherzig strickte, in ihren Schoß fallen, und der Mund blieb ihr vor Empörung offen stehen. „Ich kann es nicht glauben. Ich verpasse hier immer alles Interessante. Was ist passiert? Wer war es? Jemand, den wir kennen?"

Granny erinnerte sie freundlich daran, dass jemand gestorben war.

Hester verdrehte die Augen. „Große Sache. Ich bin auch gestorben."

„Theodore", sagte ich munter. „Erzähle uns, was du entdeckt hast."

Theodores blasses Gesicht schien noch runder zu werden, wie immer, wenn er sich freute. „Danke, dass du fragst, Lucy. Ich muss sagen, dass ich ziemlich produktiv war. Du wolltest wissen, wem der Tod von Elizabeth Palmer Vorteile bringt." Bescheiden senkte er den Blick und sagte: „Ich habe einen Blick auf das Testament werfen können."

Zweifellos war es besser, nicht nachzuhaken, mit welchen Methoden er dabei vorgegangen war.

„Es geht alles an ihren Mann."

Meine Augenbrauen hoben sich. „Und was wäre alles?"

„Sie waren gemeinsam Eigentümer des Hauses und des

Geschäfts, und sie hatte ein paar Aktien und Anleihen, die ihr Vater ihr hinterlassen hatte." Ich ahnte, dass da noch mehr war, und wartete. Er lehnte sich zurück und hatte die Socken in seinem Schoß völlig vergessen. Die meisten anderen strickten weiter, während sie weiter zuhörten, außer mir und Rafe.

Theodore fuhr fort: „Es ist seltsam. Das Autohaus, das sie von ihrem Vater geerbt hat – ich nehme an, sie haben es beide geerbt, denn sie war damals bereits verheiratet, und Jason führt das Geschäft – läuft überhaupt nicht gut."

„Wirklich?"

Er schüttelte den Kopf. „Ich habe einen kurzen Blick in die Bücher geworfen. Ich würde sagen, die Firma steht kurz vor dem Bankrott."

Sylvia blickte von ihrer Spitzenarbeit auf. „Ein Autohaus in einer Kleinstadt wie dieser war wahrscheinlich schon immer prekär."

Er nickte ihr zu. „Das dachte ich auch, also habe ich es zurückverfolgt. Als sie das Unternehmen übernahmen, war es recht erfolgreich. Viel Geld und fast keine Schulden." Er schüttelte den Kopf. „Jetzt sind da fast nur noch Schulden."

„Also hat der Ehemann die Firma in den Ruin gewirtschaftet?"

Theodore nickte traurig. „Er hat auch eine Hypothek auf das Haus aufgenommen. Im Grunde stand das Ehepaar am Rande des finanziellen Ruins."

„Wusste Elizabeth davon?" Ich dachte an die sonnige Frau zurück, mit der ich erst gestern auf dem Jahrmarkt gesprochen hatte. Sie hatte sich auf die Kreuzfahrt zur Silberhochzeit gefreut. Sie hatte die schöne silberne Uhr für ihren Mann gekauft. Sie sah nicht wie eine Frau aus, die sich in einer finanziellen Notlage befindet. Sie wirkte gut situiert, wohlhabend.

Ich schüttelte den Kopf und beantwortete damit meine eigene Frage. „Ich bin mir fast sicher, dass sie es nicht wusste."

Theodore sagte: „Damit könntest du recht haben, denke ich. Da sowohl das Geschäft als auch das Haus auf beider Namen lauteten, hat sie natürlich beide Dokumente unterschrieben, aber ich bin mir nicht sicher, ob es tatsächlich ihre Unterschrift ist."

„Du meinst, er hat ihre Unterschrift gefälscht?"

Er zuckte die Achseln. „Das ist leicht zu machen. Eheleute unterschreiben häufig füreinander, und ich bezweifle, dass die Bank besonders genau hingeschaut hat."

Ich hatte Jason gesehen, und er hatte wirklich traurig ausgesehen. Ich hätte nicht gedacht, dass man diese Art von Trauer vortäuschen kann. „Ich kann nicht glauben, dass Jason seine Frau für die Hälfte eines scheiternden Unternehmens und eines mit einer Hypothek belasteten Hauses umgebracht hätte."

Sylvia sagte: „Nein. Aber vielleicht hätte er es tun können, damit sie es nicht herausfindet. Sie waren wohlhabend, als sie heirateten, und in fünfundzwanzig Jahren hat er es geschafft, alles zu verlieren. Nicht nur ihr Lebenswerk, sondern auch das ihrer Eltern."

Ich konnte verstehen, dass Elizabeth wütend gewesen wäre. Und Jason hatte definitiv Mist gebaut, aber war es genug, um dafür zu töten? Theodore fuhr fort: „Natürlich gab es, wie es in Gemeinschaftsunternehmen üblich ist, eine Lebensversicherung."

„Natürlich", sagte Sylvia ganz leise. Blitzschnell bewegten

sich ihre Hände beim Häkeln der Spitzen. Es war, als würde man eine Sternennacht beobachten, erst Schwarz und dann das Glitzern von Silber.

„Erzähl weiter", forderte Rafe.

„Das Testament war eigentlich ganz normal. Im Falle des Todes eines der beiden ging das Geschäft vollständig auf den Ehepartner über. Das Gleiche galt für andere persönliche Güter. Allerdings hatten sie auch eine Lebensversicherung in Höhe von einer Million Pfund abgeschlossen."

Hester blinzelte. „Mannomann, eine Million Pfund. Ich würde jemanden umbringen, wenn ich dafür eine Million Pfund bekäme."

„Hester", sagte Clara vorwurfsvoll. „Das ist nicht lustig. Du wirst schon bald reich sein. Warte einfach ab und befolge unseren Rat."

Hester trat mit dem Fuß nach vorn. „Aber das ist so langweilig. Das dauert Ewigkeiten und Ewigkeiten. Ich will jetzt viel Geld haben."

Was für eine grausame Fügung des Schicksals, dass die arme Hester während dieser schwierigen Teenagerjahre in einen Vampir verwandelt worden war. Man stelle sich vor, für alle Ewigkeit ein unglücklicher Teenager sein zu müssen. Ich schaute zu den anderen Vampiren. Zweifellos waren sie auch nicht begeistert davon, bis in alle Ewigkeit mit einer launischen Jugendlichen zusammen zu leben. Es war ein doppelter Fluch.

Um das peinliche Schweigen zu brechen, sagte ich: „Hester hat recht. Eine Million Pfund ist eine Menge Geld."

Ich wollte jedoch nicht glauben, dass Jason seine Frau getötet hatte, nicht ohne weitere Beweise. „Elizabeth schien in ihrer Ehe glücklich zu sein. Ich denke, wir sollten keine voreiligen Schlüsse ziehen."

Rafe sagte: „Lucy hat recht. Der verarmte Ehemann ist der offensichtlichste Verdächtige, aber nicht der einzige."

Theodore zuckte mit den Schultern. „Ich war viele Jahre lang Polizist. Meiner Erfahrung nach sind es meist die offensichtlichsten Verdächtigen, die sich als schuldig erweisen." Er sah sich im Raum um, betrachtete all die fleißig strickenden Vampire und dann wieder mich. „Außerdem ist da noch mehr."

Das hatte ich mir schon gedacht. „Hat es etwas mit Nora Betts zu tun? Die Frau, die Elizabeth Palmers beste Freundin war? Und die mit Jason Palmer zum Golfspielen verreiste?"

Er nickte, als wäre ich eine begabte Schülerin. „Gut gemacht, Lucy. Ja, in der Tat. Ich hatte noch keine Zeit, einige der Orte zu besuchen, an denen Nora und Jason zusammen gewesen sind. Meine telefonischen Nachfragen haben ergeben, dass sie auf ihren Golfreisen immer getrennte Zimmer gemietet haben. Die Resorts, in denen sie untergebracht waren, boten zwar Golfplätze, aber nicht alle befanden sich in den besten Gegenden für das Golfspielen. Ich hätte gesagt, dass die Hotels, die sie ausgewählt haben, sich eher für Romantik eignen."

„Oh, die arme Elizabeth."

„Ich werde eine kleine Reise machen und ein paar davon besuchen. Irgendwo hat bestimmt irgendjemand etwas gesehen oder gehört. Und wenn das so ist, werde ich es herausfinden." Theodores unschuldige Augen funkelten. „Mir vertrauen sich die Menschen an."

Der Raum wurde still, wir waren alle mit Stricken beschäftigt. Wie hätte sich Elizabeth so sehr auf ihre Silberhochzeitsreise freuen können, wenn sie von der Affäre ihres Mannes gewusst hätte? Sie hatte ihm ja auch dieses schöne Geschenk gekauft. Hätte sie das getan, wenn er sie mit ihrer besten Freundin betrogen hätte?

Ich blickte auf und mir stockte der Atem. „Die Taschenuhr", sagte ich laut.

Rafes Blick richtete sich sofort auf mich. „Taschenuhr?"

„Wo ist sie?" Ich schüttelte rätselnd den Kopf und merkte dann, dass niemand eine Ahnung hatte, worauf ich hinauswollte. „Elizabeth hat mir eine Taschenuhr gezeigt, die sie, kurz bevor sie zur Wahrsagerin ging, für ihren Mann gekauft hatte. Nach Violets unglückseliger Prophezeiung war sie sehr besorgt gewesen, und ich war ihr gefolgt, um sie einzuholen und sie mit einem Vergessenszauber zu belegen. Doch bevor ich sie erreichte, wurde sie getötet. Was ist mit der Uhr passiert?"

Er sah mir forschend ins Gesicht. „Könnte sie sie in ihre Handtasche gesteckt haben? Oder vielleicht in die Jackentasche?"

„Es war so ein warmer Tag. Sie trug weder Mantel noch Jacke." Hatte sie eine Handtasche dabeigehabt? Ich konzentrierte mich intensiv und konnte sie vor mir sehen. Eine Sommertasche aus Stroh. Eine Uhr hätte da auf jeden Fall hineingepasst. Trotzdem wüsste ich gerne, ob die Polizei die Uhr gefunden hatte. Wenn Ian der zuständige Inspektor gewesen wäre, hätte ich ihn angerufen. Aber Kriminalinspektor Thomas kannte mich nicht. Er würde mir definitiv keine vertraulichen Informationen geben.

„Ich habe Kontakte bei der Polizei", sagte Rafe. „Ich werde nachfragen, ob bei ihr eine Taschenuhr gefunden wurde."

„Danke."

Er fragte mich, wie sie ausgesehen hatte, und ich versuchte, sie ihm zu beschreiben. „Es war eine Herrenuhr. Ich weiß, dass sie aus Sterlingsilber war, weil Elizabeth Palmer mir die Prägestempel gezeigt hat. Es waren vier. Den britischen Löwen habe ich natürlich erkannt. Dann war da noch ein Anker, der nach Aussage Elizabeths bedeutete, dass er in der Nähe von Birmingham hergestellt worden war. Dann gab es eine Markierung für das Datum. Ein ‚D', glaube ich. Und Initialen. Auf der Vorderseite der Uhr befand sich außerdem ein interessantes Rankenmuster. Ich bin sicher, wenn ich es sähe, würde ich es wiedererkennen."

Etwas sauertöpfisch sagte Sylvia: „Für Silber haben wir hier nicht so viel übrig."

Ich schämte mich. Ich nahm an, dass dies ein genauso großer Fauxpas war, als hätte ich sie gefragt, wie ihr ihr Spiegelbild gefällt.

Rafe sagte: „Ich habe ein Buch mit Markierungen für Sterlingsilber. Wenn du die Initialen erkennst, können wir herausfinden, wer die Uhr hergestellt hat. Und am ‚D' müssten wir erkennen können, wann."

Ich dachte nach. „Ich nehme an, sie könnte sie fallen gelassen haben. Könnte sie ihr aus der Hand oder aus der Tasche gefallen sein, als der Pfeil sie traf?"

Er sagte: „Wenn die Polizei sie nicht hat, denke ich, dass eine gründliche Suche vor Ort etwas bringen könnte. Es scheint ja ein interessantes Stück zu sein."

„Und wenn sie nicht auftaucht, bedeutet das wohl, dass sie jemand gestohlen hat." Verglichen mit Mord schien Diebstahl viel weniger schockierend, aber es hatte etwas unsagbar Abscheuliches, eine tote Frau zu bestehlen.

KAPITEL 12

„*E*ine Million Pfund ist eine Menge Geld." Ich hatte das Gefühl, dass ich diese Worte seit dem Treffen des Vampir-Strickclubs schon oft gesagt hatte.

In meinem alten Ford ratterten wir wieder einmal in Richtung Moreton-Under-Wychwood. Der Empfang gestern Morgen war zwar nicht so toll gewesen, als dass ich gern wieder dorthin gefahren wäre, aber Sylvia hatte wohl recht. Wenn wir herausfinden wollten, was dort vor sich ging, und Violet, Margaret Twig und mich von jedem Verdacht freisprechen wollten, dann mussten wir an den Tatort zurückkehren.

„Ich nehme an, dass eine Million Pfund für einen Sterblichen eine Menge Geld sind", sagte Sylvia eher gelangweilt, so als ob sie ihr Vermögen eher in Milliarden berechnete. Für meine Granny, die noch nicht lange genug Vampir war, um die Zauberwirkung von Zinseszinsen genießen zu können, wären eine Million Pfund schon eine Menge Geld.

Ich fragte mich unwillkürlich, wie groß Sylvias Vermögen wohl war. In den zwanziger Jahren hatte sie als Bühnen- und Filmschauspielerin sicher gutes Geld verdient. Aus einigen

Bemerkungen mir gegenüber hatte ich den Eindruck gewonnen, dass sie damals mit einigen sehr großzügigen, wohlhabenden Männern zusammen gewesen war. Dennoch hatte sie nur ein Jahrhundert Zeit gehabt, um ihr Vermögen aufzubauen, und sie hatte auch zwei Wirtschaftskrisen durchgemacht.

Sofort musste ich an Rafe denken, der, soweit ich informiert war, schon seit mindestens fünf Jahrhunderten auf der Welt war. Ich ahnte, dass sein Reichtum erstaunlich sein würde. Natürlich waren sie alle klug genug, nicht mit ihrem Geld zu prahlen. Sylvia hatte zwar ihren Bentley und einen Fahrer, und Rafe bewohnte ein ziemlich luxuriöses Herrenhaus, aber sie fielen nicht auf.

Es war ihnen wichtig, sich unauffällig zu verhalten, um in Sicherheit zu bleiben. Das galt auch für uns Hexen. Bis gestern hatte ich noch geglaubt, es wäre heutzutage eher gesellschaftsfähig, eine Hexe zu sein. Wir hielten unsere Veranstaltungen zur Sonnenwende nicht besonders geheim, und Margaret Twig warb zwar nicht mit einem Schild vor ihrem Häuschen oder so, aber sie hatte eindeutig die Angewohnheit, ihrer zahlenden Kundschaft Zaubersprüche und Zaubertränke anzubieten.

Es überlief mich ein Schauer, als mir bewusst wurde, wie schnell sich die öffentliche Meinung ändern kann, wenn die Angst überhandnimmt.

Es herrschte anhaltend gutes Wetter, und während ich die Landstraße in Richtung Moreton-Under-Wychwood hinunterfuhr, wölbten sich die Bäume über mir, so dass von der Sonne nur ein helles Fleckenmuster auf der Straße erkennbar war. Der größte Teil des alten Waldes war mittlerweile verschwunden, und zwischen den Bäumen sah man grüne Wiesen, auf denen Schafe weideten.

Sylvias Mobiltelefon klingelte. „Es ist Rafe", sagte sie, und nahm den Anruf an. Natürlich lauschten sowohl Clara als auch ich aufmerksam Sylvias Worten. Mehr als: „Oh, das ist interessant. Ja, ich sage es ihr", sagte sie nicht. Dann legte sie auf. „Er sagt, dass in Elizabeth Palmers Sachen keine Uhr gefunden wurde. Er, Theodore und Hester waren gestern Abend auf der Dorfwiese und haben den Bereich, wo sie ermordet wurde, gründlich abgesucht. Sie haben keine Uhr gefunden."

Das konnte alles oder nichts bedeuten. „Es war nett von ihnen, Hester mitzunehmen."

„Sie ist eine furchtbare Plage, aber sie hat scharfe Augen", sagte Sylvia.

„Und sie will wirklich helfen", fügte die viel freundlichere Clara hinzu.

Wir erreichten den Stadtrand und beschlossen, dass unser erster Anlaufpunkt das Café sein würde. Nicht nur würden wir dort hoffentlich auf ein paar geschwätzige Stadtbewohner stoßen, ich brauchte auch dringend einen Kaffee. Das einzige Problem beim Kaffeetrinken mit zwei Vampirinnen war, dass ich am Ende unweigerlich alle drei Tassen trank, diskret, versteht sich.

Da es Montagmorgen war, hatte ich keine Probleme, auf dem Bordstein vor dem Café einen Parkplatz zu finden. Wir gingen alle drei hinein, und im Gegensatz zum Vortag gab es reichlich freie Plätze. Dennoch, und wohl auch, weil wir drei unseren Schutz im Sinn hatten, setzten wir uns an einen Tisch weiter hinten, wo niemand zwischen uns und der

Wand saß. Im Gegensatz zu gestern war die Stimmung jedoch ruhig, fast schon verschlafen.

Ein paar Leute sahen zu uns herüber, wandten sich dann aber wieder ihrem Kaffee und ihrem Gesprächspartner, bzw., in zwei Fällen, ihrem Computer zu.

Ich ging an die Kaffeebar und bestellte drei kleine Cappuccinos. Damit hätte ich anderthalb große Tassen, also eine gute Dosis Koffein. Und die würde ich auch brauchen, bei dem Stress, der mir heute bevorstand. Unter der Aufsicht zweier sehr aufmerksamer Vampirinnen würde ich den Vormittag mit dem Befragen widerspenstiger Dorfbewohner verbringen und den Nachmittag mit dem Befragen noch widerspenstigerer Bogenschützen.

Ich stellte Sylvia und Clara ihren Kaffee hin, und beide bedankten sich höflich. Sylvia, ganz die Schauspielerin, zuckerte ihn hingebungsvoll mit einem Päckchen Rohrzucker und rührte kräftig um. Sie wusste, wie ich meinen Kaffee mag. Clara war viel zu sehr damit beschäftigt, sich in dem Lokal umzusehen, um sich auf so ein Laientheater einzulassen. Sie ließ ihren Kaffee einfach vor sich stehen. Meinen trank ich ganz aus. Es war ein sehr leckerer Kaffee. Zum Glück.

Meine leere Tasse stellte ich ganz in Claras Nähe, und als ich sicher war, dass niemand hinsah, nahm ich ihre Tasse und begann, daraus zu trinken. „Frag doch mal den Barista, ob wir ein Plakat für den Strickkurs ins Fenster hängen dürfen", sagte Sylvia leise.

Theodore und ich hatten gemeinsam ein einfaches Plakat entworfen, das ich ausgedruckt hatte. Ich hatte bereits achtzehn Anmeldungen, aber wir hatten vor, Nora ein Flugblatt zu bringen, um ihr ein paar neugierige Fragen zu stellen.

Vielleicht wäre es mir heute doch besser gegangen, wenn ich zur Arbeit gegangen wäre.

Ich zog eines der Flugblätter heraus, und als ich aufstand, kam eine Frau durch die Tür, die ich erkannte. Es war die Frau, die den Antiquitätenstand betrieben hatte, wo Elizabeth Palmer die Uhr gekauft hatte – eine ihrer letzten Handlungen vor ihrem Tod. Ich bezweifelte, dass wegen einer alten Uhr irgendjemand einen Menschen umbringen würde, aber es war mehr als merkwürdig, dass die alte Uhr nicht im Besitz der Ermordeten gefunden wurde.

Da die Dame vom Antiquitätenstand eine handgestrickte Strickjacke trug, dachte ich, das wäre ein guter Vorwand, um sie anzusprechen. „Guten Morgen, Frau Beasley", begrüßte der Barista sie fröhlich. „Das Übliche?"

„Ja, bitte, Donnie."

„Nehmen Sie schon mal Platz. Ich bringe es Ihnen an den Tisch."

Sie war eindeutig eine Stammkundin. Sie saß an einem Vier-Personen-Tisch, also ging ich davon aus, dass sie verabredet war. Ich beschloss, zu handeln, bevor jemand käme. Ich nahm die eilig erstellte Broschüre und ging an ihren Tisch. Sie schaute auf, blinzelte mich überrascht an und versuchte sich offensichtlich zu erinnern, wo sie mich schon einmal gesehen hatte.

Ich lächelte. „Ich bin Lucy. Ich habe am Samstag an einer der Buden mitgeholfen."

Ihr fröhliches Gesicht verfinsterte sich und ein deutlicher Schauder überlief ihre kräftige Gestalt. „Ach du meine Güte, erinnern Sie mich nicht an diesen grauenvollen Tag."

„Sie hatten den Antiquitätenstand."

„Ja." Ich beschloss, mich vorsichtig heranzutasten. Zuerst

bewunderte ich ihre Strickjacke. Wie sie trug auch ich ein handgestricktes Kleidungsstück, allerdings hatte meines meine Granny gestrickt.

Bei meinem Kompliment hellte sich ihre Miene auf. „Danke, meine Liebe. Ich mag Rot. Es ist eine so fröhliche Farbe. Vor allem, wenn man ein bisschen deprimiert ist."

„Ich bin sicher, dass Sie keinen Unterricht brauchen, aber da Sie offensichtlich stricken, dachte ich mir, ich sage Ihnen trotzdem, dass wir am Mittwoch hier in der Stadt einen Strickkurs starten. Ich betreibe das Strick- und Garngeschäft Cardinal Woolsey's in Oxford."

„Ach Gott, ja. Ich habe dort immer eingekauft. Es ist ein schöner Laden. Die Inhaberin war eine ältere Dame, glaube ich."

„Ja. Meine Großmutter. Leider ist sie verstorben, aber sie hat mir den Laden hinterlassen, und ich führe ihn weiter."

„Was für eine schöne Art, Ihre Großmutter zu ehren. Wie schade, dass sie Sie nicht sehen kann. Sie wäre bestimmt stolz auf Sie."

Ich konnte fast jeden Tag genau sehen, wie stolz meine Großmutter auf mich war, aber natürlich sagte ich das nicht. Ich nickte nur traurig.

Sie nahm die Broschüre entgegen und sagte, dass es eine schöne Abwechslung wäre, zu einem Strickabend zu gehen. „Man kann immer etwas dazulernen."

Ich war unsicher, wie ich das Gespräch auf den Antiquitätenstand lenken sollte, bis mir ein Geistesblitz kam. „Ich hatte eigentlich vorgehabt, in meiner Pause nochmal an den Antiquitätenstand zu kommen, aber da die arme Frau gestorben ist, war der Jahrmarkt natürlich abrupt zu Ende."

„Oh, meine Liebe, erinnern Sie mich nicht daran. Ich

hatte mir mit diesem Antiquitätenstand so viel Mühe gegeben. Ich hatte gehofft, für den Wiederaufbau des Kirchturms richtig viel Geld zu sammeln. Er geht völlig zu Bruch, wissen Sie. Ich habe sogar meinen eigenen Dachboden aufgeräumt und alte Schränke und Schubladen durchwühlt, um ein paar interessante Dinge mehr zum Verkauf anbieten zu können." Plötzlich lachte sie. „Mein Mann war allerdings nicht sehr erfreut. Ist es nicht komisch, dass ein Mann sich jahrelang nicht für etwas interessiert, und in dem Moment, in dem es weg ist, will er es wieder haben." Sie blickte zum Himmel.

Ich lachte ebenfalls und spürte, wie sich mir die Nackenhaare hochstellten. „Was wollte er denn wiederhaben?"

„Ich weiß nicht. Eine Schachtel voller Krimskrams. Wenn die alten Zinnsoldaten und das Holzspielzeug ihm so viel bedeutet haben, was hatten sie dann in einer alten Schachtel verloren?" Wir lachten beide.

„Woher kommen ihre Artikel denn hauptsächlich?"

„Es sind natürlich alles Spenden. Die Leute von hier können so ihre Sachen loswerden, die sie nicht mehr brauchen. Wir haben auch die umliegenden Gemeinden angesprochen. Die Leute kommen mit ihren Sachen angefahren, für die sie keine Verwendung mehr haben. Das ist eine gute Möglichkeit, unsere Häuser zu entrümpeln. Warum fragen Sie?"

Ich suchte verzweifelt nach einem Grund, warum ich so neugierig auf ihren Antiquitätenstand war, und ergriff den nächstbesten, wenn auch unangenehmen Rettungsanker. „Da war eine Lampe, die mir gefallen hat. In Pudelform. War das eine von Ihnen?"

Sie sah mich an, als hätte ich den Verstand verloren. „Der

Pudel? Ja. Jetzt erinnere ich mich. Sie hatten sie sich schon vor der Eröffnung des Festes angesehen."

„Ja", sagte ich munter. „Ich fand sie witzig und irgendwie retro." Ich holte Luft. „Außerdem war da eine silberne Taschenuhr. Ich habe sie gesehen, hatte aber keine Zeit, sie mir genau anzuschauen. Können Sie sich daran erinnern?"

Sie schüttelte den Kopf. „Nein. Aber ich hatte Ehrenamtliche dabei, die mir geholfen haben, alles aus den Kisten zu holen und auszustellen. Ich habe nicht alles gesehen."

Ich fragte weiter: „Gibt es vielleicht eine Liste, welche Gegenstände von welchen Personen stammen?"

„Nein." Aber ihre Miene hellte sich auf. „Aber zu Ihrem Glück weiß ich genau, wo diese Lampe ist. Ich habe zu Hause alles zusammengepackt und die Kisten in unserem Gartenhaus verstaut, schon für nächstes Jahr. Ich weiß genau, wo die Pudellampe ist. Ich kann Sie Ihnen heute herausholen."

„Das ist ja wunderbar", sagte ich mit gespielter Begeisterung. „Ich werde dem Fonds für die Kirchenrestaurierung eine schöne Spende zukommen lassen."

„Das ist aber nett von Ihnen. Es ist doch schön, wenn die Sachen ein schönes neues Zuhause finden."

Oh, ich Glückspilz. Sie winkte zwei Damen zu, die gerade zur Tür hereinkamen, daher erhob ich mich, um zu gehen. „Geben Sie mir Ihre Handynummer, dann rufe ich Sie an, sobald ich sie ausgepackt habe", sagte Sie.

Ich bedankte mich bei ihr, gab ihr meine Handynummer und sagte, dass ich noch ein paar Stunden im Dorf bleiben würde.

Der Barista gab uns die Erlaubnis, ein Plakat ins Fenster zu hängen, und dann machten Clara, Sylvia und ich uns bereit zum Gehen. Zuerst musste ich natürlich zur Toilette, um etwas von den soeben ausgetrunkenen drei Tassen Kaffee loszuwerden. Als ich wiederkam, hatten Sylvia und Clara beide ihre großen Hüte auf. Als ich an Mrs Beasleys Tisch vorbeiging, winkte ich ihr kurz zu, und zur Antwort hielt sie sich die Hand in der klassischen „Ich-rufe-Sie-an"-Geste ans Gesicht: Daumen hoch und kleinen Finger ausgestreckt.

Wir traten hinaus in die Junisonne. Als wir die Straße hinaufschlenderten, drehte sich Sylvia zu mir um. „Lucy, ich kann nicht glauben, dass du dich für eine Pudellampe interessierst. Ich wusste vor Verlegenheit nicht, wo ich hinschauen sollte. Ich dachte, du hättest ein wenig Geschmack, aber eigentlich weiß ich es nicht, denn du hast ja den sentimentalen Kram deiner Großmutter, mit dem deine Wohnung vollgestopft ist, immer noch nicht entsorgt."

„Und deine Katze wird nicht gerade begeistert sein, eine Hundelampe im Haus zu haben", fügte Clara hinzu.

Zu Sylvias Kritik an Grannys Habseligkeiten sagte ich zunächst einmal gar nichts. Vor allem, weil ich wusste, dass sie recht hatte. Aber wie hätte ich das Granny antun können? Sie hatte mir ihre Sammlung viktorianischer Puppen hinterlassen, und jedes Mal, wenn sie in die Wohnung kam, hatte ich den Eindruck, sie wollte nach ihnen sehen.

Wenn sie weg wären, wäre sie bestimmt traurig. Und sowieso hatte ich nicht viel Zeit für die Inneneinrichtung meines Hauses, weil ich einen Laden zu führen hatte und ständig in die Angelegenheiten anderer Leute hineingezogen wurde.

Hexe zu sein war wie ein Zweitjob.

Was die Lampe betraf, musste ich mich allerdings verteidigen. „Natürlich will ich die Pudellampe nicht. Es ist die hässlichste Lampe, seit es Leuchtkörper gibt. Aber es war die einzige Ausrede, die mir einfiel, damit ich sie über ihren Antiquitätenstand ausfragen konnte."

Sylvia sah ein bisschen besänftigt aus. „Ich freue mich, dass du doch nicht ganz unvernünftig bist. Wenn du mich fragst, gehören Agnes' Puppen an den Antiquitätenstand."

Vielleicht hätte ich mich leidenschaftlicher verteidigt, wenn ich nicht gesehen hätte, wie Nora auf der anderen Straßenseite einen kleinen Lebensmittelladen betrat. Ich schlug Sylvia und Clara vor, sie könnten doch ein Plakat an der Gemeindetafel auf dem Dorfanger anbringen, denn das war meine Chance, mit Nora zu sprechen. Es wäre sicher kein sehr intimes Gespräch geworden, wenn zwei neugierige Vampirinnen jedes Wort mitgehört hätten.

„Das machen wir, und dann gehen wir auf die Post, um aus der Sonne zu kommen. Wir fragen, ob sie dort ein Plakat aufhängen können", sagte Sylvia.

Der Coop-Laden war nicht sehr groß, aber sehr stark klimatisiert. Beim Eintreten überliefen mich kalte Schauer. Um nicht den Eindruck zu erwecken, dass ich Nora nachstellte, nahm ich mir einen grünen Plastikkorb. Wenn ich schon mal hier war, dachte ich, könnte ich mich auch gleich mit ein paar Sachen eindecken. Ich hatte kaum noch Kaffee, und bei dem Stress, den ich in letzter Zeit hatte, brauchte ich Nachschub an Butter, Ingwerpulver und Melasse für die Kekse, die Granny stets backte.

Abgesehen von den Lebensmitteln hoffte ich jedoch, auch auf ein paar Spuren zu stoßen.

KAPITEL 13

*I*n der Abteilung für Räucherlachs, Oliven, Essiggurken, Dips und Brotaufstriche holte ich Nora ein.

Nora schien verwirrt angesichts der Auswahl an Oliven, die von griechisch über italienisch bis hin zu jeder erdenklichen Füllung reichte. Man hätte den ganzen Tag damit verbringen können, sich eine Olive auszusuchen.

Ich griff nach einer Packung Räucherlachs. Es war ein guter Snack für den Fall, dass ich unerwartet Besuch von Vampiren bekäme, was so gut wie jeden Tag der Fall war.

„Nora?", sagte ich mit gespielter Überraschung.

Sie schaute mich an und blinzelte verwirrt.

„Ich bin Lucy. Wir haben uns am Wahrsagerstand auf dem Dorffest kennengelernt."

Ihre Augen weiteten sich und sie wich einen Schritt zurück, als wäre sie gerade von einer Hexenfratze erschreckt worden. Die Plastikdose mit sizilianischen Oliven, die sie vor Schreck hatte fallen lassen, hob sie eilig wieder auf. Warum machte ich sie so nervös?

„Ihre Großcousine", sagte sie. Langes Schweigen. „Ich habe gehört, dass Madame Violetta Ihre Großcousine ist." Sie wich zurück. „Welchen Grund hatte sie, so etwas zu tun? Wir haben doch hier immer so friedlich gelebt."

Mir gefiel weder die Angst in ihren Augen noch die Richtung, die dieses Gespräch zu nehmen schien. Ich war hier diejenige, die Nachforschungen anstellte. Ich hatte es gar nicht gern, wenn mich jemand so vorwurfsvoll anschaute. „Was genau möchten Sie über meine Großcousine Violet sagen?"

Sie schaute den Gang hinauf und hinunter, aber außer uns war hier niemand. Sie sagte: „Jeder weiß, dass Violet eine ..." Sie fuchtelte mit der Hand herum, so als würde das erklären, was sie meinte.

„Violet ist eine was?" Ich hatte nicht vor, es ihr leicht zu machen, auch wenn ich einen Anflug von Angst unter meinem Brustbein spürte. Die Angst, dass man den Hexen in dieser Gegend die Schuld gab.

„Es gibt ein Gerücht, dass sie eine Hexe ist."

„Warum ist das ein Problem?"

„Also ... Vielleicht sollte sie nach Glastonbury oder an einen anderen Ort ziehen, wo die Leute mit Heiden besser klarkommen. Wir sind hier alle ganz normale Menschen." Sie beugte sich näher zu mir und ihre Stimme wurde schrill. „Alles, was sie an dem Tag vorausgesagt hat, ist eingetreten. Das kann kein Zufall sein."

Nein. Ich würde es Arroganz nennen. Oder sogar Hybris. Ich spürte, wie die Wut auf Violet in mir hochstieg. Sie hatte uns mit ihrer Wahrsagerei alle in Gefahr gebracht und sich selbst zu einem leichten Ziel gemacht.

Wenn ich der Mörder wäre, würde ich mir allerdings auch größte Mühe geben, die Schuld auf eine arme Hexe zu schieben. So leicht ließ ich mich nicht ablenken, zumal ich wusste, dass Vi niemanden umgebracht hatte. Und Nora wusste das auch. „Sie wissen, dass sie niemanden getötet haben kann. Sie waren bei ihr, als Elizabeth Palmer starb."

Sie sah mich an, als wäre ich unglaublich naiv. „Hexen haben Zauberkräfte. Sie hätte Elizabeth leicht mit einem Zauberspruch töten können."

Ich wollte Nora Betts sagen, dass das Zaubern nicht annähernd so einfach ist, wie sie zu glauben schien. Noch nicht einmal mit einfachen Zaubersprüchen kam ich richtig zurecht. Hexen wurden mit Macht und Talent geboren, aber wir mussten viel üben und lernen, wie ich auf die harte Tour herausfand. Offen gesagt, war es eine anstrengende Arbeit. Wie wenn man als großer Geigenvirtuose geboren wird. Woher will man das wissen, bevor man eine Geige in die Hand nimmt?

Ich konnte mir nicht vorstellen, jemanden mit Magie töten zu können, wenn ich nicht einmal in seiner Nähe war.

Da dieses Gespräch uns nicht weiterbrachte, beschloss ich, einen anderen Weg einzuschlagen. „Elizabeth schien eine tolle Frau zu sein. Ich weiß noch, wie sehr sie sich auf ihre Kreuzfahrt zur Silberhochzeit gefreut hat."

Noras Widerwillen verblasste, und ihre Augen füllten sich plötzlich mit Tränen. „Das war sie."

„Ich meine, gehört zu haben, dass Sie und Ihr Mann auch hätten mitfahren sollen?"

Noras feuchte Augen weiteten sich. Ich war mir nicht sicher, ob sie erschrocken war, dass ich davon gehört hatte, dass sie und ihr Mann auf die Kreuzfahrt zur Silberhochzeit eingeladen waren, oder ob sie aus einem Unterton in meiner Stimme eine gewisse Missbilligung bezüglich ihres Mitfahrens herausgehört hatte.

„Ja. Wir vier sind seit vielen Jahren so gute Freunde, dass sie sich nicht vorstellen konnten, ohne uns zu feiern. Natürlich werden mein Mann und ich in ein paar Jahren unsere Silberhochzeit feiern und dazu hatten wir auch eine Reise zu viert geplant." Eine Frau schob ihren Wagen durch den Gang, und wir drückten uns beide an die Wand mit den Oliven. Genauso offensichtlich wie der den Gang hinunterratternde Einkaufswagen war die Tatsache, dass die vier nie wieder gemeinsam feiern würden.

„Ich hoffe, Sie hatten eine Reiserücktrittsversicherung", sagte ich, um das Gespräch in Gang zu halten.

Fast wahllos griff sie nach einem Plastikbecher mit Hummus. „Wir drei machen die Kreuzfahrt trotzdem."

„Wirklich?" Den deutlichen Schock in meiner Stimme konnte ich nicht unterdrücken.

Sie stellte die Hummuspackung zurück und nahm eine rötliche Sorte, die vermutlich gegrillte rote Paprika enthielt. „Wir haben es besprochen und waren uns alle einig. Elizabeth hätte es so gewollt." Sie warf mir einen kurzen Blick zu. „Es klingt vielleicht pietätlos. Aber wir haben beschlossen, die Kreuzfahrt zu einer Art Gedenkreise für Elizabeth zu machen. Wir werden ihre Asche mitnehmen, eine kleine Zeremonie abhalten und von ihr Abschied nehmen."

Ihre Stimme wurde heiser. „Es wird eine Seebestattung sein."

Ihr Lachen war ein leiser, trauriger Laut. „Elizabeth wird

endlich ihre Silberhochzeits-Kreuzfahrt bekommen. Auch wenn sie in einer Urne liegt."

Okay, vielleicht war sie doch nicht ganz so unsensibel, wie ich gedacht hatte. Doch wie viel Spaß würde Jason auf der Kreuzfahrt haben, wenn seine Frau nicht neben ihm im Bett lag, sondern in einem Behältnis verpackt war, aus dem sie über Bord geworfen würde?

„Wie geht es Jason?"

Ihre Feindseligkeit kehrte augenblicklich zurück. „Was meinen Sie wohl, wie es ihm geht? Er hat gerade seine Frau unter furchtbaren Umständen verloren."

„Wenigstens hat er gute Freunde."

„Die hat er."

Ich erinnerte mich an die Broschüren in meiner Tasche und zog eine heraus. „Ich weiß, dass Sie gerade Ihre Freundin verloren haben, aber falls Sie etwas Ablenkung brauchen: Wir bieten hier am Mittwochabend Strickkurse an. Es gibt eine Variante für Anfänger und ein Muster für Fortgeschrittene. Etliche der Frauen hier haben ihr Interesse bekundet. Es wäre schön, Sie auch dabei zu haben."

Sie nahm das Flugblatt. „Ehrlich gesagt, bin ich mir nicht sicher, ob ich dazu imstande bin."

„Aber natürlich. Wie auch immer Sie sich entscheiden. Mein herzlichstes Beileid."

Als ich mich abwandte, sah ich, wie sie sich mit der freien Hand die Augen abwischte.

Es war ein Schock, aus dem unterkühlten Lebensmittelgeschäft in die helle Sonne zu kommen. Da ich meine Vampirfreundinnen auf dem Dorfanger nicht sah, überquerte ich die Straße zum Postamt, das gleichzeitig auch Schreibwarengeschäft war. Es sah so aus, als gäbe es dort auch Fotokopierer und eine Amazon-Abholstation. Ich ging hinein und sah, dass Clara und Sylvia sich Geburtstagskarten anschauten. Ich fragte mich, ob Vampire wohl immer noch Geburtstag feierten. Wollte denn wirklich jemand eine Karte mit der Aufschrift „Alles Gute zum 589. Geburtstag" bekommen?

Und würde man dann seinen wirklichen Geburtstag feiern oder eher den Tag, an dem man zum Vampir wurde? Das alles schien mir sehr kompliziert. Dann fiel mir ein, dass mein eigener Geburtstag in zwei Wochen anstand. Ob sie auf der Suche nach Geburtstagskarten für mich waren?

Vor einem Jahr, an meinem siebenundzwanzigsten Geburtstag, war ich noch mit Todd dem Flop zusammen gewesen und hatte in einer Box in einem Bostoner Großraumbüro gearbeitet. Und nur zwölf Monate später lebte ich in Oxford, betrieb einen Strickladen – und war außerdem eine praktizierende Hexe. Einige meiner besten Freunde waren Vampire.

Manchmal schaute ich auf mein Leben und fragte mich, ob ich verrückt sei.

Vampire haben ein schärferes Gehör als Menschen, daher war ich überrascht, dass sie mich nicht gehört hatten, aber dann wurde mir klar, dass sie sich leise stritten. Meine Ohren waren zwar nicht scharf wie die eines Vampirs, aber besser als die der meisten Sterblichen. Ich hörte, wie Clara zu Sylvia sagte: „Ich denke, eine Überraschungsparty wäre sehr schön. Damit rechnet sie im Leben nicht."

Sylvia schüttelte den Kopf. „Genau das ist das Problem mit Überraschungspartys. Wenn man im Mittelpunkt der Aufmerksamkeit steht, möchte man sich von seiner besten

Seite zeigen. Frisur, Make-up, Kleid und Schuhe. Der richtige Schmuck. Das braucht alles seine Zeit, Clara."

Ich verbarg mein Lächeln und zog mich zurück, damit sie nicht merkten, dass ich sie belauscht hatte. Egal, wie viel Vorlaufzeit ich für eine Geburtstagsparty hatte, ich würde mich nie so gut zurechtmachen können wie Sylvia. Aber ich fand es toll, dass die beiden versuchten, mir den bestmöglichen Geburtstag zu bescheren.

Ich ging erneut um die Ecke und rief: „Sylvia? Clara?" Als ich sie erreichte, waren sie bereits bei den Beileidskarten. Clara sah auf und sagte: „Lucy. Wir waren auf der Suche nach einer Beileidskarte für den trauernden Ehemann."

Ich war leicht beunruhigt. „Er kennt euch doch nicht einmal."

Sylvia schüttelte den Kopf. „Nicht von uns. Von dir." Sie hielt eine Hand hoch. „Und bevor du sagst, dass er dich auch nicht kennt: Du hast immerhin die Ausrede, dass du vermutlich die Letzte warst, die seine Frau lebend gesehen oder zumindest mit ihr gesprochen hat, und dass du meintest, dein Besuch könnte ihn trösten. Du kannst ihm sagen, wie sehr sie sich auf ihre Kreuzfahrt zur Silberhochzeit gefreut hat. Violets Prophezeiung musst du ja nicht unbedingt erwähnen."

Wenn es wahr wäre, was man über ihn und Nora erzählte, dann hätte ihm seine Freundin bereits von Violets Warnung berichtet, Elizabeth solle sich von Gewässern fernhalten. Aber die Idee war nicht schlecht. „Anstatt die Karte zu verschicken, soll ich sie ihm also nach Hause bringen? Oder zum Autohaus?"

„Ja. Aber nimm einen sehr starken Schutzzauber mit. Er kommt ja am ehesten als Täter in Frage."

Ich wusste nicht, was ich von dieser Idee halten sollte. Bei einem trauernden Ehemann einfach so hereinzuplatzen, war schrecklich. Bei einem Mörder hereinzuplatzen, war noch schlimmer. Anscheinend hatte ich nur die Wahl zwischen unangemessen und lebensgefährlich.

Bevor ich darüber nachdenken konnte, ob ich einem trauernden Witwer meine Gesellschaft aufdrängen sollte, klingelte mein Telefon. „Hier spricht Florence Beasley, vom Antiquitätenstand. Gute Nachrichten! Ich habe die Pudellampe ausgepackt und sie sogar ein bisschen abgestaubt, um sie auf Hochglanz zu bringen." Für sie mochte das zwar eine gute Nachricht sein, für mich war es eine Hiobsbotschaft. Warum war mir an diesem Antiquitätenstand nichts anderes ins Auge gefallen? Etwas, das ich vielleicht sogar gebrauchen könnte? Mit gespielter Begeisterung sagte ich ihr, ich würde mich sehr freuen.

Florence Beasley sagte, ihr Haus stünde in der Church Lane, also hinter der schönen alten Natursteinkirche. Sylvia und Clara sagten, sie könnten sich selbst beschäftigen, während ich die Lampe abholte. Ich hatte keine Lust, noch einmal das Auto in Bewegung zu setzen, und beschloss, zu Fuß zu gehen. Ich ging um den Rand des Dorfangers herum, weil ich nicht noch einmal über diese Brücke gehen und an die arme Elizabeth Palmer erinnert werden wollte, die dort gelegen hatte.

Das Kirchengelände war wunderschön, und so öffnete ich das Tor zum Friedhof, anstatt wie geplant um die Kirche herumzugehen. Einige der Grabsteine waren so alt, dass die Zeit und die Witterung die Schrift verwischt hatten, so dass ich manchmal keine Ahnung hatte, wer unter dem bröckelnden Stein, den Butterblumen und dem Löwenzahn lag.

Andere jedoch waren neueren Datums. Im Tod, wie im Leben, gab es eine Hierarchie. Diejenigen, die im Leben viel Geld hatten, wurden im Tod mit prunkvollen, von steinernen Engeln überragten Gräbern geehrt, während die bescheideneren Gemeindemitglieder zum Gedenken an ihren Tod nur ein kleines Steinquadrat hatten.

Einige der Grabsteine waren so neu, dass ich mich fragte, ob Elizabeth hier beerdigt würde. Aber wohl eher nicht, wenn sie eine Seebestattung bekommen sollte. Jemand war damit beschäftigt gewesen, den Bereich um einen neueren Grabstein sauber zu machen. Die Erde war frisch geharkt, und eine Menge bunter Blumen erhellte den grauen Stein. Ich trödelte ein bisschen, weil ich entgegen aller Wahrscheinlichkeit hoffte, dass es in den wenigen Minuten, die ich bis zu Mrs Beasley brauchen würde, jemand anderem einfiele, wie gern er diese Pudellampe haben wollte, und dass sie bei meinem Eintreffen bereits verkauft wäre. Es war eine sehr schwache Hoffnung, aber ich klammerte mich daran.

Als ich an einem relativ neuen und besonders imposanten Grabmal vorbeikam, blieb ich stehen, um die Aufschrift zu lesen.

„Von dem Tage aber und der Stunde weiß niemand, auch die Engel im Himmel nicht, auch der Sohn nicht, sondern allein der Vater. Sehet zu, wachet und betet; denn ihr wisset nicht, wann es Zeit ist." Markus 13:32 – 33.

Unter dem Bibelvers stand die Inschrift: Grayson Timmins, geliebter Ehemann und Vater, vor seiner Zeit aus dem Leben gerissen. 1931 bis 1981.

Ich stand da und lauschte dem Summen der Bienen und

dem süßen Zwitschern der Vögel. Grayson Timmins. Das war der Name des Mannes, der ermordet worden war, vermutlich nachdem er einem Einbrecher in die Quere gekommen war.

Das Dorf wirkte so friedlich, vor allem der Friedhof, aber nicht alle, die unter meinen Füßen lagen, waren durch Altersschwäche an ihre letzte Ruhestätte gelangt.

KAPITEL 14

*I*ch ging auf das Tor zu, durch das ich den Friedhof auf der anderen Seite verlassen würde. Da spürte ich etwas, so als würde mich jemand ziehen, und als ich mich umdrehte, sah ich einen großen, offenbar alten Stein, der mit der Zeit schmutzig geworden und mit Moos bewachsen war. Auf einer kleinen Tafel daneben stand, es sei überliefert, dass in diesem Grab die Hexe Ginnie Barrow kopfüber begraben worden war. Der schwere Stein sei daraufgelegt worden, damit sie nicht wieder auferstehen konnte.

Ich erschauderte bei dem Gedanken, dass die Angst vor Hexen nichts Neues war.

Ich öffnete das Tor und schloss es sorgfältig hinter mir. Als ich zurückschaute auf das hübsche Dorf, das wie auf einer Ansichtskarte dalag, hatte ich das unheimliche Gefühl, dass mich jemand beobachtete. Ich beschloss, mir meine Pudellampe abzuholen und dann von hier zu verschwinden.

Das erste Haus in der Church Lane war natürlich das Pfarrhaus. Als ich weiterging, stellte ich fest, dass alle Häuser in der Straße groß waren. Nummer zweiundzwanzig befand sich am Ende der Gasse hinter einem imposanten Tor, so dass die vielen Fenster des Hauses zur Kirche hin ausgerichtet waren. Nichts an Florence Beasley hatte darauf hingedeutet, dass sie in einem Herrenhaus lebte, aber dies war mit Abstand das imposanteste Anwesen der Stadt. Ein Lastwagen mit der seitlichen Aufschrift „Earthly Delights Gardening" war in der breiten Einfahrt geparkt. Für die Pflege dieser Anlagen wurde sicher ein ganzer Trupp Gärtner gebraucht. Ein Typ, der kaum aus dem Teenageralter heraus zu sein schien, mähte den Rasen, während ein älterer Mann gebückt Unkraut jätete.

Ich ging zur Haustür und läutete. Mrs Beasley öffnete die Tür und sah erfreut aus, mich zu sehen. „Lucy", rief sie, als hätten wir uns nicht erst vor einer halben Stunde hier verabredet. „Ich freue mich, Sie wiederzusehen." Bestimmt hatte sie gedacht, ich würde die Lampe doch nicht abholen und sie müsste das Ding behalten.

„Sie haben ein schönes Haus", sagte ich.

Sie sah aus, als hätte ihr noch nie jemand für ihr Haus ein Kompliment gemacht. Sie strahlte. „Ich fand es schon immer toll. Natürlich gebühren die Lorbeeren nicht mir. Es kommt aus der Familie meines Mannes. Kommen Sie herein. Ich zeige es Ihnen."

Man konnte ihr ihr Glück unmöglich verübeln, wenn es sie selbst zu erstaunen schien. Die Eingangshalle war prächtig und imposant, mit einer großen geschnitzten Holztruhe, schweren Ölgemälden in kunstvollen Rahmen und kastanienbraunen Tapeten, die zweifellos der letzte Schrei gewesen waren, als Königin Victoria noch auf dem Thron saß.

Ich ließ all das auf mich wirken und kam mir ein bisschen so vor, als hätte ich ein Museum betreten. „Ich sehe, Sie lieben Antiquitäten."

Sie lachte. „Zum Glück, denn mein Mann würde niemals wollen, dass hier etwas geändert wird. Er stand seinen Eltern sehr nahe, vor allem seinem Vater, und er möchte das Haus genau so erhalten, wie er es aus seiner Jugendzeit in Erinnerung hat."

Ihr Familiensinn gefiel mir, aber ich fragte mich, wie es sich für sie wohl anfühlte, in der Vergangenheit ihres Mannes gefangen zu sein. Als hätte sie meine Gedanken gelesen, sagte sie: „Natürlich ist unsere Küche modern und das Wohnzimmer ist modern und gemütlich, und er hat mir endlich erlaubt, das Schlafzimmer neu einzurichten."

Das klang nach einem vernünftigen Kompromiss. Sie führte mich durch ein formelles Besuchszimmer, das nach Bienenwachs-Möbelpolitur roch und sich seltsam leblos anfühlte, so als ob dort nicht oft Gäste empfangen würden. Das Esszimmer bot Platz für zwanzig Personen und war ebenfalls mit schweren Möbeln ausgestattet, darunter ein Kuriositätenkabinett, das die seltsamsten Dinge enthielt, von Muscheln über alte Flaschen bis hin zu ein paar ausgestopften Vögeln und zwei Reihen Fossilien.

Eines der Gemälde an der Wand war ein Stillleben, sicher künstlerisch wertvoll, aber mir würde es den Appetit verderben, wenn ich gegenüber sitzen müsste. Es zeigte einen Sack, aus dem mehrere tote Vögel heraushingen. Ich erkannte die hellen Federn eines Fasans, und der andere Vogel, dessen langer Hals über die Leinwand drapiert war und dessen Augen einen anstarrten, sah wie ein Reiher aus. Sie folgte meinem Blick. „Ich weiß, das könnten einem das Abendessen verleiden. Aber es stammt von einem sehr berühmten Künstler, und diese Jagdszenen waren vor hundert Jahren beliebter als heute."

Über dem Kamin im Esszimmer hing ein großes Porträt. Der Mann darin sah aus wie der Herrscher über alles, was er überblickte. Er hatte ein wohlgenährtes Gesicht, und selbst auf dem Gemälde waren seine Augen eindrucksvoll. Er trug einen dunklen Anzug, und in einer Hand hielt er eine offene Taschenuhr. Erneut folgte sie meinem Blick. „Das war mein Schwiegervater. Leider habe ich ihn nie kennengelernt. Man sagt, er sei ein extrem pünktlicher Mensch gewesen. Er kam immer zur rechten Zeit und schrieb Briefe an die Eisenbahngesellschaft, wenn der Nahverkehrszug auch nur eine Minute Verspätung hatte." Sie schüttelte den Kopf. „Das Komische daran ist, dass mein Mann genau das Gegenteil ist. Immer und überall zu spät."

„Es ist ein wunderbares Bild. Es erweckt den Eindruck einer überlebensgroßen Persönlichkeit."

„Oh ja. Die Leute sprechen immer noch mit großem Respekt von Grayson."

Es war schon komisch, dass ich gerade am Grab eines Mannes namens Grayson vorbeigegangen war. Vielleicht war der Name hier in Moreton-Under-Wychwood weiter verbreitet als sonst in der Bevölkerung. Dann sagte sie: „Er hat ein tragisches Ende genommen. Eines Tages kam er nach Hause und überraschte einen Einbrecher, der gerade dabei war, ihn zu bestehlen. Nach dem, was ich von meinem Schwiegervater gehört habe, ist es keine Überraschung, dass er den Einbrecher frontal angegriffen hat. Tragischerweise wurde er von dem Eindringling getötet."

Ich drehte mich zu ihr um. „Ihr Schwiegervater war

Grayson Timmins?" Der Name war also doch nicht so geläufig.

„Ja. Natürlich ist das verwirrend, denn unser Nachname ist Beasley. Mein Mann war der Sohn von Graysons Ehefrau. Sie kamen hierher, als Robert fünf Jahre alt war. Leider hatte das Paar nie selbst Kinder bekommen, so dass Robert keine Brüder oder Schwestern hatte. Ich denke oft, dass es ziemlich einsam gewesen sein muss, das einzige Kind in diesem großen Haus zu sein, aber zum Glück hat er nur glückliche Erinnerungen."

Ich sah wieder zu diesem Gesicht auf. Er sah nicht wie ein Vater aus, der einen kleinen Jungen auf den Schultern tragen und im Garten mit ihm Fußball spielen würde. Aber ich nahm an, dass ein Ölgemälde nicht alles über einen Menschen aussagen konnte.

„Kommen Sie mit in die Küche. Wenn Sie Zeit haben, mache ich Ihnen eine Tasse Tee. Ich habe die Lampe für sie vorbereitet. Nachdem ich sie gründlich poliert hatte, begann das Rosa wirklich zu leuchten. Sie steht in der Küche."

Leider hatte sich niemand in letzter Sekunde gemeldet, um diese Lampe mitzunehmen. Es sah so aus, als würde ich sie nicht mehr los. Ich wollte eigentlich keinen Tee, aber ich wollte noch ein wenig mit Mrs Beasley sprechen. „Sicher. Ein Tee wäre wunderbar. Darf ich mir die Dinge in dieser Vitrine etwas genauer ansehen?"

„Natürlich, meine Liebe. Es gibt dort einige sehr interessante Fossilien. Öffnen Sie ruhig den Schrank und sehen Sie ihn sich genauer an. Robert liebt es, mit der Sammlung seines Vaters zu prahlen." Sie lächelte mich an. Warm und mütterlich. „Ich setze nur kurz den Wasserkocher auf. Kommen Sie rein, wenn Sie soweit sind."

Ich wartete, bis sie den Speisesaal verlassen hatte, und holte dann schnell mein Handy aus der Handtasche. Die Taschenuhr auf dem Gemälde sah der Uhr, die Elizabeth am Antiquitätenstand gekauft hatte, sehr ähnlich. Natürlich war ich keine Expertin für Taschenuhren. Deshalb machte ich ein Foto. Zuerst fotografierte ich das ganze Bild, danach zoomte ich auf die Uhr selbst. Natürlich hatte der Künstler dieser Uhr nicht viel Aufmerksamkeit gewidmet, aber dennoch dachte ich, dass das Rankenmuster demjenigen ähnelte, das ich auf Elizabeth Palmers Uhr gesehen hatte.

Ich wollte mir die Fossilien in der Vitrine genauer ansehen, um Mrs Beasley sagen zu können, dass ich sie bewundert hatte, aber als ich mich auf die Vitrine zubewegte, fühlte ich mich, als hätte ich eine Kühlzelle betreten. Ich bekam Herzklopfen und Gänsehaut an den Armen. Furcht und Zorn lagen in der Luft.

Ich wollte mich bewegen, aber ich blieb wie erstarrt auf der Stelle stehen.

„Hallo, guten Tag", sagte eine freundliche Männerstimme hinter mir.

Es war, als hätte jemand das Licht angemacht und die Dunkelheit und den Schrecken vertrieben. Ich ging rasch zur Seite, näher zum Fenster. Der Mann, der gesprochen hatte, blinzelte, als wüsste er nicht genau, wo er mich hinstecken sollte. Er war etwa so alt wie mein Vater, dachte ich, also um die fünfzig. Auch seine Art, mich undeutlich anzusehen, erinnerte mich an meinen Vater. So, als sei sein Gehirn mit wichtigeren Dingen beschäftigt als mit alltäglichen Gesprächen.

Er trug einen grauen Jogginganzug, sein Gesicht war feucht von Schweiß, und er schnaufte ein bisschen. Meine geniale Intuition sagte mir, dass er gerade vom Joggen kam. Entweder das oder er stand kurz vor einem Herzinfarkt.

„Hallo", sagte ich. „Ich bin Lucy. Ihre Frau hat mich hierher eingeladen, um etwas abzuholen, das ich am Antiquitätenstand beim Dorffest gekauft habe."

„Oh. Richtig. Gut."

Die Küchentür öffnete sich, und Mrs Beasley erschien. „Lucy?" Dann erblickte sie den Mann, mit dem ich gesprochen hatte, und ihre Augenbrauen hoben sich. „Robert! Was machst du denn noch hier? Du solltest doch bei der Ortsversammlung sein. Ich habe ihnen hoch und heilig versprochen, dass du heute pünktlich sein würdest." Sie warf einen Blick auf ihre Uhr und stöhnte. „Oje, du bist sehr spät dran."

Robert schien sich kein bisschen um die Zeit zu sorgen. „Vor der Versammlung quatschen alle immer noch ein bisschen. Ich dusche nur kurz und mache mich dann auf den Weg."

„Nein. Keine Dusche. Reib dich trocken und geh gleich los. Bitte, Robert. Ich habe es versprochen."

„In Ordnung." Er ging wieder aus dem Zimmer, hielt dann an der Tür inne und wandte sich höflich an mich. „Es hat mich sehr gefreut, Sie kennenzulernen."

„Ganz meinerseits."

„Bleiben Sie in der Gegend?"

„Robert!"

„Ok. Schon unterwegs." Aber er schien es nicht eilig zu haben.

Ich folgte ihr in die Küche. Im Gegensatz zu den Ausstellungsräumen im vorderen Teil des Hauses war die Küche wie Mrs Beasley selbst, warm und gemütlich. An einer Wand stand ein großer Aga-Herd, aber sie steckte einen Wasserkocher in die Steckdose.

„Ich liebe diesen Mann, aber er bringt mich noch ins Grab. Keinerlei Zeitgefühl."

„Also nicht wie sein Vater." Sogar auf seinem Grab hatte der Mann einen Vers über die Zeit stehen, um Himmels willen.

„Nein. Überhaupt nicht."

Einer Vermutung folgend fragte ich: „Hat der Maler deshalb die Taschenuhr von Grayson Timmins so detailliert gemalt? Weil er so pünktlich war?"

„Ja, genau."

„Diese Uhr würde ich gerne einmal sehen. Sie sieht wunderschön aus."

Sie goss kochendes Wasser in eine leuchtend rote Teekanne. „Ich würde sie auch gerne einmal sehen", sagte sie traurig. „Aber leider war das einer der Gegenstände, die der Einbrecher gestohlen hat." Sie schüttelte den Kopf. „Was für ein Mensch könnte so etwas tun? Jemanden umbringen und der Leiche dann noch die Uhr abnehmen?"

Ich hatte noch eine Ahnung und fragte: „Ist Mr Timmins in diesem Esszimmer gestorben?"

Sie erschauderte. „Wie haben Sie das erraten? Natürlich wurde der Teppich ausgetauscht und alles gründlich gereinigt, aber ich habe mich in diesem Zimmer nie richtig wohl gefühlt."

Hexe müsste man sein. Ich hätte ihr genau die Stelle sagen können, an der es passiert war. Seltsamerweise musste das Ebenbild von Grayson Timmins Zeuge seiner Ermordung gewesen sein. Wenn dieses Bild nur hätte sprechen können.

„Unvorstellbar, nicht wahr? Ich habe eine Abkürzung über den Friedhof genommen und das Grab Ihres Schwiegervaters gesehen. Selbst in dem Bibelvers dort geht es um Zeit."

„Ja. Roberts Mutter hat ihn ausgewählt. Er schien zu passen. Robert sagte, sie hätten seine Uhr mit ihm begraben, wenn sie sie zurückbekommen hätten."

Und doch hatte jemand die Taschenuhr gestohlen. Ich hatte die Befürchtung, dass sie mit dem Tod von Elizabeth Palmer wieder verschwunden war.

Aber warum? Was war so besonders an dieser Uhr, und stand sie in irgendeiner Verbindung mit den beiden Morden?

KAPITEL 15

Clara hatte gesagt, sie würde Grannys Auto fahren und mich bei Rafe für meinen zweiten Termin des Tages absetzen, einen Besuch bei den Wychwood Bowmen. Sie versicherte mir, sie sei eine ausgezeichnete Fahrerin, da sie im Krieg Lastwagen und Krankenwagen gefahren hatte. „Wenn ich es geschafft habe, einen Krankenwagen mit verwundeten Blitzkriegsopfern auf dem Rücksitz durch die trümmerübersäten Straßen Londons zu lenken, dann kann ich wohl auch dieses Auto ein paar Meilen weit sicher fahren."

Clara quetschte sich auf den Fahrersitz, und Sylvia saß neben ihr, während ich in Gesellschaft einer glänzenden rosa Pudellampe auf dem Rücksitz Platz nehmen musste. Clara fuhr los, und obwohl sie uns sicher bei Rafe ablieferte, fuhr sie tatsächlich, als würden wir durch den Londoner Blitzkrieg rasen und den Bomben ausweichen. Ich fragte mich, wie die Verletzten die Fahrten ins Krankenhaus überlebt hatten, denn sie schaltete so energisch, dass ich am Ende die

Lampe umklammerte, damit sie nicht zu Bruch ging. Obwohl sie danach vielleicht besser ausgesehen hätte.

Doch schließlich setzte sie mich oben an Rafes Rundweg ab, und abgesehen von der Befürchtung, ich müsste mir die Zähne richten lassen, war ich unversehrt. Das galt leider auch für die Lampe.

Damit ich aussteigen konnte, musste Clara ebenfalls aussteigen und den Sitz umklappen.

Mittlerweile hatte Rafes Butler oder Diener oder was auch immer er war, die Flügeltüren zum georgianischen Herrenhaus geöffnet.

Er sagte: „Guten Morgen, Lucy. Darf ich Ihnen einen Kaffee anbieten?"

Er muss den widerwilligen Ausdruck in meinem Gesicht gesehen haben. Noch mehr Kaffee oder Tee brauchte ich nicht. Ich war so hibbelig vom Koffein, dass ich meine Fingernägel vibrieren spürte. „Morgen, William. Vielleicht nur etwas Wasser?", fragte ich.

„Selbstverständlich." Ich tat so, als hörte ich das Quietschen der Reifen nicht, als Clara die Einfahrt hinunterbrauste und Kies hinter sich her schleuderte. Selbst der Pfau Henri hörte auf, sein Federkleid zu putzen, und blickte auf. Heute sah er besonders gut aus, denn die Sonne ließ sein schillernd blaugrünes Gefieder glänzen. „Haben Sie etwas dagegen, wenn ich ein wenig auf dem Gelände spazieren gehe?"

„Natürlich nicht. Es ist ein schöner Tag. Ich sage Rafe, dass Sie hier sind, und bringe Ihnen Ihr Wasser nach draußen. Möchten Sie etwas zu essen?"

Ich bekam ein schlechtes Gewissen. Er hatte bestimmt

nur wenig Leute, die er bekochen konnte. Rafe war auf jeden Fall sehr pflegeleicht, was das Essen anging. Und es war schließlich schon fast Zeit fürs Mittagessen. „Vielleicht ein Sandwich?"

Er sah so erfreut aus, dass ich froh war, darum gebeten zu haben. „Ich habe Räucherlachs und Frischkäse anzubieten. Oder lieber Schinken und Käse? Oder Tartar?" Ich schaute ihn an und sah ein belustigtes Schmunzeln in seinen Augen. Zweifellos war es das, was sein Herr am häufigsten bestellte.

„Mit Schinken und Käse wäre großartig."

Ich ging vorsichtig auf die Pfauen zu. Es waren drei. Derjenige, den ich mit einiger Gewissheit für Henri hielt, stand gut genährt und selbstzufrieden draußen. Er posierte geradezu vor einem weißen Rosenstrauch. Zwei andere Pfauen pickten unter einem Büschel leuchtend roter Pfingstrosen auf dem Boden herum. Auf der anderen Seite der Einfahrt gingen die Pfauenhennen ihren Beschäftigungen nach. Ich fragte mich, ob es ihnen etwas ausmachte, dass sie so viel weniger glamourös waren als ihre männlichen Kollegen, und ob sie es überhaupt bemerkten.

Ich ging sehr langsam, um Henri nicht zu erschrecken, und er beobachtete mich unentwegt aus seinen schwarzen, glänzenden Augen. Als ich näher kam, flötete ich: „Was bist du doch für ein hübscher Junge." Das war er auch wirklich. Schlank und offensichtlich wohlgenährt. Zu meinem Erstaunen neigte er seinen Kopf erst zur einen und dann zur anderen Seite, und dann konnte ich zusehen, wie sich sein prächtiger Schwanz zu einem perfekten schillernden Fächer öffnete. Und dann tanzte er für mich, drehte sich im Kreis, wobei sein aufgefächerter Schwanz leicht wedelte, was mich an den Kopfschmuck eines Showgirls in Vegas erinnerte. Vermutlich hatten jedoch die Pfauen diesen Look erfunden.

Ich kicherte vor Freude und klatschte in die Hände. Dann zückte ich mein Handy und machte ein Foto. Ich nahm auch noch ein Video auf, als er seine ganze Nummer noch einmal vorführte und sich dabei langsam im Kreis drehte. „Oh, du bist eine Schönheit."

„Er flirtet mit dir", sagte eine tiefe, amüsierte Stimme hinter mir. „Es ist Paarungszeit, und ich glaube, Henri hat sich verliebt."

Als ich mich umdrehte, erblickte ich Rafe, der mich vom Schatten eines Apfelbaums aus beobachtete. Ich kam mir ein bisschen dumm vor, weil er mich dabei erwischt hatte, wie ich einem Vogel Komplimente machte. Seit unserem Kuss kam ich mir in Rafes Nähe immer ein bisschen dumm vor.

Wie immer war er kühl und elegant. Er trug eine schwarze Leinenhose und ein weißes Baumwollhemd mit offenem Kragen. Wegen der Sonne fragte ich: „Sollen wir ins Haus gehen?"

Er schüttelte den Kopf. „William serviert das Mittagessen auf der Veranda." Er bot mir seine Hand. „Komm."

Ich legte meine Hand in seine, die sich kühl anfühlte, und er führte mich um sein steinernes Herrenhaus herum, über einen Weg, der durch weitere Gärten verlief. Hinter dem Herrenhaus befand sich eine schöne, schattige Steinterrasse, von der aus man das Gelände überblicken konnte. Jenseits der Gärten lagen weite Grünflächen und ein glitzernder See, um den herum fette, glücklich aussehende Schafe Gras mümmelten.

William servierte mir mein Sandwich auf einem schönen

Porzellanteller mit einem Krug Eiswasser. Dazu gab es einen kalten Salat aus Tomatenscheiben, frischem Mozzarella und duftenden Basilikumblättern, alles mit Olivenöl und Balsamico-Essig beträufelt. Auf dem Tablett stand eine Thermoskanne für Rafe, und wir setzten uns gemeinsam zum Mittagessen.

Rafe nahm sogar ein wenig von dem kalten Salat. „Wie geht es Violet?", fragte er mich.

„Sie ist ziemlich aufgewühlt. Der Angriff auf ihr Haus hat sie sehr erschüttert. Sie sagt, wenn sie ins Dorf geht, wird sie von allen geschnitten. Ich bin sicher, dass sie sich das alles nur einbildet, aber angenehm kann es trotzdem nicht sein."

„Was habt ihr heute Morgen im Dorf herausgefunden? Hat dein Plan, Nora Betts zu besuchen, funktioniert?"

Ich erzählte von meinem Gespräch mit Nora. „Es kommt mir eigentlich sehr pietätlos und ordinär vor, diese Kreuzfahrt zu machen, aber vielleicht ist es ja wirklich sinnvoll, eine Seebestattung daraus zu machen und ihre Asche zu verstreuen. Ich weiß es nicht."

Er blickte über die Felder hinaus. „Wenn jemand, den ich liebte, gestorben wäre, glaube ich nicht, dass ich auf eine Reise gehen könnte, die wir gemeinsam geplant hatten." Ich fragte mich, ob er jemals in einer solchen Situation gewesen war. In all der Zeit, die er auf Erden verbracht hat, musste er geliebt und getrauert haben, aber ich lernte langsam, nichts zu sagen und meine Gedanken für mich zu behalten.

„Ich empfinde das auch so, aber ich nehme an, jeder ist anders. Ich brauchte noch nicht einmal zu ihr nach Hause zu gehen. Sie ist in den Lebensmittelladen gegangen und ich hinterher. Es schien, als würde das Schicksal es endlich einmal gut mit uns meinen. Aber das Schicksal hat nur seinen Spaß mit mir getrieben. Wie immer."

Seine Mundwinkel gingen ein wenig nach oben. Es war doch schön zu sehen, dass mich einer der heißesten Männer, die ich kannte, amüsant fand.

„Alles, was ich herausgefunden habe, ist, dass es im Dorf Leute gibt, die glauben, dass Violet Elizabeth Palmer durch Hexerei getötet hat. Und dass sie und ihr Mann trotz allem mit dem frischgebackenen Witwer auf diese Kreuzfahrt gehen."

Während ich darüber nachdachte, dass mich das Schicksal wie seinen Spielball herumkickte, fügte ich hinzu: „Ach ja, und außerdem bin ich jetzt Besitzerin einer sehr großen, sehr glänzenden, sehr rosafarbenen Lampe in Form eines Pudels."

„Ich wusste gar nicht, dass es in Moreton so gute Einkaufsmöglichkeiten gibt."

Dann musste ich ihm erzählen, wie ich zu der Lampe gekommen war und dass ich das Haus von Grayson Timmins besucht und sein Porträt mit der Uhr gesehen hatte. „Ich bin mir praktisch sicher, dass es dieselbe ist, die Elizabeth Palmer am Antiquitätenstand erstanden hat."

Sobald ich mit dem Mittagessen fertig war, fuhren wir mit dem Range Rover zu den Wychwood Bowmen. Nach Clara war die sanfte, ruhige Fahrt ein Genuss. Wir fuhren über schmale Landstraßen mit wenig Verkehr. Er schien den Weg zu kennen, also entspannte ich mich und genoss die Landschaft. Schließlich bogen wir in eine schmale Gasse ein und landeten auf einem Schotterparkplatz an einem gedrungenen Gebäude, das wie ein großer Schuhkarton aussah und hinter dem sich eine sehr lange Wiese mit Strohballen und Bogenschießscheiben erstreckte. Wir hatten das Vereinshaus der Wychwood Bowmen erreicht.

Etwa ein halbes Dutzend Autos standen schon da. Bei den meisten handelte es sich um neuere Modelle der Mittel- und Luxusklasse. Wir stiegen aus und stapften zum Eingang. Innen sah es aus wie in den meisten Clubhäusern; Linoleum auf dem Boden, Neonröhren, ein Tresen mit Registrierkasse und Mitteilungen an den Wänden. Auf einem großen Schild standen die Vereinsregeln, ein weiteres enthielt die Preisliste.

Hinter der Theke fummelte ein Mann an etwas herum, das ich für eine Pfeilspitze hielt. Er blickte auf, als wir eintraten, und als er sah, dass wir Fremde waren, legte er den Pfeil weg. „Tag."

„Guten Tag", sagten Rafe und ich gleichzeitig.

„Womit kann ich Ihnen behilflich sein?"

Rafe trat an den Tresen und sagte, wir wollten gern mit dem Bogenschießen anfangen und würden eventuell dem Verein beitreten.

Er musterte uns, als wolle er prüfen, wie stark und fit wir waren. Er kam mir vor, als sei er in den Vierzigern, mit einem vorzeitig faltigen Gesicht, vielleicht vom Zusammenkneifen der Augen beim Zielen in der Sonne. „Na, dann sind Sie hier genau richtig. Haben Sie bereits Erfahrung?"

Als erstes sah er zu mir. „Ich habe im Ferienlager Bogenschießen gelernt. Das war vor etwa zehn Jahren."

Er nickte und wandte sich an Rafe, der die Hände hob. „Es ist schon Jahre her."

Ich hatte das Gefühl, dass er mit Jahren Jahrhunderte meinte.

„Also, dann gebe ich Ihnen mal die Ausrüstung und wir gehen nach hinten. Dann gebe ich Ihnen ein paar Tipps. Der Preis für unsere Schnupperstunde beträgt zwanzig Pfund pro Person. Wenn es Ihnen gefällt, dann können Sie in den Anfängerkurs kommen, der nächste Woche beginnt. Ein paar Paare haben sich schon angemeldet."

Ich erstarrte, als er „Paare" sagte, aber Rafe sagte, das klinge gut und kramte seine Brieftasche hervor.

„Ich nehme an, Sicherheit spielt eine große Rolle", sagte ich. „Es macht mich ein bisschen nervös, da rauszugehen."

Der Bogenschütze warf mir einen Blick zu, der mich durchbohrt hätte, wenn er eine Pfeilspitze gehabt hätte. „Ich nehme an, Sie meinen den Vorfall vom Wochenende?"

Nett von ihm, dass er direkt ansprach, worauf ich hinauswollte. „Ja. Ich gebe zu, es hat mich nervös gemacht, heute hierher zu kommen."

Er schüttelte den Kopf. „Keiner von uns kann sich erklären, wie es zu dieser schrecklichen Tragödie kommen konnte. Aber ich kann Ihnen versichern, dass wir es hier mit der Sicherheit wirklich genau nehmen. Sehr genau sogar."

Während Rafe bezahlte und ein Formular ausfüllte, ging ich zu der Glasvitrine hinüber. Darin lagen verschiedene Pfeile und Lederhandschuhe, die zweifellos das Herz eines jeden Bogenschützen höher schlagen ließen. Es war eine Liste der Vereinsmeister ausgehängt, möglicherweise als Ansporn. Der Verein schien an regionalen und überregionalen Meisterschaften teilzunehmen. Als ich meinen Blick beiläufig über die Liste der Namen schweifen ließ, musste ich mich beherrschen, um nicht aufzukeuchen. Der dritte von oben, der Vereinsmeister von vor drei Jahren, war Jason

Palmer. Jason Palmer, der kurz davor gestanden hatte, alles zu verlieren, als der vorzeitige Tod seiner Frau ihm eine extrem dicke Lebensversicherung in Aussicht stellte, die alle seine finanziellen Probleme lösen würde.

Violet hatte vorausgesehen, dass die Überquerung eines Gewässers für Elizabeth mit dem Tod enden würde. Ich fragte mich, ob er ursprünglich vorgehabt hatte, seine Frau auf ihrer Kreuzfahrt zur Silberhochzeit über Bord zu stoßen. Durch irgendetwas war dieser Plan auf Samstag vorverlegt worden. Waren seine Gläubiger im Anmarsch? Hatte Nora ihn angerufen, um ihm von Violets Weissagung zu berichten und ihm zu sagen, dass seine Frau vorhatte, die Kreuzfahrt abzusagen? War es das, was ihn dazu gebracht hatte, mit einem eilig gestohlenen Pfeil in den obersten Stock des Gemeindehauses zu huschen? Wenn diese Theorie stimmte, hätte das bedeutet, dass nicht nur ihr Ehemann Elizabeths Tod wollte, sondern auch ihre beste Freundin.

Oder vielleicht hatte Jason Palmer den Anschlag mit Pfeil und Bogen die ganze Zeit über geplant. Jedenfalls war er nicht in der Nähe gewesen, als seine Frau getroffen wurde. Alle anderen Dorfbewohner schienen auf dem Fest gewesen zu sein, nur er nicht.

Rasch fotografierte ich die Meisterschaftstabelle und ging dann hinaus, um meine Bogenschießkünste aufzufrischen. Ich hatte die Auffrischung nötig, Rafe offensichtlich nicht. Sein erster Schuss ging daneben und anstatt in die Zielscheibe bohrte sich der Pfeil in den Heuballen, aber sobald der Typ nach seiner Einführung wieder ins Clubhaus gegangen war, traf er wieder und wieder ins Schwarze. Es war ein Vergnügen, ihm zuzusehen, so geschmeidig und konzentriert war er.

Ich schnitt auch nicht allzu schlecht ab, wenn man bedenkt, wie lange es her war.

Ich wartete, bis wir wieder im Range Rover saßen, dann fragte ich: „Hast du die Meisterschaftstabelle in der Vitrine gesehen?" Da ich wusste, dass er es nicht getan hatte, fuhr ich fort: „Jason Palmer war vor drei Jahren Clubmeister."

KAPITEL 16

*E*r fuhr das Auto sanft rückwärts heraus. „Und Jason Palmer hatte mit dem Tod seiner Frau definitiv am meisten zu gewinnen."

„Ich frage mich, ob die Polizei das alles weiß."

„Wenn nicht, wird sie es bald herausfinden. Es ist nicht schwer, dieser Spur zu folgen."

Mit anderen Worten: „Halt dich da raus, Lucy." Da ich vermutete, dass er recht hatte, widersprach ich ihm nicht. Das hieß aber nicht, dass wir unsere eigenen Ermittlungen nicht fortsetzen würden.

„Ich wünschte, ich könnte irgendwie an Elizabeths Mann herankommen, aber ich möchte nicht mit einem Eintopf bei ihm aufkreuzen. Schließlich bin ich weder eine Nachbarin noch mit ihm befreundet."

„Nichts leichter als das", meinte Rafe.

Dass Rafes Vorstellung von Leichtigkeit nicht immer mit meiner übereinstimmte, hatte ich bereits festgestellt. Ich schob mir die Haare über die Schulter. „Ich breche nicht mitten in der Nacht in sein Haus ein, falls du das meintest."

Er bekam diesen Blick, mit dem er mich oft ansah. So, als bemühe er sich, mich nicht auszulachen. „Ich weiß nicht, woher du diese Vorstellungen von mir hast, Lucy. Ich wollte doch nur vorschlagen, dass du mal zu seinem Autohaus fährst."

Ich schlug mir auf den Kopf, aber nur leicht, um keinen Schaden anzurichten. „Das ist ja eine großartige Idee. Kaum zu glauben, dass ich nicht daran gedacht habe. Natürlich tue ich so, als wäre ich auf der Suche nach einem neuen Auto."

Da war wieder dieser Blick. „Nichts gegen dein derzeitiges Auto. 1987 konnte man sich damit sehen lassen. Aber vielleicht solltest du dich wirklich auf die Suche nach einem neuen Auto machen."

Er hatte natürlich recht, aber der Vorteil von Grannys altem Auto war nun mal, dass ich nicht so viel Angst vor Beulen und Kratzern hatte, wenn ich im Linksverkehr durch teuflisch enge Gässchen fuhr. Und wenn ich ein brandneues Auto kaufen würde? Dann würde ich die ganze Zeit nur darauf warten, dass irgendeine hinterhältige Felswand aus dem Mittelalter mir zu nahe kommt und mir mein Auto verkratzt. Außerdem brauchte ich auf Grannys Schrottkarre keine Raten zu zahlen. „Ich werde mich umschauen."

„Ausgezeichnet", sagte Rafe. „Ich komme mit."

Ich war ein bisschen genervt. „Meinst du nicht, dass sich eine Frau selbst ein Auto kaufen kann?"

„Ich würde gerne einen Blick auf Mr Jason Palmer werfen. Sonst nichts." Er hob sehr beschwichtigend die Hände. „Du darfst uns sogar hinfahren."

Ich starrte ihn wutentbrannt an. „Ich bin vielleicht Feministin, aber blöd bin ich nicht. Wenn du uns in deinem teuren Range Rover hinfährst, wird er uns ernster nehmen.

Wenn ich in dieser alten Karre auftauche, wird er mich an den untersten Verkäufergehilfen weiterreichen."

Er diskutierte nicht mit mir, weil wir beide wussten, dass ich recht hatte. Er begann, die Koordinaten in sein GPS einzugeben.

„Wie, jetzt gleich?"

„Warum nicht?"

„Auf das Treffen mit Elizabeths mutmaßlichem Mörder sollte ich mich doch vorbereiten! Und mir ein paar kritische, prägnante Fragen für ihn überlegen."

„Das kannst du im Auto machen."

Widerspruch war sinnlos, da wir bereits auf dem Weg waren.

Das Autohaus Moreton Motorcars lag ein paar Meilen von Moreton-Under-Wychwood entfernt in einem Gewerbegebiet. Es sah aus, als sei das Gewerbegebiet um es herum gewachsen. Rafe fuhr nicht direkt zum Autohaus. Erst fuhr er langsam daran vorbei und einmal um den ganzen Block herum. „Er hat keinen großen Lagerbestand", sagte er.

Als wir wieder an der Vorderseite ankamen, konnte ich sehen, was er meinte. Es sah nicht so aus, als würde das Geschäft florieren. Auf dem gesamten Parkplatz standen vielleicht ein Dutzend Autos, Platz war für viel mehr. Ich schaute zu Rafe hinüber. „Wir wissen ja schon, dass sein Unternehmen in Schwierigkeiten steckt."

„Es ist kritisch, wenn er nicht einmal Nachschub zum Verkaufen bekommt. Oder das Geschäft floriert so gut, dass das Lager immer gleich wieder leer ist. Es wäre interessant, herauszufinden, was zutrifft."

Kaum waren wir aus dem Auto ausgestiegen, kam ein Mann aus dem flachen Gebäude, um uns zu begrüßen. Ich kannte ihn aus dem Café. Er zupfte am Kragen seiner Anzug-jacke, so als hätte er sie gerade erst übergezogen. Ein metal-lenes Namensschild an seiner Jackentasche verriet uns, dass er der Geschäftsführer, Jason Palmer, war. Ich hatte befürch-tet, dass wir von einem Junior-Verkäufer begrüßt werden würden, aber soweit ich sehen konnte, war Jason Palmer der einzige Verkäufer auf dem Gelände.

Während er mit ausgestreckter Hand auf uns zukam, sah ich, dass er mich rasch musterte. Ich hatte nicht den Eindruck, dass er meine finanziellen Möglichkeiten zum Kauf eines Autos prüfte. Meiner Meinung nach ging es ihm mehr um meine Figur. Ich hätte ihn nicht als attraktiv bezeichnet, sondern als jemanden, der früher einmal gut ausgesehen hatte. Er hatte die kernige Attraktivität eines Rugbyspielers, einen muskulösen Körper und ein raues Männergesicht, in dem offensichtlich einmal das Nasenbein gebrochen war. Den größten Teil seiner Haarpracht hatte er verloren, dafür wirkte sein Gesicht jetzt stoppelig und unra-siert. Seine Augen waren dunkelbraun. Er sah zwar nicht übermäßig leidend aus, schien aber definitiv an Schlaf-mangel zu leiden.

Als er sich vorstellte, war sein Händedruck zwar fest, aber nicht schraubstockmäßig, und er ließ meine Hand rasch wieder los, um Rafe die Hand zu geben. Er wies auf den Range Rover. „Einen schönen Wagen haben sie da. Haben Sie vor, ihn in Zahlung zu geben?"

„Nein", sagte Rafe. „Lucy ist auf der Suche nach einem neuen Auto."

Er drehte sich wieder zu mir um. „Wunderbar. Dann sind Sie bei uns genau richtig. Unsere Preise sind wettbewerbsfä-hig, und unser Kundendienst ist vorbildlich."

Wir drei sahen uns die etwa ein Dutzend Autos auf dem Parkplatz an, und Rafe sagte: „Sie scheinen nicht viel auf Lager zu haben."

Palmer schüttelte den Kopf, als wäre er selbst überrascht, dass er mir so wenig Auswahl anzubieten hatte. „Sie wissen, wie das ist. Sobald sie reinkommen, sind sie verkauft. Im Moment gibt es für einige Modelle eine Warteliste, aber wenn Sie heute etwas bestellen, kann ich es innerhalb weniger Wochen liefern."

„Das wäre in Ordnung", sagte ich.

Er rieb sich die Hände, und sein Ehering blitzte im Sonnenlicht auf. Ich spürte einen Stich der Traurigkeit für seine arme Frau, die sich so sehr auf die Reise zu ihrer Silberhochzeitstag gefreut hatte. „Haben Sie denn etwas Bestimmtes im Sinn?"

Also, wenn ich schon meine Zeit in einem Autohaus verschwendete, konnte ich mir auch ein paar Autos ansehen. „Ich möchte auf jeden Fall einen leicht zu fahrenden Kleinwagen, am liebsten mit Automatik, wenn Sie einen haben." Grannys Gangschaltung machte mir echt Probleme.

Er hob einen Finger in die Luft, als wolle er ein Kaninchen aus dem Hut zaubern. „Ich glaube, ich habe genau das Richtige für Sie. Kommen Sie bitte hier entlang."

Er führte mich zu einem kleinen weißen Auto, in dem auf dem Rücksitz zwei Erwachsene bequem Platz fanden und das über einen geräumige Kofferraum verfügte. Ich war unwillkürlich beeindruckt. Dieses Auto war genau das, was ich mir ansehen würde, wenn auf der Suche nach einem neuen Auto wäre.

Er ließ sich lange über Kraftstoffeffizienz und Komfortwerte aus, bis ich schließlich ganz unverblümt nach dem

Preis fragte. Meine anfängliche Fantasievorstellung, ich könnte mit einem nagelneuen Auto nach Hause zu fahren, wurde gleich zerstört. Er musste gesehen haben, wie ich das Gesicht verzog, denn er sagte: „Natürlich ist dies ein höherwertiges Modell. Sie können ein Basismodell bestellen, und natürlich haben wir einige ausgezeichnete Finanzierungspläne bei genehmigtem Darlehen."

Ich wollte ihm gerade sagen, dass ich es mir nicht leisten konnte, da sage Rafe: „Lass uns doch eine Probefahrt machen."

Natürlich wusste ich, dass er nur Zeit schinden wollte, damit wir dem Verkäufer unsere bohrenden Fragen zum Tod seiner Frau stellen konnten, aber trotzdem bereitete es mir ein schlechtes Gewissen, ein Auto zu fahren, das ich mir nicht leisten konnte. Der Mann holte die Schlüssel und kam nach ein paar Minuten zurück. Er hatte eindeutig vor mitzufahren. „Ist es denn in Ordnung, das Büro einfach unbeaufsichtigt zu lassen?"

Er drehte sich um, als wäre er überrascht, dass außer ihm niemand hier war. „Das ist schon okay. Einer meiner Kollegen wird jeden Moment zurück sein."

Egal. Ich setzte mich auf den Fahrersitz, und Jason stieg auf der Beifahrerseite ein, während Rafe sich auf den Rücksitz zwängte. Es machte mich unglaublich nervös, ein nagelneues Auto auf einer so schmalen Landstraße zu fahren, mit Linksverkehr, also gefühlt immer noch auf der falschen Straßenseite. Aber jeder Amateurdetektiv hatte seine Probleme. Im Gegensatz zu Grannys Auto sprang hier der Motor beim ersten Versuch an, was mir sofort einen Schub an Zuversicht gab. Ich stellte die Spiegel so ein, wie ich sie brauchte, und dann fuhren wir los.

In Wahrheit war es ein Vergnügen, ein Auto zu fahren, das viel weniger Persönlichkeit hatte als Grannys Wagen. Ohne Gegenwehr und Widerrede tat es, was *ich* wollte. Jason schien es nur recht zu sein, dass ich das Fahrzeug selbst kennen lernte. Er sagte: „Ich habe Sie noch nie gesehen. Wohnen Sie hier in der Gegend?"

Ich erzählte ihm, dass ich in Oxford wohnte und ein Wollgeschäft hatte.

Rafe fragte, ob sich die schwierige Wirtschaftslage auf sein Geschäft auswirke. Ich hielt das für eine ziemlich unverschämte Frage, aber Jason nahm es ihm nicht übel. Er sagte: „Ich lasse mich nie auf negative Gedanken ein. Ich stehe auf dem Standpunkt, dass die Menschen Autos brauchen. Sie müssen sich fortbewegen. Ich biete bessere Preise als die meisten anderen, besseren Service als die meisten anderen, und ich habe mir eine sehr treue Kundschaft aufgebaut, die meisten meiner Kunden sind Stammkunden."

Ich fand das eine sehr beeindruckende Antwort. Aber stimmte es denn?

Ich bremste, um eine Gans über die Straße zu lassen, und musste lachen. „Es muss herrlich sein, auf dem Land zu leben. Vor allem in einem schönen Dorf, wo jeder jeden kennt."

Er schnaubte auf eine unangenehme Art. „Und wo jeder über jeden anderen genau Bescheid weiß. Ich habe lange gebraucht, mich an das Dorfleben zu gewöhnen. Ich komme aus London, einer Stadt mit acht Millionen Fremden."

„Was hat Sie denn nach Moreton-Under-Wychwood gebracht?", fragte ich. Es war genau die Art von Frage, die man einem Fremden stellen würde.

„Meine Frau ist von hier." Er räusperte sich. „War von hier, sollte ich sagen. Sie ist vor Kurzem verstorben."

„Das tut mir sehr leid", sagte ich, und ich meinte es ernst. Das alles war mir sehr unangenehm, aber es konnte sein, dass er sie umgebracht hatte und ich war schließlich hergekommen, um unangenehme Fragen zu stellen. „War sie krank?"

„Nein. Es war ein Unfall." Dann scheinen die Worte aus ihm herauszuplatzen. „Irgendein Idiot hat auf dem Dorffest mit einem Pfeil auf sie geschossen."

„Was?", fragte ich und musste meinen Schock fast gar nicht simulieren. Obwohl ich dabei gewesen war, schockierte es mich immer noch. Was für eine wahnsinnige Art zu sterben.

„Die Polizei ermittelt natürlich, aber sie haben den Sch... – den Mörder noch nicht gefasst. Der muss weggerannt sein, als ihm klar wurde, was er getan hatte."

„Sie meinen, jemand hat Ihre Frau aus Versehen erschossen?"

„Oh ja. Lizzie hatte keinen einzigen Feind auf der Welt. Ich wette, es war ein gelangweilter Halbstarker, der nur Panik verursachen wollte. Nicht jemanden töten."

„Für einen Streich ist das schrecklich gefährlich."

Er nickte und sagte kein Wort. Ich dachte, er hätte mit seinen Gefühlen zu kämpfen, und da die Gans inzwischen die Straße überquert hatte, ließ ich den Wagen sanft vorwärts gleiten. Ich fuhr ihn nicht lange und war sehr froh, ihn unbeschädigt zurückgeben zu können. Danach ging er mit uns hinein und holte eine Hochglanzbroschüre heraus. Er heftete seine Visitenkarte daran und fragte dann nach meinem Namen und meiner Telefonnummer. Ich wollte sie ihm nur ungern geben, aber ich wusste, dass er nur seine Arbeit machte. Als wir mit dem Range Rover davonfuhren, hatte ich das Gefühl, dass wir irgendwie seine Zeit verschwendet hatten. „Ich dachte, wir würden mehr erfahren."

Rafe antwortete einen Moment lang nicht und sagte dann: „Ich glaube, wir haben eine Menge erfahren."

„Was zum Beispiel? Dass das neueste Modell eine hochmoderne Spritsparfunktion hat?"

„Nein. Dass Theodore recht hatte und Jason Palmer in ernsten finanziellen Schwierigkeiten steckt." Er nahm eine Hand vom Lenkrad und hob den Zeigefinger. „Erstens. Sehr wenige Autos auf dem Parkplatz." Er hob einen anderen Finger. „Zweitens. Da waren keine Mitarbeiter."

„Er sagte, sein Kollege würde bald zurück sein", gab ich zu bedenken.

„Hast du einen zweiten Schreibtisch gesehen, der irgendwelche Anzeichen menschlicher Präsenz aufwies?" Er schüttelte den Kopf zur Antwort auf seine eigene rhetorische Frage. „Er hat kein Personal. Keine Kollegen. Außerdem habe ich, während du ihn mit deinen großen blauen Augen angehimmelt hast und er dir in der Hochglanzbroschüre alle Funktionen gezeigt hat, einen Blick auf seine Stromrechnung geworfen. Sie ist längst überfällig. Er kann es sich kaum leisten, das Licht einzuschalten."

„Das ist nicht gut."

„Nichts, was eine Million Pfund nicht wieder richten könnten."

Ich erschauderte. „Mir ist die Vorstellung unerträglich, dass er diese reizende Frau nur wegen des Geldes getötet haben soll."

„Nun, irgendjemand hat sie aus irgendeinem Grund getötet. Meiner Meinung nach ist er ein sehr aussichtsreicher Kandidat."

Ich erinnerte ihn daran, dass Violet die Hand gesehen hatte, die den Scheck schrieb, als sie Noras Zukunft voraussah.

„Dann müssen wir davon ausgehen, dass sie am Gewinn beteiligt wird. Und vielleicht trifft sie auch eine Mitschuld."

„Was hältst du von seiner Theorie, dass es ein schief gelaufener Jungenstreich gewesen ist?"

„Ich denke, Jason Palmer muss sich eine bessere Geschichte ausdenken, wenn er nicht ins Gefängnis will."

KAPITEL 17

$\mathcal{A}$m Mittwochabend waren Sylvia, Clara und ich wieder in Moreton-Under-Wychwood, zur ersten Strickstunde. Stricken war tatsächlich gemeinschaftsfördernd. Ich hatte festgestellt, dass Menschen, die gerne stricken und häkeln, auch gerne zusammen sind. Das zeigte sich auch hier wieder einmal, denn es hatten sich mehr als zwanzig StrickerInnen und StrickanfängerInnen angemeldet.

Ich setzte Sylvia und Clara am Bauernhaus ab und kehrte dann ins Dorf zurück. Joanna hatte für Tee und Kaffee gesorgt, aber ich wollte noch zum Supermarkt, ein paar Kekse kaufen. Ich war früh gekommen, um für den Abend alles vorzubereiten.

Ich wollte, dass dieser Abend gut verlief, nicht nur für die Nachforschungen, sondern auch für mein Geschäft. Ich hatte eine ganze Reihe von Bestellungen, die entweder telefonisch im Laden oder online aufgegeben worden waren. Ich sollte so etwas öfter organisieren. Granny hatte sich wie immer über alles gefreut, was die Geschäfte im Cardinal Woolsey's ankurbeln konnte. Und wie immer war sie enttäuscht, dass sie nicht an den Strickkursen teilnehmen konnte. Meine arme Granny. Sie wollte so gern wieder in einem Strickwarengeschäft mitarbeiten. In fünfzig Jahren oder so, wenn alle ihre früheren Kunden tot wären oder sich nicht mehr an sie erinnern würden, könnte sie zurückkommen und das Cardinal Woolsey's wieder betreiben. Aber bis dahin musste sie andere Beschäftigungen finden. Im Grunde meines Herzens wusste ich, dass sie aus Oxford würde wegziehen müssen. Aber wir wussten beide auch, dass ich sie noch brauchte. Ich verließ mich auf ihren Rat und ihre Erfahrung, und ich wusste, dass sie mich gerne um sich hatte.

Als ich aus dem Coop-Laden kam, wäre ich beinahe mit Ian Chisholm zusammengestoßen, der gerade eintreten wollte. Er trug seine Arbeitskleidung – Anzug, Hemd und Krawatte – und hatte seinen seriösen, amtlichen Gesichtsausdruck aufgesetzt. Als er mich sah, wurde sein Gesicht von einem Lächeln überzogen, das einer etwas verwirrten Verlegenheit wich. Ian hatte es sich mit mir verscherzt, und er wusste es. Wir waren zu ein paar Dates ausgegangen und schienen auf eine Beziehung zuzusteuern, aber mit seinem anstrengenden Beruf und seiner törichten Schwärmerei für eine andere, was allerdings zum Teil meine Schuld war, hatte er alles vermasselt. Vielleicht auch wir beide.

Entsprechend peinlich und verlegen verlief unser Gespräch. „Lucy! Was für eine Überraschung." Dann eine Pause. „Schön, dich zu sehen."

Jetzt war ich an der Reihe. „Ian. Ich freu mich auch, dich zu sehen."

So ging es ein oder zwei Minuten lang weiter. Unsere unbeholfenen, abgehackten Sätze, konnten die ganze Verwirrung und die Missverständnisse kaum kaschieren.

Schließlich fragte ich ihn, was er in Moreton-Under-Wychwood zu tun habe. „Ich bin eigentlich wegen eines Falles hier."

Ich war verblüfft. „Ich dachte, Inspektor Thomas leitet die Morduntersuchung."

Er entspannte sich soweit, dass ein charmantes Lächeln für mich dabei herauskam. „Und wie immer scheinst du mittendrin zu stehen. Ja, Inspektor Thomas untersucht den Mord an Elizabeth Palmer. Aber wegen dieses verdächtigen Todesfalls haben wir auch einen alten Fall wieder aufgerollt. Ich untersuche einen ungelösten Mordfall, der sich hier vor dreißig Jahren ereignet hat."

Ich nickte. „Davon hatte ich gehört. Du glaubst also, dass es da einen Zusammenhang gibt," sagte ich aufs Geratewohl.

„Das kann niemand mit Sicherheit sagen. Aber jedes Mal, wenn es in einer Gemeinde dieser Größe zwei verdächtige Todesfälle gibt, ist es eine Untersuchung wert."

Ich dachte an die netten Damen, die sich in Joannas Farmhaus versammelt hatten. „Besteht irgendeine Gefahr?"

„Du meinst, für die anderen Bewohner von Moreton-Under-Wychwood?"

„Ja. Und für Leute, die aus Oxford kommen, um Strickkurse zu geben. Zum Beispiel."

„Das glaube ich nicht. Aber wie ich höre, werden hier anscheinend einige Frauen belästigt. Es herrscht hier noch ein altmodischer Aberglauben über Hexerei. Eine von ihnen ist deine Assistentin Violet."

Ich war überrascht, dass die Polizisten von der Hexengeschichte wussten. „Meinst du, ich sollte Violet bei mir wohnen lassen, bis der Ärger vorbei ist?" Das Letzte, was ich brauchte, war, meine rechthaberische Großcousine Violet bei mir wohnen zu haben. Es war schon schlimm genug, dass wir miteinander arbeiteten.

Zum Glück für mich schüttelte er den Kopf. „Ich glaube, sie ist einigermaßen in Sicherheit. Aber du könntest ihr sagen, dass du ein Bett für sie hättest, falls die Situation eskalieren sollte.

Das war wohl das Mindeste, was ich tun konnte. Ich hoffte nur, Margaret Twig würde nichts von meiner Einladung erfahren und denken, sie sei auch eingeladen. Mit Violet zusammenzuwohnen wäre schon schlimm genug. Aber mit Margaret Twig? Wenn sie in meine Wohnung einziehen würde, würde ich ausziehen.

In nachdenklicher Stimmung fuhr ich zurück zu Joannas Farmhaus. Auf einem Tisch legte ich alle bestellten Artikel mit den Namen der Käuferinnen zurecht.

Da ich mittlerweile eine klügere Geschäftsfrau geworden war als das Mädchen, das vor weniger als einem halben Jahr ahnungslos in das Cardinal Woolsey's hineingestolpert war, hatte ich auch eine Auswahl an Mustern, Wollsorten, Stoffen und ein paar Handarbeitssets von Teddy Lamont, unserem beliebtesten Designer, mitgebracht. Dreiundzwanzig Personen hatten sich angemeldet – ein hervorragendes Ergebnis – und ich hatte so viel Material mitgebracht, dass wir noch einige Spontananmeldungen würden annehmen können.

Sylvia schien sich ziemlich darüber zu freuen, wieder einmal im Mittelpunkt zu stehen. Eine Stummfilmheldin spielte sie hier zwar nicht, aber wenigstens bekam sie eine Bühne geboten. Da sie mit Leib und Seele Schauspielerin war, hatte sie sich ihrer Rolle entsprechend gekleidet. Jedes sichtbare Teil ihres Outfits war handgestrickt, gehäkelt oder bestickt, bis hin zu ihren bestickten Hausschuhen. Über einer handgestrickten Hose aus feinster Seidenwolle trug sie einen schwarzen Kaschmirpullover mit silbernen geometrischen Mustern. Ich glaube, sie hatte die Hausschuhe selbst entworfen, denn sie waren ebenfalls schwarz und silbern und griffen das Muster ihres Pullovers auf, ohne es zu kopieren.

Ihr silbergraues Haar war perfekt frisiert, ihr Make-up makellos, und Diamanten funkelten an ihren Ohren, an ihrem Hals und an ihren Fingern.

Sie war so geschliffen elegant, wie Clara gemütlich hausbacken war. Auch deren Pullover war handgestrickt, hellgrün und mit gehäkelten Blumen verziert. Sie trug einen Stretch-Rock aus Polyester und schwarze orthopädische Schuhe. Ihr graues Haar war mit Klammern zu Locken gestylt, wahrscheinlich so, wie sie es in den vierziger Jahren getragen hatte.

Die Teilnehmerinnen trafen um halb sieben, eine halbe Stunde vor Unterrichtsbeginn, ein. Sie kamen fast alle in Zweier- und Dreiergrüppchen, kaum jemand allein. Alle schienen sich zu freuen, dass es einen Strickkurs direkt in ihrem Dorf gab. Florence Beasley traf mit Hilary Beaumont ein, der dienstfeifrigen Frau, die das Fest organisiert hatte. „Und wie läuft es mit der Lampe, Lucy?"

„Gut", antwortete ich mit einem Lächeln, das ebenso künstlich war wie das aufgemalte Lächeln im Gesicht des Pudels. Diesen hatte ich ins Gästezimmer gestellt, von wo ich ihn allerdings wegräumen müsste, falls ich jemals einen Gast hätte.

„Das hier ist eine wunderbare Idee. Es trägt wirklich dazu bei, die Gemeinschaft zu stärken und uns auf andere Gedanken zu bringen."

164

Sie ging weiter, als Emily Bloom, die Frau des pensionierten Polizeibeamten, mit einer anderen Frau hereinkam, die mir vom Dorffest her vage bekannt vorkam. Als sie ihr Paket entgegennahm, fragte ich, wie es ihrer Mutter ging.

Sie schüttelte den Kopf. „Nicht so gut. Ihre Wahrsagerin hatte recht. Mutter wollte nicht, dass jemand erfährt, wie krank sie war. Sie wollte nämlich nicht in ein Altersheim. Zum Glück konnte ich eine Pflegerin einstellen, die jeden Tag nach ihr sieht. Ich bin nur für ein oder zwei Tage hier, um ein paar Dinge zu erledigen und mehr Kleidung einzupacken, dann werde ich für einen längeren Besuch wieder hinfahren." Sie seufzte. „Dann habe ich wenigstens mein Strickzeug, um mich zu beschäftigen."

Mehrere Personen blieben stehen, um sich zu bedanken und ihre bestellten Waren abzuholen und sahen sich auf dem Tisch um.

In punkto Eleganz kam nach Sylvia gleich Joanna in einem blau-weißen Kleid, das ihre straffen Arme zur Geltung brachte. Sie bot Tee und Kaffee an, und als sich die Frauen auf den Stühlen und Sofas niederließen, entstand ein fröhliches Gesprächsgewirr.

Es war kurz vor sieben, und ich hatte nur noch wenige unbenutzte Sets, als Nora hereinkam. Etwas verschämt kam sie auf mich zu. „Ich habe mich nicht angemeldet. Ich war nicht sicher, ob ich kommen würde. Doch dann dachte ich, dass Liz und ich so etwas früher zusammen gemacht hätten. Ich glaube, ich würde mich noch einsamer fühlen, wenn ich zu Hause bliebe." Sie warf einen Blick auf die bereits anwesenden schwatzenden und kichernden Frauen. „Habt ihr noch Platz für mich?"

Ich versicherte ihr, dass dies der Fall sei, und übergab ihr eines der verbleibenden Stricksets. Sie entschied sich für das Anfänger-Set.

Während sie sich zu den anderen gesellte, öffnete sich die Tür erneut, und Dierdre Gunn, die Frau, deren Wellensittich gestorben war, kam herein. Auch sie hatte sich nicht angemeldet. Als sie drin war, schaute sie sich rasch um. Ich hatte den Eindruck, sie schaute nach, ob Violet oder Margaret Twig da wären. Ebenso rasch versuchte ich herauszufinden, ob sie den Hexenerkennungskristall bei sich hatte, aber falls sie ihn hatte, hielt sie ihn versteckt.

Gut.

Nachdem sie sich vergewissert hatte, dass der Veranstaltungsort frei von Hexen war, fragte sie mich, ob sie an dem Kurs teilnehmen könne. Ich wollte ablehnen, aber Florence Beasley hatte sie bereits gesehen und rief ihr einen Gruß zu.

Sie entschied sich für das kompliziertere Muster und sagte beim Bezahlen: „Ich brauche Beschäftigung für abends, jetzt wo mein Billy nicht mehr ist."

Sie waren pünktlich, das freute mich. Bis sieben waren alle, die sich angemeldet hatten, eingetroffen und mit Nora waren es jetzt fünfundzwanzig. Um fünf nach sieben stand Sylvia auf und stellte sich und Clara vor. Etwas theatralisch wies sie auf mich. „Und Sie kennen natürlich alle Lucy Swift, die den wunderbaren Strickladen ,Cardinal Woolsey's' in Oxford betreibt."

Nach einem kurzen peinlichen Moment klatschten alle. Ich war hinten im Raum sitzen geblieben und nickte mit dem Kopf. Ich hatte mich bewusst nicht in den Kreis der Strickerinnen gesetzt, denn wenn jemand sich mit dem Strickzeug verheddere, wollte ich nicht um Hilfe gebeten werden. Ich hatte meinen Computer ausgepackt und tat so, als würde ich etwas furchtbar Wichtiges tun, obwohl ich in Wirklichkeit nur meine E-Mails abrief.

Sylvia war eine ausgezeichnete Lehrerin, und Clara war die perfekte Assistentin, die gerne mit jeder Strickerin, die nicht mehr weiterwusste, individuell weiterarbeitete. Nach einer Weile begann die Strickgruppe mit Multitasking: Es wurde gleichzeitig gestrickt und getratscht.

„War bei sonst noch jemand die Polizei?", fragte Hilary Beaumont.

„Allerdings", antwortete Dierdre Gunn. „Also, ich habe denen gesagt, dass Billy auch unter seltsamen Umständen gestorben ist."

In dem darauffolgenden Gemurmel mischte sich Mitleid mit Verlegenheit.

„Es war so ein netter junger Mann, der zu mir gekommen ist. Er hat mir sein Beileid ausgesprochen." Ihre Stricknadeln blitzten auf, als sie fortfuhr: „Allerdings schienen sie mehr daran interessiert zu sein, was ich über Elizabeth Palmer wusste." Sie klang eindeutig verärgert, dass der Tod ihres Wellensittichs nicht wichtiger genommen wurde.

„Was hast du ihm denn gesagt?", fragte Florence Beasley.

„Nun ja, ich habe ja nicht gesehen, was passiert ist. Ich habe ihnen erzählt, dass ich früher, als sie ein kleines Mädchen war, auf sie aufgepasst habe, wenn ihre Eltern abends ausgingen. Oh, sie waren vernarrt in Elizabeth. Und ich auch, wirklich. Sie war so ein süßes Mädchen, wie eine Prinzessin in diesem schönen Haus. Sie haben auch nach Jason gefragt." Sie wechselte die Nadel und begann die nächste Reihe. „Aber ich konnte ihnen nicht viel berichten. Ihn kannte ich ja nicht so gut. Ich habe ihnen von der Hexe erzählt, die meinen Billy verflucht hat."

Florence Beasley sagte: „Erst heute kam ein netter junger Mann bei uns vorbei. Inspektor Chisholm. Er sieht sehr gut aus." Sie fächelte sich Luft zu, woraufhin einige der Frauen lachten. „Er wollte herausfinden, ob es zwischen dem Tod meines Schwiegervaters und dem von Elizabeth Palmer einen Zusammenhang geben könnte." Ich wartete und fragte mich, ob dazu jemand etwas zu sagen hätte. Florence strich ihr Strickzeug auf dem Schoß glatt, um sich die ersten Reihen anzuschauen. Sie sagte: „Ich habe ihm gesagt, dass Elizabeth sicher von jemandem aus einer anderen Stadt umgebracht worden ist, genauso wie irgendein Einbrecher Grayson Timmins überfallen hat. Davon bin ich überzeugt, und das habe ich dem netten Inspektor auch gesagt. Niemand in Moreton-Under-Wychwood würde jemanden umbringen. Warum denn auch?"

Nora Betts hörte auf zu stricken und starrte sie an. „Wenn es Hexen wären, schon."

KAPITEL 18

*A*m Donnerstag hatten Violet und ich im Laden viel zu tun. Sie war zerstreut und ziemlich launisch, aber ich fand erst gegen Ende des Tages Zeit, sie zu fragen, was los war.

Sie warf ihr Haar über die Schulter, drehte sich zu mir um und starrte mich an. „Was meinst du wohl, was los ist? Die Hälfte der Dorfbewohner bekreuzigen sich, wenn sie mich sehen. Ich habe kein Brot und keine Milch mehr, weil mich die Leute im Supermarkt anstarren. Und jemand hat mein Eingangstor mit Symbolen vollgekritzelt."

Ich konnte mir vorstellen, wie nervenaufreibend das für sie sein musste, und obwohl ich es eigentlich nicht wollte, sagte ich: „Warum ziehst du nicht für ein oder zwei Wochen zu mir, bis sich alles geklärt hat? Du weißt doch, dass ich ein freies Zimmer habe."

Ihr Gesicht wurde weicher. „Das ist lieb von dir, Lucy, danke. Meine Großmutter hat mir auch angeboten, bei ihr zu wohnen, aber ich will mich nicht aus meinem eigenen Haus vertreiben lassen. Warum sollte ich gehen? Ich habe doch nichts Böses getan."

„Ich wünschte, wir könnten unsere Gaben nutzen, um zu sehen, wer der Mörder ist."

„So funktioniert das nicht. Du weißt selbst, dass Magie unzuverlässig und manchmal unberechenbar ist. Ich kann einen Blick in die Zukunft werfen, aber ich muss den Menschen vor mir haben, und er muss kooperativ sein. Deshalb hat die Wahrsagerei auch so gut funktioniert. Meine Kundinnen waren mir gegenüber sehr offen, und so bekam ich kleine Einblicke in das, was ihnen bevorstand. Aber ich kann keine wichtigen Dinge vorhersagen, wie zum Beispiel, wer eine Wahl gewinnen wird. Wenn ich derartige hellseherische Fähigkeiten hätte, würde ich meine Zeit beim Pferderennen verbringen und auf die Ponys wetten."

„Hast du eine Ahnung, wer hinter dem Mobbing steckt? Wenn du herausfindest, wer Symbole auf dein Tor malt und Steine durch dein Fenster wirft, kann Ian vielleicht etwas unternehmen."

Sie reagierte entsetzt auf meinen Vorschlag. „Ich will nicht, dass sich die Polizei in meine Angelegenheiten einmischt. Wir führen ein ruhiges Leben und gehen Ärger aus dem Weg. Aber das Letzte, was wir Hexen wollen, ist, irgendetwas mit der Polizei zu tun zu haben. Das kannst du mir glauben."

„Aber ich meine doch Ian. Du weißt, dass er unser Freund ist."

„In erster Linie ist er ein Bulle. Außerdem bin ich immer noch sauer, dass er dir diese dumme Schauspielerin vorgezogen hat."

Violet mochte zwar etwas nervig sein, aber sie war auf jeden Fall loyal.

„Okay, vielleicht können wir uns selbst darum kümmern. Hast du irgendeine Ahnung, wer dich mobbt? Ich wette, wir könnten diese Leute mit unserer Magie sanft in eine andere Richtung lenken."

Daraufhin hellte sich ihre Miene auf. „Lucy, zum ersten Mal seit Wochen höre ich von dir, dass du freiwillig zu zaubern anbietest. Das ist eine großartige Idee. Ich bin mir nicht ganz sicher, ob sie es war, aber ich habe Elizabeth Palmers beste Freundin in meiner Straße gesehen, und kurz danach habe ich die Symbole entdeckt."

„Du meinst Nora?"

„Ja. Die, der ich prophezeit habe, sie würde zu Geld kommen. Wo bleibt da die Dankbarkeit?"

Das war jetzt eigentlich weniger interessant. Nora, die, wie Granny zu sagen pflegte, immer wieder auftauchte wie Falschgeld, tat alles, um den Verdacht auf die Hexen zu lenken. „Ich glaube, es ist an der Zeit, Nora einen Besuch abzustatten."

„Muss ich mitkommen?" Dass sie nicht mitkommen wollte, zeigte, wie viel Selbstvertrauen Violet eingebüßt hatte.

„Nein. Ich setze dich an deinem Haus ab. Dann packst du Sachen für ein paar Tage ein. Du ziehst zu mir."

Ich hatte das Gefühl, dass sie mir eigentlich widersprechen wollte, aber dann sagte sie: „Du hast recht. Dann werde ich mich sicherer fühlen. Und ich wohne lieber bei dir als bei meiner Großmutter. Danke."

Ich fand eine überaus fadenscheinige Ausrede, Nora zu besuchen. Sie hatte gestern Abend beim Kurs ihre Quittung vergessen.

Natürlich könnte ich sie ihr auch einfach per E-Mail schicken oder sie ihr nächste Woche geben, aber ich beschloss, sie ihr persönlich vorbeizubringen. Am Ende des Tages fuhr ich also noch einmal nach Moreton-Under-Wychwood. Nora wohnte in einem recht neuen Haus in einem Außenbezirk. Sie wohnte nicht in einem der hübschen alten Steinhäuschen, die diese Gegend so malerisch machen, sondern in einer Neubausiedlung, wo alle Häuser gleich aussahen.

Als ich die Adresse gefunden hatte, hielt ich vor ihrem Haus an. Ich ging den Pfad entlang, der exakt in der Mitte zwischen zwei Rasenflächen verlief, die rundherum von einem Blumenbeet eingefasst waren. Das Haus war ordentlich, gepflegt und unauffällig. Ich ging auf die schlichte weiße Haustür zu und läutete. Drinnen begann ein Hund wie verrückt zu bellen. Ich dachte schon, ich hätte Pech gehabt und es wäre niemand zu Hause, da hörte ich Schritte an der Tür. Als die Tür aufging, setzte ich ein freundliches Gesicht auf.

Aber vor mir stand nicht Nora, sondern ihr Mann. Ich hatte ihn ja im Café schon einmal gesehen. Wie das Haus und der Garten war er ordentlich, gepflegt und unauffällig. Sein mittelbraunes Haar trug er durchschnittlich lang, sein Gesicht war angenehm, aber in einer Menschenmenge würde es sich sofort verlieren. Seine Schultern waren nach innen gebogen, als ob er sein Herz schützen wollte.

Sein Blick war ausdruckslos. „Kann ich Ihnen irgendwie behilflich sein?"

Ich merkte, dass ich ihn anstarrte, und senkte meinen Blick auf den Spaniel, der aufgehört hatte zu bellen, nun aber lautstark schnüffelte, weil er offensichtlich beachtet werden wollte.

„Ich heiße Lucy Swift. Ihre Frau war gestern Abend bei mir im Kurs und hat ihre Quittung vergessen, also dachte ich, ich bringe sie vorbei."

Ich gab ihm dem Zettel nicht gleich, weil ich hoffte, er würde seine Frau rufen. Er schüttelte den Kopf. „Leider ist Nora nicht hier." Es klang eher traurig als bedauernd. Es war ein Donnerstagabend in Moreton-Under-Wychwood. Wo in aller Welt konnte sie sein?

Ich ging in die Knie und streichelte den Hund. Nyx wäre nicht erfreut, wenn sie mich mit dem Feind verkehren sähe, aber zum Glück war mein Begleittier in Oxford, so dass ich vorübergehend auch mit einem Hund Freundschaft schließen konnte. „Was für ein süßes Hündchen", schwärmte ich. „Wie heißt er denn? Oder sie?"

„Das ist Bessie." Als sie ihrem Namen hörte, spitzte die Hündin die Ohren und schaute ihr Herrchen schmachtend an.

Ich lachte. „Sie meint bestimmt, sie bekommt jetzt ein Leckerli, was?"

„Sie haben offenbar schon selbst Hunde gehabt."

„Nein. Aber ich mag sie sehr."

Er schien es nicht eilig zu haben, die Tür zu schließen, und ich hatte es nicht eilig, zu gehen. „Wird Nora lange weg sein? Ich könnte ja später nochmal vorbeikommen."

Sein Gesicht trübte sich. „Sie ist drüben bei unserem Freund Jason."

Ich streichelte den Hund immer noch und blickteauf. „Solch eine schreckliche Tragödie. Ich war an dem Tag dort, wissen Sie. Ich habe in der Wahrsagekabine ausgeholfen."

„Sie haben für die Hexe gearbeitet?"

Ich wollte Violet nicht gleich in Schutz zu nehmen, da ich

wusste, dass ich mehr aus ihm herausholen würde, wenn ich auf seiner Seite blieb. Absichtlich tat ich so, als hätte ich ihn missverstanden. „Zu mir ist sie eigentlich immer nett gewesen," erwiderte ich.

„Ich habe gehört, dass Sie und Ihre Frau Elizabeth und Jason sehr nahe standen", fuhr ich fort. „Mein herzliches Beileid. Es muss sehr schlimm für sie gewesen sein."

Er lachte, aber es schwang kein Humor darin mit. „Sie haben ja sicher die Gerüchte gehört. Das hat wohl jeder."

Ich konnte seinen Schmerz spüren. Je mehr ich mit meinem Zauberbuch und meiner Magie arbeitete, desto sensibler wurde ich für die Gefühle der Menschen, das fiel mir jetzt auf. Ich bekam so viel Mitleid mit diesem armen Mann, dass ich aufstand, ihm direkt in die Augen sah und fragte: „Warum sind Sie nicht mit Nora zu Jason gegangen?"

Er war offensichtlich schockiert, dass ich ihm eine so unverblümte, brutal ehrliche Frage stellte, aber wie jemand, der unbedingt mit jemandem reden muss und nicht weiß, wohin er sich wenden soll, sagte er: „Warum kommen Sie nicht herein? Ich mache Ihnen eine Tasse Tee." Er zuckte die Achseln. „Wenn meine liebende Gattin nicht wieder zu Hause ist, wenn wir den Tee ausgetrunken haben, dann können Sie mir die Unterlagen geben und ich werde dafür sorgen, dass sie sie bekommt."

Ich willigte ein. „Ich heiße übrigens Tony", sagte er.

KAPITEL 19

So leid mir dieser betrogene Ehemann auch tat, so sehr freute ich mich, in Noras Haus zu kommen. Bessie war ebenso erfreut, mich zu Gast zu haben, und sprang mit beiden Vorderpfoten an meine Beine, um mir zu zeigen, dass wir jetzt gute Freunde waren. Ich beugte mich hinunter und kraulte ihr den Kopf, bis ihre langen Ohren tanzten.

Dann folgte ich Tony durch den Flur, der zur Küche führte. Auf dem blanken Hartholzboden hörte ich seine Pantoffeln schlurfen, als würde er seine Füße beim Gehen nicht anheben. Ich folgte ihm, und meine Joggingschuhe machten nicht das geringste Geräusch. Bessie war am lautesten, man hörte ihre Pfoten auf den Boden tappen, als sie neben mir her hoppelte.

Die Küche war ziemlich genau das, was ich erwartet hatte. Sauber und eher langweilig. Es roch nach Hühnercurry und ich sah die Reste eines Fertiggerichts im Müll. Es war nur eine Portion, also hatte seine Frau vermutlich mit Jason zu Abend gegessen.

Er setzte den Wasserkocher auf und kramte etwas umständlich eine Zuckerdose aus dem Schrank und eine Packung Milch aus dem Kühlschrank.

Im Fernsehzimmer neben der Küche lag die Zeitung neben einem Lehnstuhl gegenüber des Fernsehers, und ich stellte mir vor, dass dieser arme Mann dort seine einsamen Stunden verbrachte.

Ein Foto von Nora und ihm an ihrem Hochzeitstag hing dort groß an einer Wand. Eine jüngere Version des traurigen Mannes, der gerade Tee kochte, sah seine Frau auf diesem Foto an, und man sah, wie sehr er sie bewunderte. Sie hingegen blickte geradeaus in die Kamera, als wäre sie sich der Gegenwart ihres Bräutigams gar nicht bewusst.

An einer Wand stand eine Anrichte, auf der sich weitere Fotos befanden. Man sah ein Bild von Nora, Tony, Elizabeth und Jason in der Karibik. Ein weiteres von Nora allein, und dann alle vier im Skiurlaub. Ich ging hinüber und betrachtete die Fotos. „Ich habe gehört, dass Sie die Kreuzfahrt zur Silberhochzeit trotzdem machen wollen."

Er hob ruckartig den Kopf hoch, als ob er mich nicht richtig verstanden hätte. „Was?"

„Nora hat das gesagt. Dass Sie die Kreuzfahrt trotzdem machen, praktisch zum Gedenken an Elizabeth. Sie sagte, Sie würden Elizabeths Asche mitnehmen, um sie im Meer zu bestatten."

Er fluchte leise vor sich hin.

„Wussten Sie das nicht?"

„Glauben Sie mir, ich erfahre alles immer als Letzter." Das Wasser kochte, und er goss es in die Teekanne. „Ich glaube sowieso kaum, dass ich mitfahren werde." Er sah kurz zu mir und wandte sich dann wieder der Teezubereitung zu. „Fünftes Rad am Wagen und so."

Hatte ich ihn richtig verstanden? „Wollen Sie damit andeuten, dass Sie zu Hause bleiben würden, während Ihre Frau und Jason allein auf Kreuzfahrt gehen?"

Er trug das Tablett in das Fernsehzimmer und stellte es dort ab. Bessie stand auf und schnupperte hoffnungsvoll, und als sie merkte, dass auf dem Tablett nichts für Hunde war, legte sie sich mit dem Kopf zwischen den Pfoten auf den Boden.

Er sagte: „Selbst, wenn wir zu viert gefahren wären, wären Jason und Nora auf der Kreuzfahrt ganz allein gewesen."

Ich spürte seinen Schmerz so deutlich, dass ich es kaum ertragen konnte. „Wie halten Sie das aus? Wie können Sie es ertragen, dass die Frau, die Sie lieben, sich mit Ihrem Freund so verhält?"

Er setzte sich auf seinen Lieblingssessel. „Bedienen Sie sich."

Das tat ich. Ich schenkte mir eine Tasse Tee ein und ihm, ohne zu fragen, auch eine. Armer Mann. Er sah aus, als könnte er eine Tasse Tee gebrauchen. „Milch und Zucker?"

Er nickte. „Danke. Je einen Löffel."

Ich setzte seinen Tee auf, rührte ihn um und reichte ihn weiter. Dann setzte ich mich mit meiner eigenen Tasse gemütlich hin. Ich wollte eigentlich keinen Tee, aber ich dachte, wenn ich ihm dabei Gesellschaft leistete, würde er mir vielleicht von seinen Problemen erzählen. Ich wollte diesen Besuch so weit wie möglich in die Länge ziehen, um mehr über dieses merkwürdige Quartett zu erfahren. Tony schien genauso begierig darauf zu sein, über seine Probleme zu sprechen, wie ich darauf brannte, ihm zuzuhören.

Er nippte an seinem Tee und beantwortete dann endlich meine Frage. „Ich liebe Nora so sehr, dass es sich anfühlt wie ein körperlicher Schmerz. Ich liebe sie so sehr, dass ich lieber sie glücklich sehen möchte als mich selbst."

Das kam mir vor wie eines der traurigsten Dinge, die ich je gehört hatte.

„Wissen Sie, es ist nicht ihre Schuld. Sie kann nichts dagegen tun. Ich glaube, sie liebt Jason so, wie ich sie liebe. Also habe ich mich damit abgefunden. Und Elizabeth findet sich auch damit ab." Er verzog das Gesicht. „Fand. Ich kann immer noch nicht glauben, dass sie nicht mehr unter uns ist."

Er blickte auf das Foto mit der Vierergruppe. „Das war in Antigua. Unser zehnter Hochzeitstag. Als wir noch zu viert waren, hatten wir wenigstens uns beide, Liz und ich. Es war nicht viel, aber wir konnten uns gegenseitig trösten."

„Elizabeth wusste es also?"

„Oh ja."

„Sie wusste, dass ihr Mann eine Affäre mit ihrer besten Freundin hatte?"

Er schüttelte den Kopf. „Ich würde das Wort Affäre nicht benutzen. Sie waren wirklich eher ein Paar als wir."

„Warum haben die beiden sich nie, ähm, Sie wissen schon, scheiden lassen und dann geheiratet?"

„Jason war so ..." Er zögerte und suchte nach dem richtigen Wort. „verbandelt mit Elizabeths Familie. Zunächst arbeitete er in der Firma ihrer Familie. Ich glaube, das Haus, in dem sie wohnten, hatte ihren Großeltern gehört. Er konnte Elizabeth nicht verlassen, ohne seinen gesamten Lebensunterhalt zu verlieren. Und Nora hat kein Geld. Also haben wir uns alle damit abgefunden."

„Einschließlich Elizabeth?" Es kam mir so vor, als hätte sie mehrere Möglichkeiten gehabt.

„Es ist schwer zu erklären, aber sie waren nicht unglücklich. Keiner von uns war es. Wir sind im Grunde alle nette Leute, und irgendwie haben wir ein Gleichgewicht gefunden. Jetzt hat sich dieses Gleichgewicht natürlich verschoben. Der Tisch hat nur drei Beine."

Tony verrutschte auf seinem Sessel, als hätte er sich auf etwas Spitzes gesetzt. „Ich kann mir vorstellen, dass sich Nora jetzt, wo Jason frei ist, von mir scheiden lassen und ihn heiraten wird."

Und dann begann er vor meinen entsetzten Augen zu weinen.

Ich wollte ihn anflehen, nicht zu weinen. Aber ich hielt den Mund, weil ich spürte, dass er die Erleichterung brauchte. Bessie erhob sich vom Boden, watschelte hinüber und legte ihr Kinn auf sein Knie. Er streckte blindlings die Hand aus und streichelte seinen treuen Hund. „Du wirst mich nicht verlassen, was, mein Mädchen?"

Sie wedelte mit ihrem Stummelschwanz.

Ich wollte mich eigentlich nicht noch mehr in sein Leid einmischen, aber eine Sache machte mich wirklich neugierig. Ob er wohl von der Versicherungspolice über eine Million Pfund wusste?

Ich tat so, als würde ich mir in der Zeitung die Schlagzeilen durchlesen, und wartete, bis er sich wieder gefangen hatte. Er entschuldigte sich, aber ich war froh, dass er ein wenig von seinem Unglück herausgelassen hatte.

„Bitte, entschuldigen Sie sich nicht. Es ist eine so schwere Zeit." Ich trank noch einen Schluck Tee und sagte dann, als wäre es mir gerade eingefallen: „Wissen Sie eigentlich, ob Elizabeth eine Lebensversicherung hatte?"

Die Frage schien ihn zu überraschen. „Aber ja. Beide hatten sie eine. Nora und ich auch. Das ist doch nur vernünftig, oder? Es ist schon schlimm genug, wenn man seinen Partner verliert, aber wenn man dann auch noch die ganze Last der Hypothek und der Rechnungen tragen muss, dann gibt eine Lebensversicherung dem hinterbliebenen Partner wenigstens ein bisschen Luft zum Atmen."

Eine Million Pfund gäbe einem Menschen sicherlich mehr als nur Luft zum Atmen.

Es könnte auch ein Anreiz sein.

AN DIESEM ABEND ZOG VIOLET IN MEINE WOHNUNG EIN. Als ich von meinem Besuch bei Noras Mann nach Hause kam, hievte meine Großcousine gerade einen erschreckend großen Koffer aus ihrem Auto. Ich dachte, sie würde ein paar Tage bei mir bleiben, aber es sah so aus, als hätte sie ihren ganzen Besitz an Kleidungsstücken mitgebracht. Was hatte ich nur getan?

Mein Gesichtsausdruck musste mich verraten haben, denn sie lachte. „Ach, Lucy. Wenn du nur dein Gesicht sehen könntest. Keine Sorge, ich ziehe nicht für immer ein. Ich habe ein paar Zauberutensilien mitgebracht, und ich dachte, wir könnten üben. Du übst nicht genug. Mit meiner Erfahrung als Hexe kann ich dich anleiten."

Ich Glückspilz.

Ich half ihr, den riesigen Koffer die Treppe hinaufzuschleppen, und als wir das Wohnzimmer erreichten, sprang

Nyx von der Couch herunter, auf der sie gesessen und sich geputzt hatte, und schnüffelte an dem Koffer herum. Ihr Schwanz begann zu zucken.

Zweifellos hat ihre empfindliche Begleittiernase die magischen Zutaten aufgespürt, die sich darin befanden.

„Ich bin mir nicht sicher, ob wir viel Zeit haben werden, das Zaubern zu üben. Ich bin eher daran interessiert, herauszufinden, wer Elizabeth getötet hat, damit du nicht mehr so unter Druck stehst."

Sie rollte mit den Augen. „Multitasking, Lucy. Man nennt das Multitasking."

„Wenn von Multitasking die Rede ist, meint man damit eigentlich, eine Ladung Wäsche zu waschen, während man E-Mails abruft, oder sich beim Fernsehen die Nägel zu lackieren. Ich glaube nicht, dass das Aufklären eines Mordes und das Üben von Hexenzauber als Multitasking gelten kann."

„Dann müssen wir eben beides miteinander kombinieren. Wir werden unsere magischen Kräfte einsetzen, um dieses Verbrechen aufzuklären."

Bisher hatte ich noch nicht erlebt, dass ich Magie für etwas Nützliches wie die Aufklärung eines Verbrechens einsetzen konnte. Doch je eher wir herausfanden, wer Elizabeth getötet hatte, desto eher könnte Violet in ihr eigenes Haus zurückkehren. Als Detektivin war ich hoch motiviert. Wenn Magie dabei helfen würde, wäre ich voll und ganz für Magie.

Während sie im Gästezimmer auspackte, setzte ich im Multitasking-Modus den Wasserkocher für Kamillentee auf, stellte Nyx frisches Wasser hin und tat frischen Thunfisch in ihren Napf. Ich war eine Meisterin der Effizienz.

Als Violet in einem leuchtend rosa Baumwollpyjama in

die Küche zurückkam, setzte sie sich an den Küchentisch. Ich stellte ihr den Becher mit Kamillentee hin und schob ihr die Blechdose mit den Keksen zu, die Granny an diesem Morgen gebacken hatte. Sie öffnete sie und gab ein Geräusch von sich, das wie ein Quietschen klang. „Was ist das?"

Ich beugte mich hinüber, spähte in die Keksdose und war selbst ziemlich überrascht. „Da war mir wohl wieder mal der Ingwer ausgegangen."

Wir starrten beide in die Dose. Violet sagte: „Ehrlich gesagt, dachte ich, deine Großmutter könnte nur Ingwerkekse backen."

„Ich glaube, sie hat auch das Rezept für Erdnussbutterkekse."

Ihr Blick war skeptisch. „Ich weiß nicht, Lucy. Es wird hier alles immer merkwürdiger."

Ich wusste, was sie meinte, aber da ich eine Vorliebe für Erdnussbutterkekse hatte, nahm ich einen und biss hinein. Er war perfekt. Außen knusprig, innen ein bisschen weich, voller Erdnussgeschmack.

Vi folgte meinem Beispiel und nickte zustimmend, als sie in ihren eigenen Keks biss.

Während wir so beisammensaßen, erzählte ich von meinem Gespräch mit Noras Mann. Sie unterbrach mich nicht ein einziges Mal, vielleicht weil sie ständig den Mund voll hatte. Sie schien ihren Frieden mit Grannys wilden kulinarischen Wagnissen gemacht zu haben.

Ich sagte ihr nicht, dass Tony geweint hatte, weil es mir zu persönlich und zu traurig erschien, um es ihr mitzuteilen, aber ich berichtete ihr, dass er nun glaubte, seine Frau würde sich von ihm scheiden lassen und Jason heiraten.

Sie schluckte und machte den Mund leer, um zu sagen:

„Er denkt vielleicht, dass sie alle sehr nette Leute sind, aber mit einer Million Pfund und seiner Frau aus dem Weg, kann Jason jetzt alles haben, was er will, einschließlich Nora."

Genau das dachte ich auch. „Ich denke, es ist an der Zeit für mich, den trauernden Ehemann unter einem anderen Vorwand zu besuchen."

„Lucy? Du kannst da nicht allein hingehen. Wir sind gerade zu dem Schluss gekommen, dass er wahrscheinlich seine Frau getötet hat. Wenn du anfängst herumzuschnüffeln, könnte er dich umbringen."

Ich glaubte nicht, dass er sich meiner mitten am Tag in einem ruhigen Dorf wie Moreton-Under-Wychwood entledigen könnte, aber jemand hatte sich ja genauso seiner Frau entledigt. „Ich komme mit dir", sagte Violet.

Ich versuchte, die Vorgesetzte heraushängen zu lassen. „Und wer kümmert sich um Cardinal Woolsey's?"

Sie schmollte. „Der Laden nimmt so viel von unserer Zeit in Anspruch."

Ich griff nach einem Keks. „Er beschafft uns auch beiden unser Monatsgehalt."

„Das ist genug." Sie nahm noch einen Keks, legte den Deckel wieder auf die Dose und schob sie entschlossen in meine Richtung. „Halte die von mir fern!"

Ich lachte und stellte die Dose zurück an ihren üblichen Platz im Regal, um selbst nicht in Versuchung zu geraten.

Ich glaubte zwar nicht, dass ich Grund hätte, Jason zu fürchten, aber ich wollte auch nicht leichtsinnig sein. Ich sagte Violet, dass ich Rafe bitten würde, mich zu begleiten.

„Ein ausgezeichneter Plan. Wenn Jason Palmer dir irgendwelchen Ärger macht, wird Rafe ihm die Kehle herausreißen."

„Und das sollte uns helfen, unter dem Radar zu fliegen."

～

ICH RIEF RAFE AM NÄCHSTEN MORGEN AN. „LUCY", sagte er. „Ich sitze jetzt im Auto. Ich bin unterwegs zu dir."

Es war wirklich unheimlich, wie oft er auftauchte, wenn ich an ihn dachte oder ihn brauchte. „Und warum kommst du hierher?"

„Wegen der Silberprägestempel. Ich habe da etwas Interessantes entdeckt."

Da ich es nicht übers Herz brachte, ihm zu sagen, dass unsere Ermittlungen in verschiedene Richtungen zu gehen schienen, bedankte ich mich bei ihm und fragte, ob er mich nach Moreton-Under-Wychwood fahren könne. „Ich möchte mit Jason Palmer sprechen, bei ihm zu Hause."

„Er ist doch sicher im Autohaus, oder?"

„Nein. Ich habe dort angerufen. Es kam die automatische Nachricht, heute sei wegen unvorhergesehener Umstände geschlossen.

„Das ist merkwürdig." Später am Tag hatte er einen Termin, um für die Bodleian-Bibliothek eine Sammlung zu begutachten, die erworben werden sollte, aber bis dahin stand er mir zur Verfügung.

Ich achtete auf die richtige Kleidung, um dem mutmaßlichen Mörder nicht bedrohlich zu erscheinen, sondern als die Art Frau, der man seine Haustür öffnet. Ein fröhliches geblümtes Baumwollkleid und Sandalen schienen mir für diesen warmen Tag das Richtige zu sein. Die blaue Strickjacke, die Theodore mir gestrickt hatte, passte perfekt zu meinem Kleid. Als richtiger Künstler hatte er die großen

Holzknöpfe von Hand bemalt. Auf jedem befand sich ein winziges Aquarell.

Ich schminkte mich nur leicht und ließ mein langes blondes Haar an der Luft trocknen. Das war einfach bequemer.

Ich war schon fertig, als Violet eilig aus dem Gästezimmer kam, sich eine Tasse Kaffee und einen Apfel aus der Obstschale schnappte und gerade in dem Moment die Treppe zum Laden hinunterrannte, als Rafe eintraf. Während ihre Schuhe die Stufen hinunterklapperten, schüttelte er den Kopf. „Es ist schon bemerkenswert, dass sie es schafft, zu spät zur Arbeit zu kommen, wo sie doch über dem Laden schläft."

„Nun, wenigstens ist sie hier in Sicherheit."

Zumindest im Moment.

KAPITEL 20

*M*it Klimaanlage war es im Range Rover herrlich kühl. Als ich hinter den getönten Scheiben saß, fühlte ich mich wie eine Berühmtheit.

Auf der Fahrt sagte Rafe: „Erinnerst du dich an die Prägestempel hinten auf der Taschenuhr, die Elizabeth Palmer am Antiquitätenstand erstanden hatte?"

„Ja." Wo jetzt so viele Indizien gegen Jason Palmer vorlagen, fiel es mir schwer, allzu viel Enthusiasmus für die Sache mit der verschwundenen Uhr aufzubringen.

„Das Prägezeichen DE stand für einen Uhrmacher aus Coventry. Die Uhren von David Ealing waren einzigartig. Im späten neunzehnten Jahrhundert hat er Uhren hergestellt, von der jede eine besondere Nummer im Uhrwerk hatte. Eine dieser Uhren wurde 1890 an einen Jeremiah Timmins verkauft."

„Jeremiah Timmins? War das ..."

„Graysons Vater, ja."

Das war zwar interessant, aber wahrscheinlich irrelevant.

Ich berichtete erneut von meinem Gespräch mit Noras Mann.

Das Auto machte einen Schlenker und wäre fast von der Straße abgekommen, als er sich zu mir umdrehte und mich anstarrte. „Bist du völlig verrückt?"

„Verrückt, im Sinne von wahnsinnig? Nein. Apropos wahnsinnig: Schau bitte auf die Straße. Was habe ich getan?"

„Ist dir nicht in den Sinn gekommen, dass Tony Betts auch einer der Hauptverdächtigen im Mordfall Elizabeth Palmer ist?"

„Was? Wieso?"

„Er ist vernarrt in seine Frau. Für sie würde er alles tun." Er ließ die Worte ausklingen. „Vielleicht hat er Elizabeth Palmer umgebracht, damit seine geliebte Frau den Mann haben kann, den sie wirklich will." Er sprach weiterhin leise, aber die unterdrückte Wut in seiner Stimme wurde mit jedem Wort stärker. „Und dann stehst du plötzlich an seiner Haustür stellst eine Menge neugieriger Fragen, ganz allein. Als er dich dann in sein Haus einlud, während niemand wusste, dass du dort warst, bist du auch noch zu ihm reingegangen. Er hätte dich umbringen können!"

Okay, so formuliert, sah ich ein, dass ich nicht besonders clever gewesen war. Aber ich war noch am Leben, und das war immerhin etwas.

„Aber hätte Tony Elizabeth wirklich töten können, nur um seine Frau glücklich zu machen? Damit hätte er es ihr doch nur leichter gemacht, ihn zu verlassen?"

„Ich weiß es nicht", sagte er. „Und du auch nicht." Nach einer Pause fuhr er fort: „Aber niemand hatte ein besseres Motiv, Elizabeth zu töten als Jason. Er bekommt eine Million Pfund und all seine Probleme sind aus der Welt."

„Außerdem ist er jetzt frei und kann Nora Betts heiraten."

Er warf mir einen verächtlichen Blick zu. „Mord als ein Akt der Liebe?"

„Ja. Ich bin schon ganz gespannt, was Jason sich zum Valentinstag einfallen lässt."

Wir fuhren durch die Hauptstraße des verschlafenen Dörfchens. Das Haus, das Elizabeths Großeltern gehört hatte und nun vermutlich Jasons Eigentum war, lag etwas außerhalb der Stadt. Es war eine wunderschöne viktorianisch-neugotische Villa mit Wasserspeiern und Türmchen. Sie war von vernachlässigten Gärten umgeben, die aussahen, als ob sie von einem Trupp von Landschaftsgärtnern auf Vordermann gebracht werden müssten. Ich vermutete, dass sie für die Gartenarbeit kein Geld verschwenden wollten.

Rafe parkte gegenüber, und gerade als wir aus dem Auto aussteigen wollten, legte er mir seine Hand auf den Unterarm. „Warte. Was wollen wir ihm sagen?"

Ach ja, richtig. Daran hatte ich noch gar nicht gedacht. „Wir sollten mit einer Teilwahrheit anfangen. Ich habe in seinem Autohaus angerufen, das heute geschlossen ist. Ich hätte ein paar Fragen zu diesem Auto. Zum Beispiel, ob ich es in Rot bekommen kann." Ich seufzte. „Und ob er mir etwas von seiner Million leiht, damit ich es kaufen kann."

Ich legte meine Hand auf die Türklinke, aber er hielt mich erneut auf. „Ich glaube, wir sind zu spät dran. Schau."

Ich folgte seinem Blick zu einem unscheinbaren blauen Auto, das gerade langsam in die Einfahrt von Jason Palmer einbog. Dahinter folgte ein Streifenwagen. Ich war sehr froh, dass wir getönte Scheiben hatten. Wir sahen zu, wie Inspektor Thomas mit einem anderen, ähnlich gekleideten Mann aus dem ersten Auto stieg.

Zwei uniformierte Beamte stiegen aus dem zweiten Wagen, und nach einer kurzen Besprechung auf dem Bürgersteig gingen die beiden Kriminalpolizisten den Weg zum Haus hinauf. Einer der Uniformierten blieb an der Straße stehen, während der andere um das Haus herumlief und vermutlich nach einer Hintertür suchte, falls Jason versuchen würde zu fliehen.

„Es scheint, dass die Polizei zu demselben Schluss gekommen ist wie du."

Neugierig sah ich ihn an. „Bist du anderer Ansicht?"

„Oh, er ist eindeutig derjenige, der den größten Vorteil hat. Ich frage mich nur, wie jemand, der skrupellos genug ist, seine Frau zu töten, nicht auch skrupellos genug sein kann, erfolgreich ein Autohaus zu führen, das ist alles."

„Vielleicht hat ihn nicht die Skrupellosigkeit, sondern die Panik dazu getrieben, seine Frau umzubringen."

„Vielleicht."

Rafe und ich beobachteten weiter das Haus, bis die beiden DIs mit Jason auftauchten. Die beiden uniformierten Polizisten folgten ihnen, und einer von ihnen trug Pfeil und Bogen. Jason Palmer hatte den fassungslosen Blick eines Mannes, der gerade verhaftet worden war. Ich nahm mal an, dass es sein erstes Mal war. Jason wirkte nicht wie ein hartgesottener Krimineller. Er sah aus wie ein Junge, der bei einem dummen Streich erwischt worden war.

Rafe wartete, bis die beiden Polizeiautos weggefahren waren. Dann sah er mich an. „Willst du einen Blick hineinwerfen?"

Ich spürte, wie sich meine Stirn vor Verwunderung in Falten legte. „Du meinst, wir sollen in das Haus dieses Mannes einbrechen?"

„Ja."

„Wozu? Sie haben seinen Pfeil und Bogen gefunden und sie haben Jason. Was wollen wir in dem Haus?"

Er schüttelte den Kopf. „Ich weiß nicht. Ich habe das Gefühl, dass wir etwas übersehen haben."

Ich wollte nicht in Jasons Haus einbrechen. Das erschien mir wie ein weiterer Schlag für einen Mann, der schon genug gelitten hatte. Also sagte ich Rafe, dass ich unbedingt zurück in den Laden musste, um nach Violet zu sehen.

Er widersprach mir nicht, sondern fuhr in aller Ruhe los.

ALS ICH INS CARDINAL WOOLSEY'S ZURÜCKKEHRTE, fühlte es sich an, wie wenn man in einen oft getragenen und lang geliebten Pullover schlüpfte, so einen, in den man sich zum Fernsehen hineinkuschelt, wenn man keinen Besuch erwartet.

Er war mir ans Herz gewachsen, mein kleiner Strickladen in Oxford. Anfangs eine unerwünschte Belastung, erschien mir der Laden nun als ein Ort der Wärme und Behaglichkeit und, wie ich glaubte, ein Ort der Sicherheit. Nicht jeder würde sich sicher fühlen, wenn unter dem Haus Vampire ihr Nest hatten, aber ich schon.

Rafe setzte mich an der Tür ab und sagte, vor seinem Treffen am Bodleian müsse er noch ein paar Dinge erledigen.

Violet saß allein hinter der Kasse und plauderte am Handy. Sie sah auf und ihr Blick wurde etwas schuldbewusst, als sie mich sah. Hastig sagte sie, sie müsse weg. Ihr Handy ließ sie in ihre Handtasche fallen und sagte: „Es war ein wirklich ruhiger Vormittag."

Demonstrativ begann ich, die Regale aufzuräumen. Schuldbewusst griff sie nach dem Staubtuch. Nyx sprang von ihrem üblichen Platz am Fenster herunter, schlenderte herüber und rieb sich an meinen Beinen. Sie umkreiste mich, bis ich lachend nachgab und sie auf den Arm nahm. Mit lautem Schnurren teilte sie mir mit, dass sie mich vermisst hatte. „Ich habe dich auch vermisst", sagte ich und drückte meine Wange an ihren glatten, schwarzen Kopf.

Dann kletterte sie mir auf die Schulter und ließ sich schwer, warm und tröstend darüber hängen, so dass ich zwei Hände frei hatte, um die Regale weiter aufzuräumen, mit dem Grummeln einer zufriedenen Katze in den Ohren.

So blieb es etwa fünfzehn Minuten lang, bis Nyx plötzlich erstarrte, aufhörte zu schnurren und ein leises, warnendes Knurren ausstieß. Ich drehte mich zur Tür und sah, wie diese von einer Frau aufgerissen wurde, die hereinplatzte und dabei so viel Wut versprühte, dass sie wie ein wandelndes Feuerwerk aussah.

Ich erkannte sie sofort. „Nora. Was ist los?"

Sie ignorierte mich und zeigte mit einem zitternden Finger auf Violet. „Sie!"

Violet wich zurück, bis sie gegen die Wand mit den Kaschmirgarnen stieß. Hilfesuchend blickte sie mich an.

Ich setzte Nyx auf dem Boden ab und ging nach vorne. „Nora", sagte ich ganz entschieden. Da wir in meinem Laden waren, würde ich nicht zulassen, dass sie meine Verkäuferin bedrohte. „Was ist los? Geht es um ihr Strickzeug?"

Ihrer Wut nach zu urteilen, bezweifelte ich jedoch, dass es sich um ein Strickproblem handelte. Sie drehte sich zu mir um, und ich sah einen solchen Zorn in ihrem Gesicht, dass mir klar wurde, dass diese Frau zu einem Mord fähig war.

„Ihre kleine Verkäuferin hier ist eine Hexe. Sie hat Elizabeth getötet, und jetzt schiebt sie meinem armen Jase die Schuld zu. Er ist verhaftet worden!" *Jase?* Im Ernst?

Sie drehte sich wieder zu Violet um, die reglos dastand und aussah, als würde sie ihr restliches Leben mit dem Rücken zur Kaschmirwolle verbringen. „Sie gehen besser zur Polizei und legen ein Geständnis ab, sonst wird es Ihnen noch leidtun."

Ich hatte mir vorgenommen, sie zu beschwichtigen, aber bei diesen Worten spürte ich selbst Zorn in mir aufsteigen. Schließlich war ich ebenfalls eine Hexe. Außerdem war Violet meine Großcousine, und niemand hatte so mit ihr zu reden, nicht in meinem Revier.

Man sagt ja auch, Angriff sei die beste Verteidigung. Ich verschränkte die Arme und schritt auf sie zu. „Vielleicht sollten Sie zur Polizei gehen und zugeben, dass Sie Violets Eigentum verwüstet und sie belästigt haben. Was Sie tun, ist illegal."

Sie sah aus, als hätte ich sie geohrfeigt. Und dann lachte sie, und es war ein sehr humorloses Lachen. „Sie muss Sie mit einem Zauber belegt haben. Haben Sie mich nicht verstanden? Ihre Assistentin ist eine Hexe."

Ich stemmte die Hände in die Hüften. „Und Sie sind etwas viel Schlimmeres."

Sie atmete scharf ein und schnappte nach Luft. „Wie können Sie es wagen?" Zorn kochte in Nyx, Violet und mir selbst hoch. Meine Fingerspitzen wurden heiß. Wenn ich nicht aufpasste, würde ich in Flammen aufgehen.

Da hörte ich eine Männerstimme. „Lucy? Ist alles in Ordnung?"

Ian Chisholm trat ein. Noch nie war ich so froh gewesen,

ihn zu sehen. „Ach, Detective Inspector Chisholm." Ich sprach mit großem Nachdruck, damit Nora meine Worte verstand.

Ian sah ein bisschen erschrocken aus, dass ich ihn mit seinem offiziellen Titel ansprach, aber ein kurzer Blick auf unser angespanntes Trio musste ihm gezeigt haben, dass etwas nicht stimmte.

Er sagte: „Meine Tante hat mich gebeten, ihr etwas Wolle zu besorgen. Aber ich kann warten, wenn Sie beschäftigt sind."

Ich war dankbar, dass er nicht gesagt hatte, er käme später nochmal vorbei. Nora blickte uns beide an und sagte: „Die Sache ist noch nicht erledigt." Und dann fegte sie hinaus.

Violet sackte auf den Stuhl hinter der Kasse, als ob ihre Beine sie nicht mehr tragen würden. „Ich habe das so satt. Ich werde umziehen müssen."

Ian fragte: „Was ist hier los? Diese Frau ist aus Moreton-Under-Wychwood, nicht wahr?"

Ich nickte und war selbst ein wenig erschüttert. Ich warf einen Blick auf Violet, aber sie schüttelte leicht den Kopf. Sie wollte nicht, dass wir die Hexensache mit Ian erörterten. Das wollte ich auch nicht. Hoffentlich würde Nora es sich anders überlegen, als mit ihrer verrückten Idee, dass Hexen ihre Freundin getötet hatten, zur Polizei zu gehen.

Hoffentlich.

„Sie hat sich über die Strickkurse beschwert, die ich dort anbiete."

Ich hatte nicht den Eindruck, dass er mir glaubte, aber da zwei Paar Hexenaugen auf ihn gerichtet waren, ließ er es auf sich beruhen.

DIE ZWEITE STRICKSTUNDE, die wir in Moreton-Under-Wychwood veranstalteten, war noch besser besucht als die erste. Die Frau, die Violet die Schuld daran gegeben hatte, dass ihre beiden Online-Dates abgesagt worden waren, kreuzte auf. Sie kam an meinen Tisch und seufzte. „Da es so aussieht, als würde ich noch eine Weile Single bleiben, kann ich genauso gut anfangen zu stricken." Ihr Haar sah aus wie mit dem Rasenmäher frisiert, und auf ihrer Bluse hatte sie etwas, das aussah wie heruntergetropftes Eigelb. „Ich sollte mir auch eine Katze zulegen, die mir Gesellschaft leistet."

Da ich selbst erst vor Kurzem mit dem Stricken begonnen hatte und nun eine Katze hatte, behandelte ich ihre Bemerkungen so, als ob sie lustig gemeint wären. *Hahaha.*

Ich hatte noch ein paar Sets übrig, und Sylvia war gerne bereit, weitere Teilnehmerinnen aufzunehmen. Offensichtlich dachte sie, es hätte sich herumgesprochen, was für eine großartige Lehrerin sie war, und vielleicht war das auch so, aber ich vermutete, dass Jasons Verhaftung wegen Mordes viel damit zu tun hatte. Hier konnte jeder aus dem Dorf, der wollte, im Kreis sitzen, stricken und tratschen.

Und zu tratschen gab es wahrhaftig genug. Zu meiner Überraschung tauchte Nora auf. Anstatt sich für ihr furchtbares Verhalten in meinem Laden zu entschuldigen, schaute sie sich ostentativ um. „Diese Hexe ist nicht etwa hier, oder?"

„Nein." Ich machte mir nicht die Mühe, ihr zu sagen, dass sie bei Vampirinnen Strickunterricht nahm.

Ihre Augen waren rot geschwollen, aber ich hatte nicht viel Mitleid mit ihr, da ich wusste, wie unglücklich sie und *Jase* ihren eigenen Ehemann gemacht hatten.

Schneller als ein Wirbelwind hatte sich herumgesprochen, dass Jason kurz davorgestanden hatte, sein Geschäft und sein Haus zu verlieren und dass seine Frau eine Lebensversicherung im Wert von einer Million Pfund abgeschlossen hatte.

Eine Frau mit ziemlich durchdringender Stimme klärte gerade alle Anwesenden über die Einzelheiten auf, obwohl es offensichtlich war, dass alle bereits Bescheid wussten. Ihre Stricknadeln klapperten im gleichen Rhythmus wie ihre Worte.

Ihre Nachbarin warf ein: „Aber es gibt doch sicher bessere Mittel als Pfeil und Bogen, um einen Ehepartner zu beseitigen. Das ist so brutal, und es hätte ja durchaus passieren können, dass er sie nur leicht verletzt, anstatt sie zu töten."

Rasch zählte die erste Frau ihre Maschenreihe, bevor sie antwortete. „Wenn mein Bert unser ganzes Geld verloren hätte, würde ich ihm den Kopf mit einer Bratpfanne einschlagen. Das ist wohl auch ziemlich brutal, was?"

Nora hatte der immer weiter schnatternden Frau mit wachsendem Zorn gelauscht und stürmte plötzlich auf die Gruppe zu. Sofort verstummte alles zu einem peinlichen Schweigen und die Hälfte der Stricknadeln stand still. Die andere Hälfte strickte weiter, und es klang, als setzten die klappernden Nadeln den Tratsch ohne uns fort. Nora starrte die Frau an, die gerade gedroht hatte, ihrem Mann eins über den Schädel zu ziehen. „Jason hat Elizabeth nicht umgebracht. Er hätte sie niemals getötet." Sie drehte sich langsam im Kreis, um jede einzelne Person im Strickkreis anzusehen. „Er würde nie jemandem etwas antun."

KAPITEL 21

*N*ora gab eine ziemlich wilde Erscheinung ab. Ihr Haar war ein einziges Durcheinander, ihre Augen waren weit aufgerissen und von dunklen Ringen gezeichnet, und die Unterseite ihrer Jeans war schlammverkrustet. Sie blickte sich um. „Ich bin heute hierhergekommen, damit ihr mir alle helft. Ihr solltet doch unsere Freunde sein. Jason ist ein guter Mann. Wie viele von euch haben ihre Autos bei ihm gekauft? Und haben seinen hervorragenden Kundendienst genutzt?"

Dies führte zu keiner unmittelbaren Reaktion, und schließlich sagte eine der Frauen: „Aber Autos zu verkaufen ist ja sein Geschäft. Ich habe nie gehört, dass er uns irgendwelche Rabatte gegeben oder Sonderkonditionen gewährt hätte, weil wir seine Nachbarn waren."

Sie schlug eine andere Taktik an. „Und was ist mit allem, was er für dieses Dorf getan hat? Wie viele eurer Kinder hat er trainiert?"

„Er hat meinem Sohn und meiner Tochter Bogenschießen beigebracht."

Es herrschte Totenstille. Wir dachten wohl alle an die arme Elizabeth, wie sie mit einem Pfeil in der Brust tot dalag.

„Nur weil ein Mann ein guter Bogenschütze ist, ist er noch lange kein Mörder."

Sehr sanft sagte Hilary Beaumont: „Aber es sieht nicht sehr gut aus, wenn seine Frau mit einem Pfeil getötet wird. Wir alle wissen, dass Jason ein erfahrener Bogenschütze ist." Sie sah Nora freundlich an, aber etwas Stahlhartes lag in ihrem Blick. „Es tut mir sehr leid für dich, Nora, aber du musst doch einsehen, dass die Beweise gegen ihn ziemlich erdrückend sind. Seine finanzielle Situation war prekär. Er stand kurz davor, alles zu verlieren, und Elizabeths Tod lässt praktischerweise alle seine Schulden dahinschwinden."

„Aber er hat Elizabeth geliebt."

Hilary Beaumont legte ihr Strickzeug zur Seite. „Aber sie war nicht die einzige Frau, die er geliebt hat, nicht wahr, Nora?"

Nora hob beide Hände. „Leute, ich kann es nicht fassen. Ich kann mir das nicht länger anhören. Macht ruhig weiter mit eurem Geschwätz hinter anderer Leute Rücken. Ich weiß, dass er es nicht getan hat, und ich werde es beweisen."

Sie drehte sich um und ging zur Tür, und ihr Gesicht war ein solches Bild der Tragödie, dass ich widerstrebend etwas Mitleid mit ihr empfinden musste. Obwohl ich auch dachte, dass sie und Jason ihre jeweiligen Ehepartner sehr unglücklich gemacht hatten.

„Warte."

Auf den Befehlston hin drehte Nora sich um. Joanna hatte ihr Strickzeug hingelegt und war aufgestanden. Sie ging zu Nora hinüber, legte ihr einen Arm um die Schultern und zog sie zurück in die Gruppe. „Nora hat recht. Jason ist seit fünfundzwanzig Jahren unser Nachbar, unser Freund und eine Stütze unserer Dorfgemeinschaft. Er und Elizabeth hatten zu ihrer Silberhochzeit eine Kreuzfahrt geplant. Die Polizei hat bisher nur Indizien. Viele Menschen geraten in finanzielle Schwierigkeiten und bringen ihre Ehepartner nicht um. Ich liebe Moreton-Under-Wychwood. Ich liebe diese Dorfgemeinschaft, dass wir uns hier geborgen fühlen können und dass wir uns alle umeinander kümmern. Vielleicht ist es an der Zeit, dass wir einem unserer Nachbarn, der in Schwierigkeiten steckt, die Hand reichen und ihm helfen."

Die Frauen im Kreis blickten sich gegenseitig an, um abzuschätzen, was die anderen dachten.

Die Frau, die gedroht hatte, ihrem Mann den Schädel einzuschlagen, wenn er jemals ihr Geld verlieren sollte, hielt mit ihrem Strickzeug auf dem Schoß inne. „Und, was sollen wir tun?"

Joanna schien ratlos.

Sylvia sah mich eindringlich an. Ich vermute, dass ich – leider – von allen Anwesenden die meiste Erfahrung mit Mordfällen hatte. Ich erhob mich. „Die Polizei glaubt, dass Jason seine Frau ermordet hat, weil er die Möglichkeit dazu und auch ein Motiv hatte. Aber niemand hat ihn dabei gesehen. Der beste Weg, zu beweisen, dass er Elizabeth nicht getötet hat, ist herauszufinden, was genau er zum Zeitpunkt ihres Todes getan hat."

Ich trat hinter meinem Tisch hervor und stellte mich neben Joanna. „Hat irgendjemand Jason zu der Zeit gesehen, als der Mord geschah?"

Dierdre Gunn sagte: „Ich glaube, ich habe ihn früher an jenem Tag gesehen, aber wer achtet bei einem Dorffest schon auf die Uhrzeit?"

Ich dachte, wenn jemand über Jasons Aufenthaltsort informiert war, dann Nora. „Nora? Wissen Sie, wo er zum bewussten Zeitpunkt war?"

Sie biss sich auf die Lippe und sah unglücklich aus. Und auch schuldbewusst. „Er war zu Hause und hat gepackt." Sie blickte auf den Boden, und ihre zuvor blasse Miene nahm einen rötlichen Farbton an. „Wir wollten auf ein Golfwochenende fahren."

„Haben Sie Beweise, dass er tatsächlich dort war?"

Sie hob den Kopf und sie blickte mich an. „Ich habe Ihnen bereits gesagt, dass Jason ein guter Mann ist. Wenn er mir gesagt hat, dass er zu Hause beim Packen war, dann war er auch dort."

Natürlich tat sie ihm mit ihrer Aussage keinen Gefallen. Sie unterstrich damit nur, dass Jason ein schlechter Ehemann und wahrscheinlich auch ein Ehebrecher war.

Hilary sagte: „Vom Haus von Jason und Elizabeth bis zum Rathaus, wo der Pfeil abgeschossen wurde, ist es nur ein kurzer Weg. Er könnte durch den Hintereingang in den Flur gelangt sein. Keiner hätte ihn dort gesehen. Wir waren alle auf dem Dorffest."

Noras Worte klangen wie ein Schrei. „Ihr solltet mir helfen zu beweisen, dass er es nicht getan hat, und nicht die Schlinge um seinen Hals noch enger ziehen."

Hilary schüttelte den Kopf. „Es tut mir leid, Nora. Wirklich. Aber Joanna hat es selbst gesagt. Wir sind eine eingeschworene Gemeinschaft, und wir alle sind froh, dass wir uns hier geborgen fühlen können. Es tut mir leid, aber wenn Jason so etwas Schreckliches getan hat, dann muss er ins Gefängnis. Nicht nur, um für Elizabeths Tod zu bezahlen, sondern auch, damit alle anderen hier nachts ruhig schlafen können."

„Aber er hat es nicht getan, ich sage dir, er hat es nicht getan. Er kann es nicht getan haben."

Es herrschte eine furchtbare Stille, und dann sprach Joanna wieder. „Ich denke, wir sollten Folgendes tun: Jede von uns muss nach Hause gehen und jeden in ihrem Haushalt fragen – also Ehemänner, Kinder, alte Eltern, die nicht auf das Fest gegangen sind –, ob irgendjemand Jason gesehen hat. Haben sie ihn vielleicht im Garten werkeln gesehen? Oder hat er vielleicht seine Golfschläger ins Auto gebracht?"

Nora nickte eifrig. „Wenn wir beweisen können, dass er in diesen entscheidenden Minuten zu Hause war, dann können wir seine Unschuld beweisen." Sie sah sich um. „Ein Mensch kann nicht an zwei Orten gleichzeitig sein."

Diese Worte ratterten in meinem Kopf und hallten nach. Wo hatte ich sie schon einmal gehört? Da fiel mir wieder ein, dass der ehemalige Polizeibeamte Harry Bloom genau das Gleiche über den ungelösten Mordfall gesagt hatte.

Während alle hier versammelt und bereits den Auftrag bekommen hatten, Jasons Unschuld zu beweisen, sagte ich: „Ich habe gehört, dass hier vor dreißig Jahren ein Mann ermordet wurde, und dass dieser Fall nie aufgeklärt wurde."

Die Frau, die so laut getratscht hatte, als Nora hereinkam, nickte energisch mit dem Kopf. „Ja. Grayson Timmins. Es war eine furchtbare Geschichte. Wochenlang war ich verängstigt. Das waren wir alle. Er ist von jemandem zu Tode geprügelt worden, der seine Wertsachen stehlen wollte."

„Ich bin sicher", sagte ich, „dass man damals gründlich ermittelt hat, aber haben diejenigen von Ihnen, die damals hier waren, an diesem Tag irgendwelche Fremden im Dorf gesehen?"

„Das war ja das Besondere daran. Niemand konnte sich daran erinnern, jemanden in der Gegend gesehen zu haben, der nicht hierhin gehörte." Die Frau kicherte, und ich dachte, sie lache halb über sich selbst. „Und glauben Sie mir, Lucy, in diesem Dorf weiß jeder alles von allen."

„Fällt jemandem ein Grund ein, warum diese beiden Morde in Zusammenhang stehen könnten?"

Anhand der Blicke, die sie untereinander wechselten, wusste ich, dass die Leute dieses Thema bereits privat besprochen hatten.

Nora sagte: „Aber damals war Jason noch gar nicht hier."

„Genau", sagte ich. Ich mochte Jason nicht besonders, aber wenn er unschuldig war, gehörte er nicht ins Gefängnis. Niemand sagte etwas, und so fuhr ich fort: „Wenn wir eine Verbindung zwischen Grayson Timmins und Elizabeth Palmer finden könnten, könnten wir vielleicht herausfinden, ob dieselbe Person sie beide getötet hat."

Dierdre Gunn nahm ihr Strickzeug wieder zur Hand und stach die Nadeln durch ihr Wollknäuel, bevor sie das Ganze in ihrer Stricktasche verstaute. „Diese Hexen waren vor dreißig Jahren hier. Vielleicht hat Jason es nicht getan. Vielleicht war es Hexerei."

Oje, das ging nicht in die Richtung, in die ich es wollte. Ich wollte gerade widersprechen, als sich glücklicherweise Joanna zu Wort meldete. „Ich glaube nicht, dass die Polizei an unseren Theorien über Hexerei interessiert ist."

Joanna nickte in meine Richtung. „Lucys Idee ist ausgezeichnet. Lasst uns zusammenarbeiten, um Jason zu helfen." Als die geschwätzige Frau mit ihr streiten wollte, hob sie die

Hand. „Wenn er schuldig ist, bin ich die Erste, die glaubt, dass er bestraft werden sollte. Aber ich glaube ebenso wie Nora, dass Jason kein Mörder ist. Wir sollten unserem Nachbarn helfen. Wenn er unschuldig ist, sollten wir das beweisen. Wir werden heute Abend alle nach Hause gehen und mit unseren Angehörigen sprechen. Lasst uns am Freitag hier wieder zusammenkommen. Passt das für alle?"

Alle nickten.

Sie schaute mich, Clara und Sylvia an. „Und könnten Sie drei auch wieder herkommen? Sie sind ja jetzt fester Bestandteil unseres Strickkreises."

Wir waren sicherlich ein fester Bestandteil des Ermittlungskreises, und ich wollte sicherstellen, dass die richtigen Leute bestraft wurden.

Ich schaute Sylvia an, und sie nickte, wobei sie ihr Kinn leicht auf und ab bewegte, so dass ich wusste, dass sie eigentlich nicht zurückkommen wollte, und ich glaubte zu verstehen, warum.

Wenn ein Dorf wegen ein paar Hexen in ihrer Mitte hysterisch wurde, was würden die Bewohner wohl tun, wenn sie herausfänden, dass sie von Vampiren Strickunterricht bekamen?

ALS DIE VAMPIRINNEN UND ICH UNS WIEDER IN GRANNYS AUTO GEZWÄNGT HATTEN UND ICH ES GESCHAFFT HATTE, die Strecke zu finden, die mich zurück nach Oxford führte, fragte ich die beiden anderen nach ihren Gedanken.

Sylvia war mehr mit dem Strickunterricht beschäftigt gewesen, aber Clara hatte die perfekte Gelegenheit gehabt, alles in aller Ruhe zu beobachten. Da Clara jedoch immer Sylvia den Vortritt gab, ließ sie die glamouröse ehemalige Schauspielerin zuerst sprechen. Sylvia sagte: „Ehrlich gesagt, finde ich diese ganze Angelegenheit ziemlich rätselhaft. Wir haben eine tote Frau, deren Ehemann jeden Grund der Welt hatte, sie zu beseitigen, also scheint es, als ob die Polizei die richtige Person verhaftet hätte. Ich bin der Meinung, dass die Einbeziehung dieses Jahrzehnte zurückliegenden Falles die Sache nur verkompliziert."

„Clara?", fragte ich.

Clara dachte immer nur das Beste von den Menschen, was erstaunlich hilfreich sein konnte. Sie enttäuschte mich nicht. „Es war nett von Joanna, die arme Nora zu unterstützen. Die Frau ist eindeutig verzweifelt."

Sylvia fragte: „Aber ist sie verzweifelt, weil sie zu ahnen beginnt, dass der Mann, den sie liebt, ein Mörder ist?"

Ich dachte, das sei ein wirklich guter Punkt. Und hier zahlte sich Claras Menschenfreundlichkeit aus. Sie sagte: „Aber Nora war nicht die Einzige, die an seine Unschuld glaubte. Diese Menschen leben schon so lange zusammen, und sie alle kennen Jason und Elizabeth. Ich hatte das Gefühl, dass er ziemlich viel Unterstützung bekam. Natürlich tratschen die Damen immer gern beim Stricken, aber ich spürte keine Angst, als Jasons Name fiel. Und man würde doch erwarten, dass die Menschen Angst haben, oder? Wenn sie mit einem Mörder zusammengelebt hätten?"

„Clara, was hältst du von der Reaktion der Frauen auf den Vorschlag, diesen ungeklärten Fall mit dem Mord an Elizabeth in Verbindung zu bringen?"

„Also, das ist eine interessante Hypothese, nicht wahr? Es würde das Feld auf Leute eingrenzen, die Grayson Timmins gekannt haben und sowohl vor dreißig Jahren alt genug gewesen wären, ihn zu ermorden, als auch heute noch jung genug, um einen tödlichen Pfeil abzuschießen. Bei einem Sterblichen hieße das, dass er vor dreißig Jahren mindestens ein Teenager hätte sein müssen und heute nicht älter sein dürfte als etwa siebzig."

Sylvia schüttelte ihren silbernen Schopf. „Ich für meinen Teil glaube nicht, dass die Fälle miteinander verbunden sind. Die Frau, die beweisen will, dass ihr Freund unschuldig ist, klammert sich an diesen Gedanken wie ein Ertrinkender an ein Stück Treibholz."

„Wenn es eine Verbindung gibt", sagte ich, „dann ist es diese Taschenuhr."

„Diese Uhr ist dir sehr wichtig", bemerkte Sylvia. „Aber du solltest nicht vergessen, Liebes, dass du sie nur kurz gesehen hast. Und dann der Schreck, als die Frau ermordet wurde. Danach ist einige Zeit vergangen, bis du das Bild von Grayson Timmins gesehen hast. Und es war noch nicht einmal ein Foto der Uhr, sondern ein Gemälde. Und man weiß, dass Maler sich gern Freiheiten nehmen."

Ich wusste, dass Sylvia recht hatte und es durchaus möglich war, dass entweder meine Augen oder mein Gedächtnis mir einen Streich spielten. Und doch war es seltsam, dass innerhalb eines relativ kurzen Zeitraums zwei Menschen umgebracht worden waren, die eher als zufällige Mordopfer erschienen.

„Sylvia", sagte ich. „Du hast recht. Ich glaube tatsächlich, dass die Uhr eine Verbindung zwischen den beiden Morden herstellt, aber ich habe dafür nur sehr fadenscheinige Beweise." Das Letzte, was ich wollte, war, dass Jason Palmer mit dem Mord an seiner Frau davonkam und mit einem

Vermögen belohnt wurde, nur weil ich eine Verbindung zwischen den beiden Morden hergestellt hatte, die bestenfalls dürftig war. Ich wollte jedoch auch nicht, dass ein unschuldiger Mann für ein Verbrechen leiden musste, das er nicht begangen hatte, während der wahre Mörder nicht nur mit einem, sondern sogar mit zwei Morden davonkam.

„Ich weiß, was ich zu tun habe. Ich kann kaum glauben, dass ich nicht früher darauf gekommen bin. Harry Bloom. Er ist ein pensionierter Polizeibeamter, der nach Moreton-Under-Wychwood gezogen ist. Er war einer der Ermittler im Fall Grayson Timmins, und er war auf dem Fest."

„Jetzt denkst du wie ein Detektiv, Lucy. Gut gemacht." Sylvia warf nicht mit Lob um sich, wie mit Süßigkeiten zu Halloween, also erlaubt ich mir, das Kompliment einen Moment lang zu genießen.

Sie fuhr fort: „Die Versicherung wird dir nicht dankbar sein, wenn du beweist, dass Jason Palmer seine Frau nicht getötet hat."

„Wieso?" Ich wandte meinen Blick von der Straße ab und sah sie an.

„Falls er wegen des Mordes an seiner Frau verurteilt wird, muss die Lebensversicherungspolice nicht ausgezahlt werden."

„Armer Jason. Viele Leute scheinen darauf erpicht zu sein, ihn zu verurteilen, und das nicht immer aus selbstlosen Gründen."

„Das liegt in der Natur des Menschen. Wir denken nicht gerne an Mörder in unserer Mitte, also versuchen wir, Mörder so schnell wie möglich zu verurteilen, damit sich die Menschen wieder sicher und geborgen fühlen können."

Ich wusste, dass sie recht hatte. Und da meine Großcousine Violet in diesen Schlamassel hineingezogen worden war und mich mit hineingezogen hatte, indem sie vorübergehend meine Mitbewohnerin wurde, gehörte ich zu denen, die sich darauf freuten, dass dieser Fall gelöst würde, damit ich nachts besser schlafen könnte.

KAPITEL 22

*D*as Landhaus, in das sich Harry und Emily Bloom auf ihre alten Tage zurückgezogen hatten, sah idyllisch aus. Es war aus Naturstein gebaut und von hübschen Gärten umgeben und sah aus wie im Märchen: Rosen rankten sich an der Seite des Hauses empor, überall blühten Blumen und es gab sogar ein Wunschbrunnen, umringt von leuchtenden Mohnblumen.

Ich fragte mich, ob Harry Bloom nach einer Laufbahn, in der er mit Kriminellen und der Aufklärung von Verbrechen zu tun hatte, von dem märchenhaften Aussehen dieses Hauses besonders angetan war. Oder vielleicht hatte seine Frau es so gewollt. Ich ging den gewundenen Steinpfad zur Haustür hinauf, machte aber einen Umweg, als ich einen Mann mit einem Strohhut sah, der sich mit einer Handschaufel in der Hand über ein Blumenbeet beugte. Ich ging um die Seite des Hauses herum auf ihn zu, und tatsächlich, es war Harry Bloom persönlich.

Ich war nicht sicher, wie er mich empfangen würde, aber

ich begrüßte ihn mit einem fröhlichen und selbstbewussten „Hallo."

Er drehte sich um, und ich beobachtete, wie er sich erst bemühte, mich zu erkennen und dann, sich zu erinnern, wo er mich kennengelernt hatte. Ich sah es ihm an, als er mich eingeordnet hatte. Er wischte sich die Hände an den Knien ab und stand auf. „Hallo. Sie sind die junge Dame aus dem Wahrsagerzelt."

„Ja. Es tut mir leid, dass es Ihrer Schwiegermutter nicht gut geht." Violet hatte auch hier recht gehabt. Dank ihrer erstaunlichen Fähigkeiten als Wahrsagerin konnte Mrs Bloom ihrer Mutter während ihrer Krankheit allerdings helfen. Ich hoffte, dass die Blooms dadurch Violet und mir gegenüber wohlwollend gestimmt sein würden.

„Vielen Dank. Meine Frau ist in Yorkshire geblieben, um sich um die Enkelkinder zu kümmern und das Haus und andere Dinge in Ordnung zu bringen.

Ich nickte nur.

„Ich dachte, ich käme lieber zurück, falls ich gebraucht würde. Ich habe gehört, dass die Polizei die Ermittlungen im Fall Timmins wieder aufgenommen hat."

Unserer beider Blicke wanderten zu dem Blumenbeet, das er gerade bearbeitete, und er zog eine Grimasse. „Mit dem *gebraucht werden* habe ich mich anscheinend geirrt."

Ich brauchte seine Hilfe, aber ich musste vorsichtig sein. Ich wusste nicht, inwieweit es ihm freistand, über die Details eines alten Falles zu sprechen. Ich begann mit den Worten: „Diese Wahrsagerin ist meine Großcousine Violet. Sie macht gerade eine schwere Zeit durch, denn die Leute im Dorf geben ihr die Schuld am Tod von Elizabeth Palmer."

Er nickte und sah nicht im Geringsten überrascht aus.

„Ich habe im Pub etwas von Hexerei gehört." Eine Reihe leerer Blumentöpfe aus der Gärtnerei stand neben einem halben Dutzend voller Töpfe. Er hatte Petunien gepflanzt, und die bunten Trompeten in Rot, Rosa, Violett und Weiß waren wie Lichtblitze in einem dunklen Raum. „Wie Sie wissen, glaube ich nicht an diesen ganzen Unsinn, aber es war schon unheimlich, wie sie in Bezug auf die Zukunft richtig lag."

Na toll. Wenn dieser vernünftige Mann sich den Hexenjägern anschloss, gab es für uns alle keine Hoffnung mehr.

„Ich bin froh, dass Ihre Frau ihre Mutter noch besuchen konnte, bevor es zu spät war."

„Ja. Das waren wir auch. Sie wäre sehr traurig gewesen, wenn sie nicht hätte bei ihr sein können." Er schaute noch einmal auf seine fast fertig umgepflanzten Blumen und sagte dann: „Darf ich Ihnen eine Tasse Tee anbieten?"

Ich wusste seine Höflichkeit zu schätzen, aber ich merkte, dass er seine Arbeit mit den Blumen unbedingt fertigmachen wollte. „Vielleicht kann ich Ihnen mit den Blumen helfen. Und danach könnten wir Tee trinken."

„Wunderbar. Ich gebe zu, dass ich sie gerne in den Boden stecken möchte, damit sie nicht austrocknen. Ich dachte, das wäre eine schöne Überraschung, wenn meine Frau nach Hause kommt."

Ich mochte diesen Mann, und zum Glück trug ich Jeans und T-Shirt. Zufrieden kniete ich mich ins Gras. Ich holte die Pflänzchen aus ihren kleinen Plastiktöpfen. Es waren immer sechs in einem Topf, also trennte ich sie, wie er es augenscheinlich auch getan hatte, und reichte sie ihm einzeln zum Einpflanzen. Es war schön in der Sonne. Die Bienen schwirrten um uns herum und warteten offensichtlich darauf, dass wir fertig wurden, um der Verlockung dieser leuchtenden Blüten nachgeben zu können. Vögel schwirrten umher und spielten, und ein fettes Eichhörnchen hielt inne und beobachtete uns einen Moment lang, bevor es wieder zu seiner Beschäftigung zurückkehrte.

Ich hatte ein schlechtes Gewissen wegen meines eigenen Gartens. Dass er nicht völlig verkommen war, lag nur daran, dass Granny regelmäßig mitten in der Nacht Unkraut jätete und die Pflanzen beschnitt. Ich würde wirklich meiner Aufgabe besser gerecht werden müssen.

Wir brauchten nicht lange mit dem Einpflanzen. Dann ließ mich Harry Bloom die neu gepflanzten Petunien gießen, während er die Töpfe säuberte und die Gartengeräte wegräumte. Als wir fertig waren, nickte er zufrieden.

„Gut. Ich setze den Wasserkocher auf. Ich denke, wir haben uns eine schöne Tasse Tee verdient."

Wir tranken unseren Tee in einem Pavillon im Garten. Zufrieden lehnte er sich zurück. „Wissen Sie, es gefällt mir hier sehr." Es gibt Dachse, die fast jeden Abend kommen, und gelegentlich auch Rehe."

„Es ist wunderschön."

Er beugte sich vor, als verriete er mir ein großes Geheimnis. „Und ich langweile mich zu Tode."

Das war der perfekte Einstieg für das, worüber ich mit ihm sprechen wollte. „Als wir uns das erste Mal begegnet sind, haben Sie mir erzählt, dass Sie hier einen Mordfall untersucht haben."

Als er lächelte, sah man die Lachfältchen um seine Augen, aber sein Blick war auch misstrauisch. „Und ich erinnere mich, Ihnen gesagt zu haben, dass Sie sehr gut zur Polizei passen würden."

„Ich möchte nicht bei der Polizei arbeiten, aber ich möchte beweisen, dass Violet nichts mit Elizabeth Palmers Tod zu tun hatte."

„Aber die Polizei hat doch ihren Ehemann verhaftet."

„Nicht jeder im Dorf scheint zu glauben, er hätte seine Frau getötet."

Er sah immer noch misstrauisch aus. „Es hat mich überrascht, dass man hier Angst vor Hexen hat."

Da hätte er in dem Café dabei sein sollen, als wir fast gelyncht wurden.

„Aber sie ist doch sicher keine Verdächtige. War sie nicht als Wahrsagerin in ihrem Zelt, als die Frau ermordet wurde?"

„Die Leute scheinen zu glauben, dass sie die Frau mit einem Zauber belegt und irgendwie getötet hat."

Er schüttelte den Kopf. „Abergläubischer Blödsinn. Was kann ich tun, um Ihnen zu helfen?"

„Glauben Sie, dass es zwischen dem Mord an Grayson Timmins vor dreißig Jahren und dem, der hier gerade geschehen ist, eine Verbindung geben könnte?"

Er strich mit dem Daumen über die Tischkante, als ob die Antworten dort in Blindenschrift geschrieben stünden. Ich bemerkte einen Schmutzrand um den Rand seines Fingernagels, wo er es nicht ganz geschafft hatte, alle Spuren seiner Gartenarbeit wegzuschrubben. „Witzig, ein junger Detektiv aus Oxford hat mir genau dieselbe Frage gestellt. DI Chisholm."

Die Art, wie er mich ansah, veranlasste mich zu sagen: „Ich kenne DI Chisholm."

„Es ist interessant. Er hat mich gefragt, ob Sie schon bei mir waren. Sie scheinen einen gewissen Ruf als Amateurdetektivin zu haben."

Ich schüttelte den Kopf. „Nicht freiwillig, das kann ich Ihnen versichern."

„Manche Menschen haben eine Gabe. Vielleicht ist das Aufspüren von Verbrechen Ihr Talent?"

Ich hatte noch andere Talente, und ich hatte nicht die Absicht, ihm davon zu erzählen. Er glaubte sowieso nicht an unsere Art. Oder sagte das zumindest.

„Ich möchte nur Violet entlasten. Sie wohnt nämlich in meinem Gästezimmer, solange die Leute nicht aufhören, ihr Haus mit Steinen zu bewerfen."

Seine entspannte Haltung war im Nu verschwunden. Er richtete sich auf, und sein Blick wechselte von leicht amüsiert zu scharfsinnig und sachlich. „Das sollte sie der Polizei melden. Hat sie eine Ahnung, wer dahintersteckt?"

„Nein. Sie hat niemanden gesehen." Aber nach dem Verhalten der Leute im Café zu urteilen, gab es meiner Ansicht nach eine Menge möglicher Verdächtiger.

„Ich werde Ihnen sagen, was ich weiß. Es ist dreißig Jahre her, daher kann es sein, dass ich mich an Einzelheiten nicht ganz genau erinnere. Aber ich habe im Laufe der Zeit oft über diesen Fall nachgedacht. Aus irgendeinem Grund hängt er mir nach."

„Erzählen Sie mir, was damals passiert ist."

Er lehnte sich in seinem Sessel wieder zurück. „Als ich zum Tatort gerufen wurde, war ich nicht der Erste, der dort eintraf. Das ist schade. Es ist gut, wenn man die Reaktionen der Menschen in akuten Stresssituationen beobachten kann. Dann geben sie oft mehr preis, als sie beabsichtigen, oder sie verraten Geheimnisse, die sie normalerweise für sich behalten. Als ich ankam, waren jedoch schon Polizisten vor Ort. Der Junge hat es gemeldet. Er hatte die Leiche gefunden."

„Wenn Sie ‚der Junge‘ sagen, meinen Sie dann Robert Beasley?" Ich dachte daran, wie schrecklich es für ihn gewesen sein musste, seinen Vater so aufzufinden. Ich erinnerte mich an die fürchterliche Aura, die den Speisesaal umgab. Ein Echo des Traumas war dort immer noch zu spüren.

„Ja. Er sagte, er sei nach Hause gekommen und habe seinen Stiefvater tot aufgefunden. Seine Mutter war bei ihrem Abendkurs gewesen. Sie lernte Französisch. Jeden Donnerstag ging sie dorthin. Als sie zu Hause ankam, führte ihr Sohn sie direkt in die Bibliothek und kümmerte sich um alles. Ihr war es ganz recht, die Leiche ihres Mannes nicht zu sehen."

„Hat sie sich nicht einmal vergewissert, dass ihr Mann tot war? Ist das ein normales Verhalten?"

„Bei einem Mordfall gibt es keine Normalität. Aber sicherlich würden viele Menschen es vorziehen, ihre Angehörigen nicht so sehen zu müssen."

„Aber Robert Beasley muss ein Teenager gewesen sein." Ich erinnerte mich an den verträumten Mann, der zu allem zu spät kam. Ich konnte mir nicht vorstellen, dass ich ihm etwas so Wichtiges anvertrauen würde.

„Er war siebzehn. Seelenruhig. Stand er unter Schock? Möglich. Oder ein guter Schauspieler."

„Aber warum hätte Robert Beasley seinen Vater töten sollen?"

„Sie dürfen nicht vergessen, dass Grayson Timmins nicht sein Vater war."

„Okay. So wie er über ihn spricht, scheint er ihn sehr gern gehabt und wie einen Vater betrachtet zu haben."

Er sah mir forschend ins Gesicht. „Wie kommen Sie auf diese Idee?"

„Ich habe sowohl Mr als auch Mrs Beasley kennengelernt. Ich habe am Antiquitätenstand eine Pudellampe erstanden und musste sie bei ihnen zu Hause abholen."

Er machte große Augen und als einer, der an Mordgeständnisse gewohnt war, brauchte es sicherlich einiges, um ihn zu schockieren. „Sie haben diese Pudellampe gekauft?"

Ihm wollte ich nicht erzählen, ich hätte sie so süß und kitschig gefunden. „Na gut. Ich wollte in das Haus und mit den beiden sprechen. Die Lampe war der einzige Gegenstand vom Antiquitätenstand, an den ich mich erinnern konnte."

„Und bei dem Sie ziemlich sicher sein konnten, dass er nicht verkauft worden war."

„Frau Beasley erwähnte, dass das Haus seit der Zeit, als die Eltern von Robert Beasley dort lebten, im Wesentlichen unverändert geblieben sei. Und dann habe ich den Mann selbst getroffen. Er erwähnte seine glückliche Kindheit."

„Das ist eines der Dinge, die mich von Anfang an gestört haben. Diese Theorie der glücklichen Kindheit entspricht nicht dem, was man sich im Dorf erzählte."

Das war interessant. „Meinen Sie, er hätte gelogen?"

„Nach dem, was ich über Grayson Timmins erfahren habe, war er streng und autoritär. Er legte Wert auf eine harte Arbeitsmoral und hielt nichts von Fantasie. Der Junge war bestenfalls ein mittelmäßiger Schüler und ein Träumer. Er war kein schlechter Sportler, aber nicht gut genug, um sich darin irgendwie hervorzutun."

„Aber wir alle wissen, wie oft die Gerüchteküche falsch liegen kann."

„Wenn Timmins den Jungen so sehr mochte, warum hat er ihn dann nicht adoptiert?"

„Das stimmt. Er hatte nicht denselben Nachnamen."

„Als ich Frau Timmins diese Frage stellte, sagte sie, dass ihr Ex-Mann das nicht erlaubt hatte. Es stellte sich jedoch heraus, dass sie den Ex-Ehemann seit Jahren nicht mehr gesehen hatten. Im Dorf war man sich einig, dass Timmins seinen Namen nicht an jemanden weitergeben wollte, der ihm nicht gerecht wurde."

Dieses Gefühl stimmte mit dem Eindruck überein, den ich von dem Mann auf dem Bild gewonnen hatte.

„Sie glauben also, dass Robert Beasley in Bezug auf seine glückliche Kindheit gelogen hat."

„Ja."

Ich sah ihm direkt in die Augen. „Glauben Sie auch, dass Robert Beasley Grayson Timmins umgebracht hat?"

Er sah mich an, antwortete aber nicht sofort. „Ich hatte keine Beweise. Der Junge behauptete, er sei nach der Schule beim Lauftraining gewesen. Als er nach Hause kam, habe er seinen Vater tot aufgefunden."

„Lauftraining. Auf einem Sportplatz?"

Er nickte. „Geländelauf. Sie liefen eine Stunde lang. Er hätte übermenschlich schnell sein müssen, um vom Schulgelände hierher zu kommen, Timmins zu töten, den Einbruch zu inszenieren, sich selbst zu säubern und alle Beweise zu beseitigen, die ihn mit dem Verbrechen in Verbindung hätten bringen können." Er tippte mit den Fingern auf die Tischplatte. „Aber ja. Ich bin überzeugt, dass er es getan hat. Ich glaube, Timmins hat ihn ständig gescholten und eines Tages ist er ausgerastet."

„Meinen Sie, er könnte Elizabeth getötet haben?"

„Natürlich hätte er das tun können. Aber warum?"

„Ich habe da eine Idee. Sagen Sie mir zuerst, was gestohlen wurde."

„Angeblich gestohlen. Kein einziger Artikel ist jemals aufgetaucht. In der Regel stoßen Einbrecher die Wertsachen ab und sie tauchen hier und da wieder auf. Aber nichts von den angeblich gestohlenen Gegenständen kam jemals ans Tageslicht."

„Was wurde denn angeblich gestohlen?"

„Grayson Timmins wurde mit einem Sterling-Kerzenständer getötet. Es war ein sehr großes, schweres, verziertes Exemplar. Es gab einen zweiten gleicher Machart, und der ist verschwunden. Außerdem ein georgianisches Teeservice. Timmins besaß eine wertvolle Münzsammlung. Die war auch weg."

„Wo wurde die Münzsammlung aufbewahrt?"

Er nickte. „Ausgezeichnete Frage. Sie wurde oben im Schlafzimmer von Timmins aufbewahrt. Er und seine Frau hatten getrennte Schlafzimmer. Interessanterweise wurde bei ihr nichts gestohlen, und dabei hatte sie einige sehr schöne Schmuckstücke. Und die silberne Taschenuhr von Grayson Timmins war weg. Das war das, was allen von ihm am meisten in Erinnerung geblieben ist."

„Okay", sagte ich. „Vielleicht ist das verrückt, aber ich habe eine Theorie."

Er sah mich an. „Und ich habe Zeit im Überfluss."

„An dem Tag, an dem Elizabeth Palmer ermordet wurde, war sie sehr aufgeregt, weil sie für ihren Mann als Geschenk zur Silberhochzeit eine Uhr gekauft hatte."

Er sah mir konzentriert ins Gesicht. „Was für eine Uhr?"

Ich lächelte ihn an und wiederholte die Worte, die er vor

Kurzem zu mir gesagt hatte. „Das ist genau die richtige Frage. Es war eine Taschenuhr. Aus Sterling Silber. Sie hat mir die Prägestempel gezeigt, so wie man es tut, wenn man von etwas begeistert ist. Sie hatte sie am Antiquitätenstand erstanden. Ich habe mir darüber nicht viele Gedanken gemacht, obwohl die Uhr wirklich wie ein sehr schönes Exemplar aussah, für jemanden, der antike Taschenuhren mag. Das Merkwürdige daran ist, dass die Uhr nach ihrer Ermordung weg war."

„Was? Sind Sie sicher?"

Jetzt war ich mir nicht mehr so sicher. „Ich glaube ja."

„Hat irgendjemand bei der Polizei nachgefragt, ob sie bei ihren persönlichen Gegenständen war?"

Ich konnte ihm nicht sagen, dass ich ein Vampirnetzwerk mit ausgezeichneten Verbindungen zur Polizei hatte, also stellte ich ihm eine offene Frage. „Wenn man bei der Leiche eine antike Taschenuhr gefunden hätte, hätten wir dann nicht schon längst etwas davon gehört?"

„Erzählen Sie mir mehr über diese Uhr. Ich könnte ein oder zwei Anrufe tätigen. Ich bin zwar kein aktiver Ermittler mehr, aber ich habe immer noch Beziehungen."

„Ich denke, ich könnte diese Uhr wiedererkennen, wenn ich ein Bild davon sähe." Ich hielt meinen Blick fest auf seinen gerichtet. Ich konnte sehen, wie er mit sich kämpfte. Schließlich sagte er achselzuckend: „Ich habe zwei Kopien von allem gemacht, was in dieser Akte war und sie nie zurückgegeben. Eigentlich sollte ich sie Ihnen nicht zeigen, aber Sie sind in keiner Weise verdächtig. Was sollen sie schon tun? Mir kündigen?"

Ich versuchte, nicht übereifrig auszusehen, aber ich war überglücklich. Als hätte er eine folgenschwere Entscheidung getroffen, sammelte er die Teesachen ein und sagte: „Folgen Sie mir!"

Das tat ich. Wir gingen durch die Hintertür ins Haus, die direkt in eine Küche führte. Sie wirkte wie ein glücklicher, einladender Ort und war in einem fröhlichen Gelb gestrichen. An einer Wand befand sich eine offener Kaminherd.

Obwohl seine Frau nicht zu Hause war, hielt Harry Bloom die Wohnung ordentlich und aufgeräumt. Viel ordentlicher und aufgeräumter als mein Zuhause, stellte ich beschämt fest.

Nachdem er die Teesachen auf die Arbeitsfläche gestellt hatte, führte er mich durch ein Wohnzimmer, das so gemütlich war, dass ich mir hätte vorstellen können, es mir dort mit einem guten Buch bequem zu machen. Ich konnte sehen, welcher Stuhl Mrs Blooms Platz war, denn daneben stand ein Korb mit Wolle, in dem ein halbfertiger Pullover lag. Er war blau und mit Lastwagen verziert, zweifellos für einen Enkel.

Wir gingen eine Treppe hinauf und gelangten in ein Arbeitszimmer. Auf den ordentlichen Regalen standen Briefmarkenkataloge und Bücher über das Briefmarkensammeln. Als ich ihn auf sein Hobby ansprach, sagte er: „Es ist wichtig, dass man im Ruhestand etwas zu tun hat."

Er drehte sich zu einem Aktenschrank an der Wand um. Die Schublade öffnete sich reibungslos, und es dauerte nicht lange, bis er die gewünschte Akte gefunden hatte. Ich hatte den Eindruck, dass er sie erst vor Kurzem konsultiert hatte.

Er legte die Mappe auf seinen Schreibtisch, schaltete eine Schreibtischlampe ein. Er überblätterte einige Seiten, die Protokolle und Berichte zu enthalten schienen, bevor er zu einer Sammlung von Fotokopien kam. Sie waren nicht so scharf wie die Originalfotos, aber auf jeden Fall besser als gar nichts.

„Diese Fotos", sagte er, „wurden für Versicherungszwecke gemacht, daher waren die Detailaufnahmen recht gut."

Ich sah mir die Bilder der Uhr genau an, man sah sie von vorne, von hinten und geöffnet.

„Ich bin mir fast sicher, dass dies die Uhr ist, die Elizabeth Palmer für ihren Mann gekauft hat." Ich wies auf das Rankenmuster auf der Vorderseite und die Prägestempel auf der Rückseite hin.

„Schon auf dem Gemälde von Grayson Timmins, das im Esszimmer der Beasleys hängt, glaubte ich, die Uhr wiedererkannt zu haben, aber jetzt, wo ich das Foto mit den Prägestempeln auf der Rückseite sehe, bin ich mir fast sicher."

„Welcher Idiot bietet die Beweise, die ihn als Mörder entlarven, an einem Antiquitätenstand an?"

„Mrs Beasley war für den Antiquitätenstand zuständig. Sie erzählte mir, dass sie in ihrem eigenen Haus herumgewühlt hatte, um ein paar Sachen zum Verkauf anzubieten, und dass ihr Mann darüber nicht sehr erfreut war."

Er blickte auf seine Briefmarkenkartons. „Das ist genau das, was meine Frau tun würde. Sie würde eine Schachtel mit alten Briefmarken sehen und denken, sie seien wertlos. Sie versucht immer, mich dazu zu bringen, meine Sammlung zu verkleinern."

Er schaltete das Licht aus. „Nun, ich habe jetzt noch stärker das Gefühl, dass Robert Beasley seinen Vater umgebracht hat. Er hatte die Uhr versteckt gehalten, seine Frau hat sie gefunden und zum Antiquitätenstand mitgenommen."

Ich nickte. „Und Robert Beasley sah Elizabeth Palmer auf dem Jahrmarkt mit der Uhr, die ihn als Mörder hätte entlarven können. Er hatte keine andere Wahl, als sie zu töten, oder zumindest dachte er das. Nachdem er schon einmal mit einem Mord davongekommen war, dachte er vielleicht, es würde ihm noch einmal gelingen?"

„Das ist eine schöne Theorie, Lucy. Was uns fehlt, sind die Beweise."

KAPITEL 23

*I*ch wusste, dass sowohl Harry Bloom als auch alle anderen Polizeibeamten, die in all den Jahren an dem Mordfall gearbeitet hatten, das Alibi von Robert Beasley immer wieder überprüft haben mussten.

„Die Uhrzeiten", sagte ich. „Alles scheint sich um die Zeit zu drehen. Grayson Timmins war zwanghaft pünktlich, während Robert Beasley die Unpünktlichkeit auf ein ganz neues Niveau hebt. Er ist eine Ansammlung von Widersprüchen. Er sagt, seine Kindheit sei glücklich gewesen, aber niemand sonst glaubt das. Er wirkt langsam und verträumt, aber sein Hobby ist Laufen."

„Er betrieb noch eine zweite Sportart."

Irgendetwas an der Art, wie Harry Bloom diese Information in den Raum stellte, verursachte mir ein flaues Gefühl im Magen.

„Er gehörte zur Bogenschützenmannschaft der Schule."

Ich war frustriert und wünschte mir nicht zum ersten Mal, ich hätte mehr Zeit darauf verwandt, eine bessere Hexe zu werden. Eine, die Lügen durchschauen und die Wahrheit finden konnte.

Ich stand auf und bedankte mich bei Harry Bloom für seine Hilfe. Ich wusste, dass ich enttäuscht klang, und bei ihm war es genauso, als er sagte: „Ich mache mir Sorgen, dass der Falsche für diesen Mord verurteilt werden wird."

Ich nickte. „Und der Richtige wird wieder einmal davonkommen."

Er schlug mit einer Faust in die andere Handfläche. „Es sei denn, wir können eine Verbindung zwischen Robert Beasleys Stiefvater und Elizabeth Palmer herstellen."

Er war seit mehr als drei Jahrzehnten Polizist, während ich erst seit weniger als einem halben Jahr Amateurdetektivin war. „Wie machen wir das?"

Der pensionierte Polizeibeamte mit jahrzehntelanger Erfahrung ließ sich in seinen Sessel sinken. „Ich habe keine Ahnung."

Ich ging zurück zu seinem Schreibtisch und blickte in die offene Akte. Dabei begannen meine Finger leicht zu kribbeln. Normalerweise passierte das, wenn meine Wut außer Kontrolle geriet, aber ich hatte gelernt, meine Emotionen schon viel besser im Zaum zu halten. Ich kam nur noch selten in die peinliche Situation, dass mir elektrische Funken aus den Fingerspitzen schossen. Ich schaute entsetzt nach unten, aber meine Hände sahen ganz normal aus. Manche Leute hatten ein Gespür für Probleme. Ich fragte mich, ob meine Fingerspitzen besonders intuitiv waren.

Für den Fall, dass es so wäre, fragte ich, ob ich den Ordner noch einmal durchsehen könnte. Ich sah mir jedes der Fotos noch einmal an. Was hatte ich übersehen? Gab es hier irgendwo einen Hinweis?

Ich blätterte die Seiten um. Da war ein Foto einer ziemlich alten Landurkunde. „Was ist das", fragte ich.

Harry Bloom schaute mir über die Schulter. „Eine der Spuren, die ich verfolgt habe und die zu nichts geführt haben. Die Vorfahren des Ermordeten besaßen einen großen Teil der Grundstücke im Dorf und darum herum. Was noch nicht verkauft war, ging natürlich an die Frau und nach ihrem Tod an ihren Sohn."

Ich starrte auf einen Bereich der Karte. Jetzt kribbelten meine Finger richtig. „Dieses Gebiet war vor dreißig Jahren noch nicht erschlossen. Aber dort wohnen Nora und ihr Mann, in einer Siedlung, die nicht älter sein kann als zehn oder zwanzig Jahre."

Und dann runzelte ich verwirrt die Stirn. „Dieser schraffierte Bereich, gehörte das ganze Land dort Beasleys Vater?"

„Ja. Alles, was darauf gebaut wurde, war gepachtet."

„Aber auf diesem Grundstück hier, wenn ich die Karte nicht falsch lese, hat Elizabeth gewohnt." Ich war sehr verwirrt. „Aber ich war doch da. Es ist ein viktorianisches Herrenhaus."

„Das stimmt. Aber das Land darunter gehörte zum Zeitpunkt seines Todes Grayson Timmins und ging danach an seinen Sohn."

Für mich als Amerikanerin war das sehr verwirrend. „Sie meinen, man kann in England ein Haus kaufen, ohne dass einem das Land gehört?"

„Ja. Oft besitzen die Menschen zwar Häuser, aber nicht das Grundstück, auf dem sie gebaut sind. Sie zahlen eine jährliche Pacht, und der Pachtvertrag ist mit einer Reihe von

Auflagen verbunden. Unter Umständen benötigen sie die Erlaubnis des Pächters, um beispielsweise Hecken auszugraben, am Haus anzubauen oder weitere Gebäude auf dem Grundstück zu errichten."

Ich sah mir die Karte an. Einst muss der größte Teil des Dorfes Pacht an Grayson Timmins gezahlt haben.

„Wir wissen, dass Jason Palmer in finanziellen Schwierigkeiten steckte. Vielleicht haben er und seine Frau aufgehört, Pacht zu zahlen?" Aber wer schoss jemandem einen Pfeil ins Herz, weil er seine Miete nicht pünktlich bezahlte? Es ergab keinen Sinn.

Er starrte genauso aufmerksam wie ich auf die alte Karte. „Nein. Es ergibt keinen Sinn. Aber es ist das erste Mal, dass wir eine Verbindung gefunden haben." Er tippte mit den Fingerspitzen auf den Rand des Papiers. „Gut gemacht, Lucy. Es würde sich lohnen, herauszufinden, wie es um das Verhältnis zwischen Pächter und Grundbesitzer bestellt war."

Plötzlich wirkte der ehemalige Kriminaler viel energischer. „Ich wollte schon immer ein neues Hobby. Mal sehen, was ich herausfinden kann."

Ich war sehr froh, Harry Bloom in meinem Team zu haben. Obwohl ich Ian Chisholm vollkommen vertraute, war unsere Beziehung einfach zu kompliziert. Harry Bloom war viel älter, glücklich verheiratet und hatte eine Menge Zeit zur Verfügung. Außerdem war er im Gegensatz zu meinen Vampiren zu denselben Zeiten wach wie ich. Ein echtes Plus für einen Detektivgehilfen.

Ich war gerade dabei, Harry Blooms Haus zu verlassen, als mein Handy klingelte. Es war Mrs Beasley. Ich hoffte inständig, dass sich jemand am Antiquitätenstand in die

Pudellampe verliebt hatte und sie sie gerne zurückhaben wollte. Ich bin eben eine hoffnungslose Optimistin.

Als ich jedoch den Anruf annahm und sie sich meldete, realisierte ich sofort, dass es ihr um etwas viel Ernsteres ging als um die hässlichste Lampe der Welt. Als sie sagte: „Lucy? Sind Sie es?" zitterte ihre Stimme, als sei sie den Tränen nahe.

„Ja, ich bin's. Ist alles in Ordnung?" Meine Finger hatten wieder angefangen zu kribbeln, aber ich dachte, das sei nur Empathie. Oder Angst. Sie klang genauso wie die Leute in Horrorfilmen, kurz bevor ihnen das Monster den Kopf abreißt. Wir hatten den seelenfressenden Dämon besiegt, der vor einigen Monaten versucht hatte, meinen Strickladen zu übernehmen, aber das bedeutete nicht, dass es in der Gegend es nicht noch einen geben konnte. Aber wie war sie darauf gekommen, mich anzurufen?

„Ich habe eine Uhr gefunden." Sie atmete einige Male geräuschvoll ein und aus, als ob sie hyperventilieren würde. „Könnten Sie vorbeikommen und sie sich ansehen?" In diesen wenigen Worten blieb sehr vieles ungesagt. Jetzt verstand ich den Grund für ihre Angst. Sie sorgte sich nicht wegen eines seelenfressenden Dämons. Ihre Sorge war ihr Mann und die Möglichkeit, dass er seinen Stiefvater getötet haben könnte.

Ich hatte so eine Ahnung, dass ihr der seelenfressende Dämon vielleicht lieber gewesen wäre als die Erkenntnis, dass der Mann, den sie liebte, eine andere Art von Ungeheuer war.

Natürlich sagte ich das nicht. „Ist Ihr Mann zu Hause?"

Jetzt flüsterte sie, als ob er im Nebenzimmer sein könnte.

„Nein. Aber er wird innerhalb einer Stunde wieder hier sein. Bitte. Könnten Sie zu mir nach Hause kommen?"

Ich war nicht nur wehrlos gegen die Dringlichkeit ihrer Bitte. Wenn sie die Uhr hätte, dann hätten wir auch Robert Beasley. „Ich komme sofort."

Ich erklärte Harry Bloom kurz, was los war. Noch bevor ich ausgeredet hatte, zog er bereits seine Jacke an. Ich spürte, dass er sich in seine Zeit als Inspektor zurückversetzt fühlte, als ein Anruf bedeuten konnte, dass seine Stadt von allen möglichen Katastrophen heimgesucht wurde, und es seine Aufgabe war, Kriminalfälle zu lösen, die Schuldigen zu bestrafen und die Unschuldigen zu schützen. „Ich komme mit", sagte er, was angesichts seiner Handlungen ziemlich überflüssig war.

Innerhalb von zwei Minuten waren wir draußen, und er schloss die Tür seines Hauses ab. Zweifelnd besah ich mir Grannys alten Ford. „Wollen Sie, dass ich fahre?", fragte ich und hoffte inständig, dass er nein sagen würde.

Zu meiner Erleichterung schüttelte er den Kopf. „Wir werden über die Wiesen gehen. Das geht schneller, und falls Beasley früher zurückkommt, wird er nicht durch ein vor seinem Haus parkendes Auto vorgewarnt."

Das war nicht nur vernünftig, sondern ich war auch froh, dass ich nicht fahren musste. Sehr schnell, für einen Herrn im Ruhestand, schritt er ans Ende seiner Einfahrt. Dann überquerten wir die schmale Straße, stiegen über einen Zaunübertritt und begannen, über die Wiese eines Bauern zu spazieren. Ich liebte es, über Zaunübertritte zu klettern. Das war eine der englischen Gewohnheiten, die ich sehr liebenswert fand. Überall im Land gab es alte Wegerechte, und die privaten Landbesitzer mussten es einfach hinnehmen, dass man ihr Land überquerte. Das bedeutete aber auch, dass man dann als Spaziergänger mit Vieh zu kämpfen hatte. Ich war keine besonders ängstliche Frau, aber ich bin auch nicht mit Schafen und Kühen auf Old McDonald's Farm aufgewachsen.

Auf der Wiese standen vier oder fünf Kühe, und so wie sie uns anschauten, glaubte ich nicht, dass sie von altherbrachten Wegerechten irgendeine Ahnung hatten. Ich beeilte mich, mit Harry Bloom Schritt zu halten und neben ihm zu gehen. „Sind diese Kühe freundlich?"

Gutmütig blickte er auf mich hinunter. „Ich gebe zu, dass man sich an sie gewöhnen muss. Aber wenn man sie in Ruhe lässt, dann lassen sie einen meistens auch in Ruhe."

Eine Kuh schien mich besonders wild anzustarren. Ich bemerkte, dass sie ein Kalb neben sich stehen hatte. „Was meinen Sie mit meistens?"

Die Mutterkuh machte ein paar Schritte auf uns zu, und ich dachte, sie brauchte sich nur auf mich zu setzen und es wäre mein Ende. Sie muss über tausend Pfund gewogen haben. „Muttertiere werden manchmal ein bisschen aggressiv. Das ist der Beschützerinstinkt."

Mama Kuh machte einen weiteren Schritt auf mich zu und glotzte mich an. „Sie hat den Kopf gesenkt. Ist das schlimm?"

„Wenn sie uns angreifen, ist es das Beste, wie wild zu rennen."

Ich hätte darauf bestehen sollen, mit dem Auto zu fahren. Ich legte einen Zahn zu. Vor uns lagen ein weiterer Zaun und noch ein Zaunübertritt. Diese Kuh schien die Anführerin ihrer kleinen Herde zu sein, und als sie sich auf uns zubewegte, taten es ihr die anderen Tiere nach. Ich war jetzt eindeutig nervös, und plötzlich wurde mir klar, dass mein in London geborener ehemaliger Polizist genauso nervös war wie ich. Wir gingen so schnell, dass wir beide außer Atem kamen. Mit einem Auge behielt ich die herannahenden Kühe im Blick, mit dem anderen den Boden, wo eine Menge Kuhfladen eine Art Hindernisparcours bildeten.

„Sie sind bestimmt nur neugierig", keuchte er. Als echter Gentleman blieb er stehen und ließ mir den Vortritt, als wir den Zaun erreicht hatten. Ich fiel auf die Nachbarweide und er landete direkt neben mir. Wir hielten inne, um durchzuatmen und abzuschätzen, welche neuen Herausforderungen vor uns lagen. Glücklicherweise schien dieses Feld leer zu sein. „Es ist gleich da drüben", sagte er aufmunternd.

„Ja", sagte ich. Es waren ja nur Kühe. Was konnten sie uns schon anhaben? Und dann hörte ich ein Geräusch, als ob ein Klumpen nassen Schlamms gegen eine Scheunenwand geschleudert würde. Ich schaute nach unten und stellte fest, dass ich mitten in einen frischen Kuhfladen getreten war. Ich befreite meinen Fuß, aber eine Menge von dem Kuhfladen blieb daran hängen

„Kommen Sie. Keine Zeit zu verlieren."

Er hatte recht, und so hielt ich nicht an, um mir den Schuh notdürftig abzukratzen, sondern eilte weiter und versuchte, mitzuhalten.

Glücklicherweise führte diese Wiese bis zur Straße, und am Ende der Straße lag das Haus der Beasleys. Mrs Beasley musste auf mich gewartet haben, denn kaum hatte ich den Eingangsweg betreten, wurde die Haustür geöffnet. „Lucy! Ich bin so froh, dass Sie hier sind." Sie sah ziemlich panisch aus. Ihre Augen waren weit aufgerissen, ihre Wangen gerötet und ihre Lippen zitterten. Dann sah sie Harry Bloom und machte einen Schritt zurück ins Haus. „Oh."

Ich stellte Harry Bloom vor und berichtete, dass ich bei ihm gewesen war, als der Anruf kam. Ich sagte, er kenne sich mit antiken Uhren gut aus. Was ich nicht sagte, war, dass er ein Polizist im Ruhestand war. Sie war auch so schon ausgeflippt genug.

Sie wirkte skeptisch, aber was sollte sie tun? „Kommen Sie herein!"

Aus Respekt vor ihrem schönen Haus zog ich meine schmutzigen Schuhe aus und ließ sie draußen stehen, obwohl ich mich ziemlich verletzlich fühlte, als ich auf Strümpfen das Haus betrat, in dem ein mutmaßlicher Mörder wohnte.

Ich konnte Harry Blooms Ungeduld spüren. Ich war selbst ziemlich ungeduldig, aber ich konnte auch sehen, dass es Mrs Beasley ziemlich aus der Fassung gebracht hatte, dass ich jemanden mitgebracht hatte. So beschwichtigend wie möglich sagte ich: „Mr Bloom ist ein Experte für Uhren. Sie können ihm vertrauen." Sie sah mir in die Augen, und obwohl ich sie nicht mit meiner Magie manipulieren wollte, sprach ich einen kleinen Beruhigungszauber. Den brauchte ich, ehrlich gesagt, für mich selbst genauso wie für sie auch.

Ihre Schultern, die sie fast bis an die Ohren hochgezogen hatte, senkten sich auf Normalmaß, und ihre Lippen hörten auf zu zittern. „Bestimmt bin ich töricht. Sie sieht nur ... so ähnlich aus wie auf dem Gemälde."

Ich wusste, dass Harry Bloom sie befragen wollte, also warf ich ihm einen warnenden Blick zu. Die meisten Fragen, die er ihr stellen wollte, würden mir mit ziemlicher Sicherheit auch einfallen. „Wo haben sie sie denn gefunden?"

Sie stieß einen Seufzer aus. „Wissen Sie noch, wie ich Ihnen erzählt habe, dass ich ein paar seiner alten Sachen mitgenommen habe, um sie am Antiquitätenstand zu verkaufen?"

„Ja, sicher."

„Er war ziemlich sauer auf mich, und als er sagte, er wolle nicht, dass die Sachen verkauft würden, gab ich ihm natürlich die Schachtel zurück, damit er sie nach Hause mitnehmen konnte. Erst heute kam mir der Gedanke, dass wir diese Dinge, wenn sie ihm wichtig sind, etwas besser zur Geltung bringen könnten. Ich dachte, ich könnte eine kleine Vitrine besorgen, also holte ich die Schachtel, um mir den Inhalt genauer anzusehen, und da sah ich die Uhr."

„War die Uhr in der Schachtel gewesen, als Mr Beasley sie am Antiquitätenstand von Ihnen zurückhaben wollte?"

Sie schüttelte den Kopf. Zwischen ihren Augenbrauen war eine Sorgenfalte zu erkennen. „Nein. Es waren nur ein paar alte Bleisoldaten und uraltes Holzspielzeug und, ich weiß nicht, was, ich hätte es als wertloses Zeug bezeichnet. Ich bin sicher, dass keine Uhr dabei war."

„Aber heute war eine dabei?"

Die Sorgenfalte vertiefte sich. „Ich sollte sie Ihnen wohl besser zeigen."

Wir folgten ihr ins Esszimmer, und dort lag die silberne Taschenuhr auf dem Esstisch. Sie hatte das Licht im Esszimmer eingeschaltet, so dass es klar war, dass sie hierhergekommen war, um die Uhr mit der auf dem Gemälde zu vergleichen.

Ich trat näher heran und spürte erneut die düsterverzweifelte Stimmung in diesem Raum. „Darf ich?"

„Ja, bitte."

Ich nahm sie in die Hand. Sofort war mir klar, dass es dieselbe Uhr war, die Elizabeth mir an dem Tag gezeigt hatte, an dem sie getötet wurde. Trotzdem überprüfte ich sie sorgfältig. Ich klappte sie auf und sah mir die Prägezeichen an. Dann reichte ich die Uhr Harry Bloom. „Das ist genau die Uhr, die Elizabeth mir nur wenige Minuten vor ihrem Tod gezeigt hat."

KAPITEL 24

*E*iner Ohnmacht nahe, taumelte Mrs Beasley und ließ sich auf einen der Esszimmerstühle fallen. Sie sagte nichts, aber ich spürte ihren Schmerz, ihre Verwirrung und ihren Kummer genauso deutlich, als hätte sie geschrien, gewimmert und geweint. Ich wollte sie trösten, aber wie sollte ich das tun? Wir hatten gerade den Beweis erhalten, dass ihr Mann ein Mörder war. Alles, was ich ihr wirklich geben konnte, war die Bestätigung, dass sie das Richtige getan hatte.

„Sie haben das Einzige getan, was Sie tun konnten."

„Da muss ein Fehler vorliegen", sagte sie leise.

Der Fehler bestand wohl darin, dass Robert Beasley die Uhr wieder an dem Ort versteckt hatte, an dem er sie so viele Jahre lang aufbewahrt hatte.

Die Frau tat mir leid, ihr Schmerz war im Raum praktisch physisch zu spüren, aber Harry Bloom war sichtlich erfreut. Er war klug genug, nicht aufzuspringen und mit hoch gereckten Fäusten zu jubeln, aber so deutlich wie ich ihren Schmerz spüren konnte, spürte ich auch seinen Triumph.

Aber er war ein alter Hase und sagte nur: „Wir müssen die Polizei rufen."

Mrs Beasley ließ den Kopf in die Hände sinken, aber sie widersprach nicht. Ich zückte mein Handy, aber bevor ich jemanden anrufen konnte, sagte eine Stimme: „Was ist denn hier los?"

Als Robert Beasley das Esszimmer betrat, stieß seine Frau einen Laut aus, der klang, als wolle eine heisere Maus quieken. Wir waren wohl so sehr mit der Untersuchung der Uhr beschäftigt gewesen, dass ihn keiner von uns hatte kommen hören. Oder er war bewusst auf leisen Sohlen hereingeschlichen. Zweifellos hatte er meine Schuhe draußen gesehen und wusste genau, dass ich hier war.

Er warf einen Blick auf mich und dann sah er Harry Bloom. Sein Gesicht wurde hart. „Was machen Sie denn hier?"

Und dann fiel sein Blick auf die Uhr in Harry Blooms Hand. Bloom drehte sich um, und die beiden Männer standen sich gegenüber. Wir Frauen hätten genauso gut ganz woanders sein können, so viel Beachtung schenkten sie uns. Dies war ein sehr alter Zweikampf, und ich spürte die Aggression der beiden.

Harry Bloom sagte: „Diese Uhr suche ich schon sehr lange."

Robert Beasleys Gesicht wurde erst feuerrot und dann leichenblass. „Es ist nicht so wie es aussieht."

Der kultivierte, Petunien pflanzende, Tee kochende Herr im Ruhestand, mit dem ich den Tag verbracht hatte, war auf einmal verschwunden. Harry Bloom richtete sich auf, und seine Augen waren so stählern wie die von Ian Chisholm, wenn er einen Mörder verhaften wollte. „Nein? Dann sagen Sie mir mal, wie es aussieht."

Robert Beasley drehte sich zu seiner Frau um, die ihn mit großen, verängstigten Augen anstarrte. Er machte einen Schritt auf sie zu. „Liebling. Du glaubst doch wohl nicht, dass ich den einzigen Vater, den ich je kannte, umgebracht habe?"

Ihre Stimme war kaum mehr als ein Flüstern. „Woher kommt dann die Uhr?"

„Ich habe sie gefunden", sagte er mit gesenktem Blick, wie ein Teenager, der bei etwas Unrechtem ertappt wurde.

„Sie haben sie gefunden?" Harry Blooms Stimme triefte vor Sarkasmus. „Ihr Vater hatte sie niemals aus den Augen gelassen oder aus der Hand gegeben. Ich kann nur vermuten, dass Sie sie gefunden haben, als Sie ihn zu Tode prügelten."

Uns alle schauderte es, als er den Mord so brutal beschrieb. Robert Beasley griff nach der Hand seiner Frau, aber sie entzog sie ihm, bevor er sie berühren konnte, und umklammerte ihre Finger in ihrem Schoß.

Er sah so traurig aus. „Nein. Ich habe sie unter dem Rost gefunden. Da." Er deutete auf den Kamin im Esszimmer, unter dem Bild seines toten Stiefvaters. „Monate später, nachdem er tot war. Aus verständlichen Gründen benutzten wir das Esszimmer kaum. Aber Mutter hatte beschlossen, ein Abendessen zu veranstalten. Ich habe den Rost sauber gemacht, und da lag sie."

Harry Bloom schien nicht überzeugt. „Das ist ja eine rührende Geschichte. Warum haben Sie sich nie die Mühe gemacht, es jemandem zu sagen?"

Robert Beasley wich zurück, bis er an dem schweren Kaminsims lehnte. „Weil wir zu diesem Zeitpunkt bereits das Geld von der Versicherung bekommen hatten. Diese Uhr war eine ganze Menge Geld wert. Wenn ich zugegeben hätte, dass ich die Uhr gefunden habe, hätte ich der Versicherung das Geld zurückgeben müssen, aber am schlimmsten wäre es gewesen, dass man mir genau solche Fragen gestellt hätte, wie Sie sie mir jetzt stellen." Er sah aus wie jemand, der am Ende seiner Kräfte war. „Ich habe meinen Stiefvater nicht getötet. Aber diese Uhr hatte einen hohen Erinnerungswert. Ich hätte sie gerne als Andenken getragen, aber das konnte ich ja nicht. Also habe ich sie in meiner Schachtel mit alten Schätzen aus der Kindheit aufbewahrt. Manchmal, wenn meine Frau nicht da war und ich keinen Besuch erwartete, habe ich sie getragen. Zum Trost."

Bloom nahm ihm das nicht ab. „Und dann hat Ihre Frau sie gefunden, und auch die Schachtel mit dem, was sie die Schätze aus Ihrer Kindheit nennen, und hat all diese Dinge beim Dorffest am Antiquitätenstand zum Verkauf angeboten."

Wir alle wussten, dass das wahr war, und Robert Beasley nickte. Jetzt schien er nicht mehr so selbstsicher zu sein. Er starrte auf den Boden und bog mit der Schuhspitze die Kante des indischen Teppichs aus der Kolonialzeit um.

„Und Elizabeth Palmer hat diese Uhr gekauft", fuhr Harry Bloom fort.

Er hielt den Kopf gesenkt und nickte erneut.

„Elizabeth hat Lucy diese Uhr gezeigt. Sie war ganz aufgeregt. Sie wollte sie ihrem Mann zum fünfundzwanzigsten Hochzeitstag schenken. Das ist die Silberhochzeit", sagte er oberlehrerhaft, als ob Robert Beasley das möglicherweise nicht wüsste.

„Und dann, nur wenige Minuten nachdem sie Lucy die Uhr gezeigt hatte, wurde sie von einem Pfeil ins Herz getroffen. Gehe ich recht in der Annahme, dass Sie ein ziemlich guter Bogenschütze sind, Mr Beasley?"

Nun hob er den Kopf. „Ja, wie die Hälfte aller anderen Leute hier im Bezirk ebenfalls. Warum sollte ich denn Elizabeth wegen einer Uhr töten? Sie war eine nette Frau. Ich hätte zu ihr gehen und ihr die Situation erklären können. Sie hätte mir erlaubt, sie von ihr zurückzukaufen. So jemand war sie."

„Und doch wurde diese Uhr nicht bei Elizabeths Leiche gefunden. Vielleicht können Sie mir erklären, wieso sie wieder bei Ihnen ist?"

Einen Moment lang war es entsetzlich still. Harry Bloom fuhr fort: „Weil Sie Elizabeth mit dieser Uhr gesehen haben. Sie hat offensichtlich allen ihre neue Errungenschaft gezeigt. Mit Sicherheit hätte irgendjemand die Uhr irgendwann erkannt, also sind Sie unauffällig hierher zurückgekommen, haben sich Pfeil und Bogen geholt und sind die enge Landstraße hinunter zum Gemeindehaus gegangen. Es war nicht zu erwarten, dass Sie jemand sehen würde. Es waren ja alle auf dem Fest. Sie sind in den zweiten Stock geschlichen, von wo aus Sie einen freien Blick auf den Dorfanger hatten, und haben gewartet. Elizabeth brauchte nur in Sichtweite zu kommen, dann hätten Sie sie in ihrer Schusslinie gehabt."

„Nein."

„Nach dem Mord wäre es auf jeden Fall zu einem Chaos und allgemeiner Panik gekommen, da konnten Sie Ihren Bogen an einem Ort verstauen, wo Sie ihn später hätten abholen können, und dann zum Jahrmarkt rüber laufen, neben der Leiche auf die Knie fallen, so tun, als seien Sie einer ihrer besorgten Freunde, und ihr die Uhr abnehmen."

„Ich sage Ihnen, ich habe sie nicht umgebracht. So etwas

hätte ich nie getan." Er sah noch einmal seine Frau an, aber sie hielt sich die Hände vors Gesicht. „Also gut. Ich habe Elizabeth mit dieser Uhr gesehen. Ich hatte vor, in aller Ruhe mit ihr zu sprechen und sie zu fragen, ob ich sie zurückkaufen könnte. Bevor sich eine Möglichkeit dazu ergab, wurde sie umgebracht." Sein Blick fiel wieder auf den Teppich. „Ich gebe zu, dass ich auf das, was dann passierte, nicht stolz bin. Die Uhr war in einer Papiertüte. Als sie von dem Pfeil getroffen wurde, war ihr die Tüte aus der Hand gefallen. Ich habe nicht einmal nachgedacht. Es gab nichts, was ich für Elizabeth hätte tun können. Sie hätte die Uhr nicht mehr gebraucht. Die arme Frau hätte ihren Hochzeitstag nie feiern können. Die Uhr gehörte mir sowieso. Meine Frau hatte sie versehentlich am Antiquitätenstand ausgestellt. Ich wollte nur mein eigenes Eigentum zurück."

„Abgesehen davon, dass diese Uhr das Beweisstück ist, das Sie mit dem Mord an Ihrem Stiefvater in Verbindung bringt. Und nun zum Mord an Elizabeth Palmer."

„Nein! Ich habe es Ihnen doch gesagt. Ich habe die Uhr unter dem Rost gefunden. Sie muss bei dem Kampf mit dem Einbrecher dahingefallen sein."

„Robert. Sie hatten dreißig Jahre Zeit, sich eine Geschichte auszudenken. Etwas Besseres ist Ihnen nicht eingefallen?

„Es ist die Wahrheit."

„Nun, ich glaube Ihnen nicht. Und ich bezweifle sehr, dass ein Richter und eine Jury Ihnen glauben werden."

Mrs Beasley begann lautlos in ihre Hände zu schluchzen. Ich erinnerte mich an die Karte, die ich gesehen hatte. „Ihnen gehört das Grundstück, auf dem das Haus von Jason und Elizabeth steht, stimmt's?"

Alle schauten jetzt zu mir. Ich nehme an, es war ein etwas drastischer Themenwechsel, aber irgendwie war ich mir sicher, dass es relevant war. Es hatte mir in den Fingern gekribbelt, als ich die Karte gesehen hatte.

„Ja. Sie waren nette Leute."

„Haben Sie versucht, sie als Pächter loszuwerden? Waren sie mit der Pacht im Rückstand?"

„Das verstehen Sie nicht. Ihnen gehört das Haus. Ich besitze nur das Land, auf dem es steht, nach altem Recht. Ich könnte sie als Pächter nicht loswerden, selbst wenn ich es wollte. Und ich würde es auch nicht wollen. Sie waren nette Leute."

Auf meine zweite Frage hatte er nicht geantwortet. „Wir wissen, dass Jason in großen finanziellen Schwierigkeiten steckte. Hatte er aufgehört, die Pacht zu zahlen?"

Er zuckte die Achseln. „Ich hatte die Pacht seit Jahren nicht mehr erhöht. Das machte aber nichts. Nach dem Tod meines Vaters habe ich Land an jeden verkauft, der es haben wollte. Ich bin ja kein Feudalherr. Ziemlich viele unserer Nachbarn wollten ihr Land kaufen. Meist war die Entscheidung einfach, etwas schwierig war es nur, die Felder an einen Bauträger zu verkaufen, der diese Parzelle dabei haben wollte. Wahrscheinlich hätte ich sie ihm nicht verkauft, wenn es nicht ein Einheimischer gewesen wäre. Vater hätte sich im Grab umgedreht. Aber" – und jetzt hob er den Blick, um das Porträt von Grayson Timmins zu betrachten, der grimmig zurückstarrte – „er war ein Mann, der sich von der Vergangenheit leiten ließ. Er wollte, dass alles so blieb, wie es immer war. Er hätte nie etwas von dem Land verkauft. Und Landbesitzern, die ihren Besitz erweitern oder Nebengebäude errichten wollten, verweigerte er die Erlaubnis.

Er wollte, dass unser Dorf friedlich bleiben sollte, und so, wie es immer war, als befänden wir uns noch im neunzehnten Jahrhundert. Er hätte wohl auch die Eisenbahn nicht genehmigt, wenn es in seiner Macht gestanden hätte, die Entwicklung aufzuhalten. Aber als sie gekommen war, wollte er immer dafür sorgen, dass die Züge pünktlich fuhren." Er schüttelte den Kopf. „Aber man kann den Fortschritt nicht aufhalten. Außerdem wurden die Steuern immer höher, und mit seinem Tod fielen Erbschaftssteuern an. Es war viel sinnvoller, die Felder zu verkaufen, um sie aufzuteilen, damit mehr Menschen in die Gegend kämen, und, wie ich schon sagte, war ich nur zu gerne bereit, Land an die Einheimischen zu verkaufen, die seit Jahrhunderten dort ihre Häuser und Bauernhöfe hatten."

Weil ich nicht wusste, was ich sonst sagen sollte, sagte ich: „Sie müssen eine Menge Geld verdient haben."

„Ich hoffe, ich war vernünftig. Das habe ich versucht. Aber ja, wir können schon seit Jahren gut von den Investitionen leben."

Harry Bloom übernahm das Gespräch. „Das ist alles sehr interessant, Mr Beasley. Vielleicht würden Sie das alles ja gern auf der Wache wiederholen."

Er sah aus wie ein kleiner Junge, der etwas angestellt hatte und dabei ertappt worden war. „Auf der Wache? Wollen Sie mich verhaften?"

„Ich kann niemanden mehr verhaften." Ich glaube, er war ziemlich enttäuscht, dass er das sagen musste. „Aber ich glaube, die Kripo würde sehr gerne hören, wie Sie in den Besitz dieser Uhr gekommen sind."

Robert Beasley blickte wild zum Fenster, und ich fragte mich, ob er versuchen würde, sich aus dem Staub zu machen, doch dann sackten seine Schultern zusammen. „Okay."

Harry Bloom sagte: „Mrs Beasley? Darf ich Ihr Telefon benutzen?"

Sie konnte immer noch nichts sagen. Sie nickte.

Ich wollte weg. Ich wollte wirklich gehen. Ich wollte nicht, dass die Polizei mich hier fand; das würde zu viele unangenehme Fragen aufwerfen. Vor allem, wenn Ian Chisholm auftauchen würde, was wahrscheinlich geschehen würde, da er in dem ungeklärten Fall ermittelte. Aber wie könnte ich die arme Mrs Beasley hier allein lassen? Sie hatte das Richtige getan, sie hatte Mut bewiesen, indem sie mich anrief, und vielleicht bereute sie es jetzt. Sie hatte nicht damit gerechnet, dass ich mit dem ehemaligen Inspektor kommen würde, der ihren Mann so schnell der Polizei ausliefern würde.

Also wartete ich mit ihr. Am Ende kam nicht Ian, sondern DI Thomas. Es schien ihn nicht zu stören, dass ich da war. Er interessierte sich mehr für Harry Bloom und Robert Beasley. Nachdem der ehemalige Inspektor seine Theorie dargelegt hatte, wurde Robert Beasley abgeführt.

„Oh, was habe ich nur getan?", schluchzte Florence und vergrub ihren Kopf erneut in ihren Händen.

„Das Richtige", versicherte ich ihr. Allerdings hatte die Geschichte ihres Mannes etwas sehr Aufrichtiges an sich. Doch gute Lügner konnten immer aufrichtig klingen.

KAPITEL 25

m nächsten Tag im Laden war Violet richtig gut gelaunt. Seit ich im Einzelhandel tätig war, hatte ich festgestellt, dass ein gut gelaunter Verkäufer viel mehr verkaufte als ein mürrischer mit schlechter Laune. Violet verkaufte fast doppelt so viel wie sonst, und das sorgte auch bei mir für gute Laune.

Über eines musste ich jedoch weiter nachgrübeln: Die Möglichkeit, dass Robert Beasley die Wahrheit gesagt hatte. Okay, ich gebe zu, dass es nicht sehr wahrscheinlich war, aber was wäre, wenn er die Uhr tatsächlich unter dem Rost gefunden hätte? Was wäre, wenn Jason Palmer wegen mir und meiner Einmischung ungestraft mit einem Mord davonkäme?

Dieser Gedanke quälte mich so sehr, dass ich zu Harry Bloom zurückfuhr und ihn bat, mir eine Kopie der Karte zu machen. Er schüttelte den Kopf. „Lucy, Sie haben den Fall gelöst."

„Aber halten Sie es denn nicht für möglich, dass Robert Beasley die Wahrheit sagt?"

Er warf mir einen Blick zu und schüttelte den Kopf. „Nein. Ehrlich gesagt nicht."

Ich hatte ihn beim Gießen seiner frisch gepflanzten Petunien angetroffen. Als er damit fertig war, sagte er: „Na, dann kommen Sie."

Ich folgte ihm in sein Büro. Er hatte zwar einen Fotokopierer in der Ecke stehen, aber nachdem er sich seine Akte kurz angesehen hatte, nahm er sie in die Hand und reichte sie mir. „Bringen Sie das einfach zurück, wenn Sie fertig sind. Ich glaube nicht, dass ich die Akte noch einmal brauche. Ich bewahre diese Dinge einfach gern für die Nachwelt auf."

„Meinen Sie wirklich nicht, dass auch nur die geringste Möglichkeit besteht, dass Robert Beasley die Wahrheit gesagt haben könnte?"

„Natürlich besteht immer eine winzige Möglichkeit. Es ist nicht unsere Aufgabe, über sie zu richten. Lucy, unsere Aufgabe ist es, genügend Beweise zu sammeln, damit ein Richter und die Geschworenen, natürlich mit Hilfe von teuren Anwälten und Rechtsbeiständen, die Fakten erörtern und sich bemühen können, ein gerechtes Urteil zu sprechen."

„Aber vor zwei Tagen waren wir überzeugt, dass Jason Palmer seine Frau umgebracht hat."

„Und vielleicht hat er das auch. Und vielleicht hat Robert Beasley seinen Stiefvater getötet."

„Zwei Morde durch zwei verschiedene Mörder?", fragte ich.

„Oder Robert Beasley hat sie beide getötet. Wie ich bereits sagte, haben wir unsere Arbeit getan."

Er schien zu vergessen, dass meine Arbeit darin bestand, ein Strickwarengeschäft zu führen. Dieser Zweitjob, den ich hier ausübte, war eindeutig eine Nebenbeschäftigung, und ich war mir nicht ganz sicher, ob ich darin besonders gut war. Und auch nicht, ob er sich in seiner Meinung nicht durch die dreißig Jahre Frustration beeinflussen ließ.

Ich hatte jedoch keine Lust, länger hierzubleiben und mit vielleicht mit ihm streiten zu müssen, falls er den wertvollen Ordner doch behalten wollte. Ich bedankte mich bei ihm und kehrte in meinen Laden zurück. Den Ordner brachte ich nach oben. Da ich am Abend zum Freitags-Stricktreffen auf Joannas Farmhaus musste und Scarlett den Nachmittag über im Laden aushalf, zog ich mich für ein paar ruhige Stunden nach oben zurück.

Meine Großcousine Violet mochte ich sehr gern, aber ich wäre wirklich froh gewesen, wenn sie wieder weg gewesen wäre und ich das Haus wieder für mich allein gehabt hätte. Wenn man einmal von den Vampiren absah, die hier ein und auszugehen schienen, als wäre dies ihr Clubhaus.

Ich öffnete die Mappe und begann, jedes einzelne Blatt noch einmal durchzugehen. Ich wusste, dass Harry Bloom recht hatte und dass es ein sehr effizientes Justizsystem gab, aber ich wusste auch, dass die Justiz blind ist. Ich hingegen hatte zwei sehr gute Augen, und ich war entschlossen, sie zu benutzen, damit nicht der Falsche für einen Mord verurteilt wurde, den er nicht begangen hatte. Wenn dann auch noch der Richtige verurteilt würde, wäre das umso besser.

KAPITEL 26

*I*ch saß über die Karte gebeugt, als könnte sie Geheimnisse preisgeben, wenn ich sie nur lange genug anstarrte. Aber es war wie ein geometrisches Rätsel. Und in Geometrie war ich nie gut gewesen. Ich weiß nicht, wie lange ich die Karte noch mit dem Gefühl betrachtet hätte, es wäre mir etwas entgangen, wenn nicht Nyx aufgesprungen wäre und mir ins Gesicht miaut hätte. Das riss mich aus meiner Träumerei und ließ mich auf die Uhr schauen. Zeit zum Abendessen.

Ich stand auf und streckte meinen schmerzenden Rücken, öffnete eine Dose von ihrem Lieblingsthunfisch und gab ihn in den Fressnapf, dann gab ich ihr frisches Wasser. Während sie genüsslich vor sich hin mampfte, beschloss ich, eine gute Großcousine zu sein und für Violet und mich Abendessen zu machen. Ich war nicht die beste Köchin der Welt, aber ich dachten mir, etwas Einfaches könnte ich hinbekommen. Ich öffnete das Gefrierfach und starrte hinein.

Da waren die gefrorenen Lachsfilets, die ich neulich

gekauft hatte, als ich meinte, mich gesünder ernähren zu müssen. Natürlich müssten die erst aufgetaut werden, und ich hatte nicht viel Zeit.

Ich schloss das Gefrierfach wieder und öffnete den Kühlschrank. Darin sah es ziemlich trostlos aus, es sei denn, wir wollten Eier, Joghurt und Brokkoli zum Abendessen. Vielleicht würde es mir guttun, einkaufen zu gehen. So bekäme ich etwas frische Luft und könnte frische Lebensmittel oder, noch besser, diese wunderbare Erfindung, ein Fertiggericht, kaufen.

Als ich mich zum Gehen bereit machte, klingelte mein Summer, und zu meiner Überraschung war es Rafe. Ich ließ ihn herein, und zu meiner Freude hatte er eine isolierte Lebensmitteltüte dabei. So eine, wie sie von Lieferdiensten genutzt wurde, nur dass diese viel schöner war, vermutlich war sie für gehobene Picknicks gedacht.

„Das ist ja eine Überraschung."

Ebenso wie der köstliche Duft, der aus der Essentüte strömte.

„William glaubt, dass du nicht richtig isst."

Ich war sofort beleidigt und sagte ihm, dass ich in diesem Moment Lachsfilets im Gefrierfach und Brokkoli im Kühlschrank hatte. Ich protestierte aber nicht sehr laut, denn das Letzte, was ich wollte, war, dass er mir dieses köstlich duftende Essen wieder wegnähme.

Er schenkte mir ein angedeutetes Lächeln, was ich immer als seinen Versuch interpretierte, mich nicht direkt auszulachen. „William brauchte eigentlich nur einen Vorwand, um zu kochen. Er weiß, dass deine Großcousine bei dir ist, es reicht also für zwei."

Es war nett von Rafes Butler, an uns zu denken, und nett

von Rafe, uns das Essen zu bringen. „Willst du bleiben und dich uns anschließen?"

„Danke. Ich habe schon gegessen."

Er trug das Essen in die Küche und stellte die Tüte auf den Tresen. Ich öffnete sofort den Reißverschluss, um zu sehen, was sich darin befand. Als ich den Deckel öffnete, wurden die köstlichen Düfte noch köstlicher. „Das riecht ja fantastisch."

Er beugte sich über die Tasche, und seine empfindliche Nase bebte. „Es ist ein Coq au vin. Und ich werde mit William ein Wörtchen darüber reden müssen, dass er den guten Burgunder für Hühnereintopf verwendet."

Der Typ war unglaublich. „Du willst mich wohl auf den Arm nehmen. Du kannst doch nicht allen Ernstes riechen, was für einen Wein er verwendet hat?"

Daraufhin sah er ziemlich beleidigt aus. „Natürlich kann ich das. Ich habe einen ausgezeichneten Geruchssinn. Und außerdem einen ausgezeichneten Gaumen." Er schloss die Augen und sagte: „Die Kräuter sind Estragon, Rosmarin, Petersilie und Thymian aus dem Gemüsegarten. Ich glaube, William hat den Knoblauch selbst gepflanzt. Die Champignons, die Zwiebeln und der Sellerie kommen natürlich vom Markt. Und es ist ein Bio-Hähnchen."

„Im Ernst, jetzt machst du dich wirklich über mich lustig."

Er schaute auf mich herab, und seine Augen funkelten. „Wirklich?"

Es kam mir vor, als ginge es jetzt nicht mehr ums Essen und ich spürte Schmetterlinge im Bauch. Rafe berührte mich auf eine tiefe und elementare Weise. Eines Tages würde ich herausfinden, wie ich mit dieser starken Anziehung umgehen sollte. Aber nicht heute.

Rafe hievte die schwere Le Creuset-Auflaufform aus der Tasche und schob sie in den Ofen, den ich auf niedrige Hitze stellte. Außer dem Hähnchen enthielt die Tasche eine Schüssel Bratkartoffeln, ein frisches Brot, einen Salat und eine halbe Flasche Wein. Und es lag ein Zettel dabei.

Liebe Lucy,

Bitte nehmen Sie es mir nicht übel. Meine Talente sind bei Rafe wirklich verschwendet. Genießen Sie diese schlichte Mahlzeit.

Prost, William

P.S. Sagen Sie Rafe, für einen guten Koch ist die Grundregel, dass man niemals mit einem Wein kochen sollte, den man nicht trinken würde.

Während ich in der Küche herumhantierte, schlenderte Rafe zu der Karte, die ich auf dem Esstisch ausgebreitet hatte. „Ich habe gehört, dass du die verschwundene Taschenuhr gefunden hast. Gut gemacht, Lucy."

„Ich würde ja gerne die Lorbeeren dafür einheimsen, aber Mrs Beasley hat sie gefunden." Sie ist erschrocken und hat mich angerufen."

„Ich kann mir vorstellen, dass es beunruhigend ist, wenn man erfährt, dass der Mensch, den man liebt, wahrscheinlich ein Mörder ist."

Bevor ich ihm von meiner Vermutung erzählen konnte, dass Robert Beasley vielleicht doch die Wahrheit sagte, kam Vi die Treppe hinauf und schnupperte. „Was duftet denn hier so gut?"

„Rafe und William haben uns ein Abendessen spendiert."

„Fabelhaft. Können wir bald essen? Sylvia hat vorgeschlagen, ich sollte heute Abend an deiner Stelle mitkommen und ihr beim Unterricht helfen."

Ich dachte daran, warum sie überhaupt bei mir eingezogen war. „Bist du sicher, dass das klug wäre?"

Sie legte den Kopf zur Seite und sah ausgesprochen selbstzufrieden aus. „Lucy. Die Morde sind aufgeklärt worden. Deshalb meint Sylvia, dass ich heute Abend kommen sollte. Niemand wird mich mehr beschuldigen, eine Hexe zu sein. Und wenn sie sehen, dass ich ihnen beim Stricken helfe, werden wir wieder Freundinnen sein."

Ich vermutete, dass Sylvia an etwas dran war. Außerdem könnte ich mich, wenn ich heute Abend nicht zum Strickkurs müsste, später in die Akte von Harry Bloom vertiefen. Vielleicht hatte Robert Beasley seinen Stiefvater getötet und dann Elizabeth ermordet, um die Uhr zurückzubekommen. Vielleicht hatte er aber auch nur Grayson Timmins getötet und Jason Palmer war der Mörder von Elizabeth.

Ich hatte einfach so ein Gefühl, dass irgendetwas nicht stimmte. Oder vielleicht wollte ich mich nur vor dem Strickkurs drücken und tat einfach so, als wüsste ich, was ich tue. „Das ist sehr klug von Sylvia. Versprich mir, dass du niemanden verzauberst, auch wenn ich weiß, dass du es gerne tun würdest."

Sie lachte. „Genau das hat Sylvia auch gesagt. Versprochen."

Als sie ging, half Rafe mir beim Abwasch, was ich sehr nett fand, da er ja nichts gegessen hatte. Er hatte allerdings ein Glas von dem guten Wein getrunken.

Meine Gedanken schweiften zurück zum Vorabend. „Es

überzeugt mich nicht. Ja, ich weiß, die Beweise sind erdrückend, aber er hat gesagt, dass er die Uhr einige Monate nach dem Mord unter dem Kaminrost entdeckt hat. Er hätte das nicht gemeldet, weil er natürlich wusste, dass Harry Bloom und die Polizei hinter ihm her waren, aber auch, weil er das Geld von der Versicherung bereits bekommen hatte. Okay, das macht ihn nicht gerade zum Tugendbold, aber eine Versicherungsentschädigung nicht zurückzugeben und Mord sind zwei sehr verschiedene Dinge."

„Aber dann hat er Elizabeth Palmer die Uhr weggenommen. Es wäre doch eine logische Annahme, dass er sie ermordet hat, damit nicht herauskommt, dass er die Uhr all die Jahre über in seinem Besitz hatte. In einem Dorf wie Moreton-Under-Wychwood, wo jeder über alles Bescheid weiß, hätte garantiert jemand die Uhr wiedererkannt. Das Porträt von Grayson Timmins hing ja für alle sichtbar im Esszimmer", sagte Rafe.

„Da hast du recht!" Warum hatte ich daran bloß nicht daran gedacht? „Warum hätte er das Gemälde überhaupt dort hängen lassen sollen?" Ich trocknete meine nassen Hände ab und ging ins Wohnzimmer. Rafe folgte. „Wenn Robert Beasley seinen Stiefvater ermordet und die Uhr behalten hätte, hätte er das Gemälde dann nicht vielmehr irgendwo versteckt?"

„Wer weiß? Wenn er so von Hass besessen war, dass er den Mann ermordet und die Uhr als Andenken aufgehoben hatte, dann wollte er sich das Bild vielleicht jeden Tag als Erinnerung an seine Gewalttat ansehen."

Ich erschauderte. „Oder er war es nicht."

Anders als Harry Bloom war Rafe zumindest offen für andere Möglichkeiten. „Also gut. Wenn Robert Beasley seinen Vater und Elizabeth nicht getötet hat, wer war es dann?"

Das war der springende Punkt. Mir fiel dazu absolut nichts ein. Ich setzte mich an den Esstisch und starrte auf die Karte, wie ich es schon den ganzen Tag über immer wieder getan hatte. Rafe saß mir gegenüber. Nyx, die sich immer freute, Rafe zu sehen, sprang auf seinen Schoß und entschied dann, dass seine Seidenkrawatte, die aussah wie von Hermes, in Wirklichkeit ein Katzenspielzeug war.

Sie begann, mit ihrer Pfote gegen die Krawatte zu schlagen, bis er sie lachend hochhob und auf den Boden setzte. Meine Katze wollte jedoch nicht einfach ignoriert werden. Sie kam zu mir, sprang auf meinen Schoß, und da ich keine Designerkleidung trug, die sie ruinieren konnte, sprang sie auf den Tisch.

„Nyx", schimpfte ich. „Du weißt, dass du nicht auf den Tisch darfst." Wir schienen ständig im Clinch darüber zu liegen, wer in diesem Haushalt das Sagen hatte. Ich versuchte zu argumentieren, dass ich die Hausherrin war, aber wir wussten beide, dass das nicht stimmte. Meinen Versuchen, sie auf meinen Arm zu nehmen, wich sie mühelos aus und spazierte stattdessen leichtfüßig in die Mitte der Karte. Dort setzte sie sich hin, den am Ende leicht zuckenden Schwanz um sich geschlungen. Dann starrte sie auf die Karte, als wäre diese ein Goldfischteich, in dem sie die Bewegungen einiger fetter, lecker aussehender Koi-Karpfen verfolgte.

Sie war so bezaubernd, dass ich es nicht übers Herz brachte, sie hinunterzuschieben. Dann sah sie mich an, und ihre Augen blinzelten und öffneten sich, als ob sie versuchte, mit mir zu kommunizieren. Hatte sie Hunger, Durst, war ihr zu heiß oder wollte sie sich, wie Rafe, nur über mich lustig machen?

Sie streckte ihre Pfote vor und tippte auf eine Stelle der Karte. Diese lag in einem Gebiet außerhalb des Dorfes. Nicht in der Nähe von Elizabeths Haus oder dem der Beasleys.

Sie sah zu mir auf, und ich schwöre, dass sie mit den Augen rollte. Dann tippte sie noch einmal auf dieselbe Stelle, dieses Mal sehr entschieden.

Ich starrte erneut auf die Karte und sah sie jetzt mit anderen Augen. Ich stieß einen Schrei aus. „Nyx, du bist so eine kluge Katze."

Sie gähnte und ihr Atem hüllte mich in eine Thunfischwolke ein. Offenbar war Rafe meinen Gedankengängen gefolgt. Unsere Blicke trafen sich, und ich sagte: „Wir müssen zu Jason."

Er nickte. „Ich fahre."

Ich musste mir nur kurz die Zähne putzen und meine Tasche holen, dann rannte ich mit einem letzten Klaps für Nyx zur Tür hinaus. Ich war sehr froh, diese Straßen nicht im Dunkeln fahren zu müssen, sondern mich von Rafe kutschieren lassen zu können.

Als wir am Haus der Palmers ankamen, sah ich, dass Licht brannte, aber es dauerte eine Ewigkeit, bis Jason die Tür öffnete. Er sah zerzaust aus und hatte sein Hemd falsch zugeknöpft. „Ich bitte um Entschuldigung. Habe ich Sie aufgeweckt?"

Er sah sehr unbehaglich aus. „Nein. Ganz und gar nicht. Lucy, nicht wahr?" Er versuchte, ein professionelles Lächeln aufzusetzen. Es sah so aus, als hätte ihn der Mordverdacht wirklich umgehauen. „Sie sind bestimmt wegen des Autos gekommen. Es war eine gute Idee, mich zu Hause abzupassen."

Rafe sagte sanft: „Wir hätten ein paar Fragen. Dürfen wir reinkommen?"

„Selbstverständlich."

Ich ging ins Wohnzimmer und entdeckte, warum sein Haar zerzaust und sein Hemd falsch geknöpft war. Nora saß auf dem Sofa, wirkte ebenfalls etwas zerzaust und versuchte, unbeteiligt zu wirken. Auf dem Couchtisch stand eine Flasche Rotwein mit zwei teilweise gefüllten Gläsern.

Es wäre amüsant gewesen, sie in flagranti zu ertappen, wenn ihre beste Freundin bzw. seine Frau nicht erst kürzlich ermordet worden wäre. Jason sagte Nora, wir wäre wegen eines Autos vorbeigekommen, aber das schien sie nicht zu überzeugen. Misstrauisch blickte sie auf mich. Kluge Frau.

Sie fragte: „Warum sind Sie nicht beim Strickkurs?"

Ich hätte ihr die gleiche Frage stellen können, aber ich sagte ihr, dass meine Aushilfe für mich eingesprungen war.

Rafe blieb an der Tür stehen und überließ mir die Befragung. Es fiel mir kein diplomatischer Einstieg ein, also platzte ich gleich mit meiner eigentlichen Frage heraus. „In Wirklichkeit sind wir nicht wegen eines Autos hier. Ich möchte wissen, wer Ihnen Geld geliehen hat, nachdem die Banken Ihnen den letzten Kredit verweigert haben."

Wutentbrannt sprang Nora auf. „Das geht Sie gar nichts an, Sie neugieriges ..."

Jason war nicht so schnell beleidigt. Er wusste genau, dass die Polizei Beweise gegen ihn sammelte, in der Hoffnung, ihn für den Mord an seiner Frau festnehmen zu können. „Was hat das mit Ihnen zu tun? Ich versichere Ihnen, das Autohaus ist sicher. Sie bekommen Ihr Auto."

„Jason, ich versuche, Ihnen zu helfen."

Nora sah aus, als wolle sie mich hinauswerfen. Wenn Rafe nicht dagestanden hätte, hätte sie es vielleicht versucht. „Trau ihr nicht, Jase. Denk daran, dass sie als Letzte mit Elizabeth gesprochen hat, bevor sie starb."

„Nora, geh bitte und mach uns einen Kaffee, ja?"

Sie blitzte uns alle wütend an, bevor sie aus dem Zimmer stapfte.

Er fuhr sich mit der Hand durch die Haare, aber seine Frisur war so unordentlich, dass es nicht wirklich einen Unterschied machte. Ich vermutete, dass es sich eher um eine nervöse Geste handelte als um den Versuch, sein Haar zu glätten. Er wies auf den Wein. „Ich weiß, das macht keinen guten Eindruck, aber ..."

„Ihr Liebesleben und Ihre Moral sind mir ganz egal. Ich versuche, die Wahrheit herauszufinden."

Ihm fiel die Kinnlade hinunter und er starrte mich an, als könne er nicht glauben, dass ich ihm diese Worte ins Gesicht gesagt hatte. „Woher wissen Sie, dass ich einen Kredit brauchte?"

Rafe hatte mir die schwierige Frage überlassen, also schob ich ihm ebenfalls einen unangenehmen Teil zu. „Rafe wollte nicht, dass ich eine Anzahlung für ein Auto leiste, ohne ihr Geschäft vorher unter die Lupe genommen zu haben. Er hat Quellen. Es stimmt doch, dass Sie in finanziellen Schwierigkeiten gesteckt haben, oder? Und dass die Bank Ihnen kein Geld mehr geben wollte und Sie sich privat finanzieren mussten?"

Langsam nickte er. Er starrte Rafe an. Jeder in der Gegend musste wissen, dass er reich war. Vielleicht dachte Jason, Rafe wolle ihm aus der Patsche helfen oder sein Geschäft kaufen oder so. Je länger wir ihn in diesem Glauben ließen, dachte ich mir, desto eher würde er kooperieren.

„Wir müssen wissen, wer Ihnen den Kredit gewährt hat und wie hoch er war."

Er warf einen Blick in den Flur, als wollte er sich vergewissern, dass Nora uns nicht hören konnte. „Also, das ist ziemlich peinlich. Nora weiß nichts davon."

Wir warteten.

Und dann seufzte er tief und sagte es uns.

Manchmal kann es wirklich unangenehm sein, recht zu haben.

KAPITEL 27

*R*afe fuhr so schnell rückwärts aus der Einfahrt, dass der Kies wegspritzte. Er raste zurück ins Dorf, als wäre er in der letzten Runde des Grand Prix.

Wir kamen zum Dorf, wo ein alter Mann mit seinem arthritisgeplagten Hund an der Leine dabei war, die Hauptstraße zu überqueren. In der Zeit, die die beiden zum Überqueren der Straße brauchten, hätte ein Gletscher schmelzen können. „Komm schon, komm schon", zischte Rafe leise.

Schließlich erreichten sie die andere Straßenseite, und wir fuhren weiter. An dem Schild mit der Aufschrift Nickleby Farm rasten wir so schnell vorbei, dass die Blumenampeln schaukelten.

Das Bauernhaus, in dem der Strickkurs stattfand, war hell erleuchtet.

Noch bevor der Wagen zum Stehen kam, öffnete ich die Beifahrertür. „Du bleibst hier", sagte ich zu Rafe. „Wenn ich dich brauche, rufe ich dich."

„Sei vorsichtig!"

Ich wünschte, ich hätte eine Tasche mit Strickzeug mitgebracht. Die hatte ich nicht, also ging ich mit leeren Händen auf die Haustür zu. Ich versuchte, ruhig und freundlich dreinzuschauen, als ich die Tür des Bauernhauses öffnete. Sie war nicht abgeschlossen.

Sylvia hatte ihre Strickstunde beendet und alle waren am Stricken. Joanna erhob sich und sah erfreut aus, mich zu sehen. „Lucy. Violet sagte, Sie würden heute Abend nicht kommen. Wir freuen uns sehr, dass Sie sich umentschieden haben."

Auch Violet wirkte ziemlich überrascht, mich zu sehen. „Ich war nicht sicher, ob ich es schaffen würde", sagte ich. „Was habe ich verpasst?"

Sylvia warf mir einen misstrauischen Blick zu, sagte aber nichts. Eine der eifrig strickenden Frauen sah auf. Ich erinnerte mich von letzter Woche an sie. Es war die Tratschtante. „Wir haben über die arme Florence Beasley gesprochen. Sie ist heute Abend nicht gekommen. Sie hat es nicht übers Herz gebracht. Die Polizei hat ihn verhört, wissen Sie. Sie glauben, dass er seinen Vater getötet hat. Also, ich sollte wohl Stiefvater sagen."

Zweifellos war Florence Beasley nicht erpicht darauf, diese schlimmen Stunden inmitten von Klatschbasen zu verbringen. Mit klappernden Nadeln strickte die Quasselstrippe weiter. „Wer hätte das gedacht? Wir hatten Robert Beasley immer für einen netten Mann gehalten. Aber Jason Palmer ja auch. Obwohl mir sein Aussehen nie gefallen hat. Ich bin nur froh, sagen zu können, dass ich nie ein Auto von Jason Palmer gekauft habe. Vielleicht hat er seine Frau nicht umgebracht, aber dass er es vor aller Augen mit Nora Betts treibt, wo seine Frau noch nicht unter der Erde ist, das ist wirklich ein Skandal. Einfach skandalös."

Die Tür ging auf, und Joannas Ehemann kam herein. Joanna erhob sich und ging auf ihn zu, als er noch in der Tür stand. „Bill? Was machst du denn hier? Wir haben heute Abend unseren Strickkurs. Das habe ich dir doch sicher gesagt."

Bill Newman sah aus wie ein wohlhabender Rentner. Er trug ein kurzärmeliges Baumwollhemd, eine dunkle Hose und glänzende Lederschuhe. Sein weißes Haar war gut geschnitten und sein Gesicht musste einmal sehr attraktiv gewesen sein. Es war ihm ein wenig peinlich, dass ihn etwa zwanzig Frauen anstarrten, er wirkte verwirrt. Er hielt eine gelbe Plastiktaschenlampe in der Hand. „Ich habe im Haus einen Anruf bekommen. Man sagte mir, du wolltest, dass ich runterkomme." Er gestikulierte mit der Taschenlampe. „Ich dachte, es wäre vielleicht eine Sicherung durchgebrannt." Aber alle Lichter brannten alle einwandfrei. „Wolltest du nicht, dass ich herkomme?"

„Nein."

Ich lachte, hoffentlich überzeugend. „Ach, Mr Newman. Ich hatte mit Ihnen sprechen wollen. Da muss es bei der Übermittlung der Nachricht an Sie einen Fehler gegeben haben. Ich habe nämlich vor, ein Auto von Jason Palmer zu kaufen. Aber bei allem, was hier los ist, hätte ich gerne Ihre Zusicherung, dass Sie den Kredit nicht einfordern, bevor ich mein Auto habe."

Der Mann wirkte ziemlich verblüfft. „Vielleicht möchten Sie mit zum Haus kommen. Wir wollen doch den Unterricht nicht stören."

Zu spät. Alle Ohren waren bereits auf uns gerichtet. „Nein, das ist schon in Ordnung. Jason hat mir alles erzählt. Wie großzügig Sie sich ihm gegenüber verhalten haben. Dass sie ihm Geld geliehen haben, um seine Firma am Leben zu erhalten, als die Banken ihm kein Geld mehr leihen wollten. Es war sehr großzügig von Ihnen, ihm zu helfen."

Der Mann schaute nervös zu seiner Frau und dann wieder zu mir. „Das war reine Nachbarschaftshilfe. Ich bin sicher, er hätte es nicht gern, dass wir so über ihn reden."

Jason hätte es vielleicht nicht gefallen, dass über ihn geredet wurde, aber ich konnte mir vorstellen, dass die meisten der anwesenden Frauen wirklich scharf darauf waren, alles zu hören. Keine einzige Stricknadel bewegte sich mehr, alle waren sie ganz Ohr.

Ich sagte: „Wenn Jason ins Gefängnis geht, muss er Konkurs anmelden, und Sie bekommen ihr Geld niemals zurück. In Ihrem Alter wäre das schwer zu verschmerzen. Sie können ja nicht einfach mehr Geld verdienen."

Er kam tiefer in den Raum hinein. „Wir hoffen sehr, dass er nicht verhaftet wird. Ich bin sicher, dass er niemanden etwas zuleide tun könnte. Aber ich habe nicht ihm das Geld geliehen. Ich habe es für Elizabeth getan." Er sah wirklich traurig aus. „Ich kenne Elizabeth, seit sie klein war. Ich wollte nicht, dass sie ihr Haus verliert und herausfindet, was für ein schlechter Geschäftsmann ihr Mann ist, und das ausgerechnet dieses Jahr, wo sie ihre Silberhochzeit feiern wollten. Es war nur ein vorübergehendes Darlehen, um die Durststrecke zu überbrücken. Er hat mir versprochen, dass alles besser werden würde."

„Aber es wurde nicht besser, nicht wahr? Er stand vor dem Untergang und hätte sie mit hinuntergezogen."

Joanna hatte wie betäubt dagestanden, doch plötzlich erwachte sie zum Leben, wie eine Marionette, deren Spieler wieder an den Fäden zog. „Lucy. Bitte. Dies ist ein Strickkurs.

Wenn Sie nichts zu stricken haben, sollten Sie vielleicht gehen."

Ihr supernettes Auftreten geriet ins Wanken, und zwar gewaltig. Ich sah sie an. „Und ich dachte, Sie hätten es im Sinne der guten Nachbarschaft getan, als Sie sich auf Noras Seite gestellt haben, um Jason zu verteidigen. Dass sie die Frauen hier versammelt haben, um seine Unschuld zu beweisen. Aber Sie wussten, dass Jason Elizabeth nicht getötet hat, nicht wahr? Und wenn er wegen des Mordes an ihr verurteilt würde, bekäme er die Million Pfund Lebensversicherung nicht. Und wenn er das Geld von der Versicherung nicht bekäme, würde auch der Kredit nicht zurückgezahlt. Das Darlehen, das Ihr großzügiger Mann ihm dummerweise gewährt hatte."

Sie presste die Lippen fest aufeinander, als ob sie einen Wortschwall zurückhalten müsste. „Das ist lächerlich. Und extrem unhöflich. Ich glaube, wir müssen diese Sitzung vorzeitig beenden. Es tut mir sehr leid, allerseits."

Niemand rührte sich vom Fleck. Die klatschsüchtige Frau schaute uns entgeistert an. „Wollen Sie damit etwa sagen, dass Bill etwas mit Elizabeths Tod zu tun hat?"

Er schien völlig verblüfft zu sein. „Ich habe am Pastetenstand geholfen. Ich wusste nicht einmal, dass sie tot war, bis jemand von der Band kam und es uns sagte."

„Und außerdem sind Sie ja nicht der Bogenschütze in der Familie, oder?"

Er schüttelte den Kopf. „Nein. Meine Augen sind nicht gut genug."

Ich holte die Broschüre für Unternehmensevents aus meiner Tasche, schlug sie auf und wies auf die entsprechende Stelle. „Aber hier auf der Nickleby Farm bieten Sie

Bogenschießen an, zusammen mit anderen Aktivitäten wie Reiten, Golf und Krocket."

Der arme Mann sah aus, als müsste er sich hinsetzen. Er sagte: „Ich gehe mit den Leuten Angeln und Golfen."

Joanna sah verzweifelt aus. „Halt die Klappe, du Idiot. Geh wieder nach Hause. Ich bin gleich da."

Wir starrten sie alle schockiert an. Die schöne, gutmütige Frau schrie ihren Mann an. Er schien allerdings nicht geschockt. Er sah aus, als sei er daran gewöhnt.

„Lucy, worauf willst du hinaus?", fragte Sylvia. „Glaubst du, dass Joanna und ihr Mann etwas mit dem Tod von Elizabeth zu tun haben?"

Ich blickte zu Joanna. „Ich glaube, Joanna hat sehr viel damit zu tun. Sie unterrichten Bogenschießen, so steht es in Ihrer Unternehmensbroschüre. Es wäre ein Leichtes für Sie gewesen, sich in den Rathaussaal zu schleichen und dort zu warten. Alle waren auf dem Dorffest. Sie konnten sich Zeit lassen und warten, bis Elizabeth in ihrer Schusslinie stand. Wer hätte Sie schon verdächtigen sollen? Ihr Mann hatte eine Affäre. Ihre beste Freundin wollte sie aus dem Weg räumen, um Jason heiraten zu können. Selbst Noras Ehemann hatte ein plausibles Motiv. Sie waren die Erste, die mir gesagt hat, er würde für seine Frau alles tun. Sie haben mir suggeriert, er hätte Elizabeth womöglich getötet, damit Nora und Jason glücklich zusammen sein könnten. Das war clever von Ihnen."

„Ich weiß nicht, was Sie geraucht haben, aber ich lasse es nicht zu, dass jemand in mein Haus kommt und mich oder meinen Mann beleidigt. Ich fordere Sie nochmals auf zu gehen."

Ich schaute zu den anderen Frauen, die hier versammelt

waren. „Wollen Sie auch, dass ich gehe? Oder sind Sie der Meinung, dass wir noch weitere Fakten klären sollten?"

Joannas Hand zitterte. Sie hatte sich kaum unter Kontrolle. „Wenn Sie hier nicht verschwinden, rufe ich die Polizei."

Ich lachte. „Die Idee halte ich für ausgezeichnet."

Sie hätte mir fast mit der Faust gedroht. „Es war Robert Beasley. Die Polizei hat ihn verhaftet, Sie dumme Kuh."

„Und kam Ihnen das nicht gerade recht?", fragte ich erstaunt. „Als Sie Elizabeth getötet haben, hatten Sie keine Ahnung, dass sie ein Beweisstück bei sich trug, das Robert Beasley nicht nur mit ihrem Tod, sondern auch mit dem seines Vaters in Verbindung brachten. Das hat mich schließlich zu Ihnen geführt. Ich habe versucht, eine Verbindung zwischen Robert Beasley und Elizabeth herzustellen, und so habe ich herausgefunden, dass seine Familie einmal all dieses Land hier besessen hat. Einschließlich dieser Farm."

„Na und? Wenn Sie Engländerin wären, wüssten Sie, dass Landpacht hierzulande üblich ist."

„Ich habe in letzter Zeit einiges über das Pachtwesen gelernt. Sie haben sich in Moreton-Under-Wychwood zur Ruhe gesetzt, mit all Ihren großen Plänen, dieses Zentrum für Unternehmensevents einzurichten. Das war Ihr Ruhestandsgeschäft, Ihre letzte Chance, etwas Geld zu verdienen, aber Sie brauchten die Erlaubnis von Grayson Timmins, um einen Swimmingpool auszuheben, alte Bäume zu fällen und Anbauten zu errichten. Und der Verpächter verweigerte Ihnen die Genehmigung."

„Das ist doch lächerlich."

„Robert Beasley hat mir selbst gesagt, dass sein Stiefvater im Dorf alles so halten wollte, wie es war. Er wollte keine neuen Firmen am Ort und wahrscheinlich war ihm auch die Vorstellung, dass hier Unternehmensevents stattfinden sollten, ein Graus. Warum haben Sie ihn an jenem Tag aufgesucht? Haben Sie gehofft, ihn überreden zu können, dass er Ihnen Ihren Willen ließ? Haben Sie ihn angefleht? Weil Sie das Geld brauchten, oder? Auch damals schon? Ihr Mann war schon immer zu großzügig. Ohne diese Firma wären Sie in Schwierigkeiten geraten."

„Bill, kannst du denn gar nichts tun?"

Aber er saß still da und beobachtete mich.

„Ich glaube, Sie waren bei Grayson Timmins, um zum letzten Mal zu versuchen, ihn umzustimmen. Hatten Sie vorgehabt, ihn zu töten? Oder haben Sie im Affekt gehandelt? Haben Sie in blindem Zorn gehandelt, als Sie den schweren Kerzenständer nahmen und ihm damit auf den Kopf schlugen?"

„Seien Sie still!" Nun zeigte sie uns allen, wie sie in blindem Zorn aussah.

„Als Sie ihn getötet hatten, sind sie nicht in Panik geraten. Sie haben ein paar Wertsachen gestohlen, weil es wie ein Einbruch aussehen sollte."

Jetzt schnappte sie nach Luft wie ein Fisch. „Ich war es nicht. Es war Robert Beasley. Fragen Sie die Polizei."

„Robert Beasley hat Sie gerettet. Nach dem Tod von Grayson Timmins haben seine Witwe und sein siebzehnjähriger Sohn das Geschäft übernommen. Eine neue Ära brach an. Die beiden waren gerne bereit, Ihnen das Land zu einem günstigen Preis zu verkaufen. Und eine Zeit lang war alles in Ordnung. Die Geschäfte liefen gut, und da Ihr Mann nicht mehr in London war, dachten Sie, er würde nicht mehr so leichtsinnig mit Geld umgehen. Bis Sie herausfanden, dass

Ihr Mann Jason Palmer ein privates Darlehen gegeben hatte. Jason stand kurz vor dem Bankrott und er hätte Sie mit in den Abgrund gerissen."

„Das ist nicht wahr."

„Bis Sie von der Lebensversicherung über eine Million Pfund erfuhren. Die arme Elizabeth wusste nicht, wie ihr geschah."

„Das ist doch völliger Unsinn. Das ist eine Fantasiegeschichte, die Sie sich da ausgedacht haben. Sie haben nicht den geringsten Beweis, weil es keine Beweise gibt."

Das war mein wunder Punkt. Ich hatte gehofft, wenn ich sie vor all diesen Frauen beschuldigte, könnte ich sie zu einem Geständnis bewegen. Aber eine Frau, die ohne mit der Wimper zu zucken eine Nachbarin ermordete, ließ sich nicht so leicht aus der Ruhe bringen.

„Joanna?", sagte Bill Newman schließlich. „Ist das wahr? Hast du Elizabeth wegen des Geldes umgebracht?"

„Natürlich nicht."

Er stieß einen tiefen Seufzer aus. „Aber du hast Grayson Timmins getötet."

„Was?" Jetzt wandte sie sich ihm zu, mit mörderischem Blick.

Er trat einen Schritt zurück, fuhr aber fort: „Ich habe es immer gewusst. Ich wollte dich nie damit konfrontieren, weil ich dich liebte, verstehst du? Vielleicht hatte Grayson Timmins unrecht damit, dieses Dorf im finsteren Mittelalter belassen zu wollen. Ich wusste, dass du am Tag, als er starb, bei ihm gewesen bist, aber ich habe immer geglaubt, dass es ein Unfall war und dass es dir leid täte. Es ist nie wieder passiert, also habe ich mir eingeredet, es sei ein einmaliger Fehltritt gewesen." Er schüttelte den Kopf. „Aber der Mord an Elizabeth Palmer war beabsichtigt. Das war grausam."

Sie stieß einen Schrei aus. „Du bist genauso verrückt wie sie."

Erneut schüttelte er den Kopf. „Ich weiß, wo sie die Sachen versteckt hat, die sie von Mr Timmins gestohlen hat. Seit dreißig Jahren weiß ich das. Ich kann nicht beweisen, dass meine Frau Elizabeth Palmer ermordet hat, aber ich kann Ihnen den Beweis liefern, dass sie Grayson Timmins ermordet hat."

Joanna war schnell, das muss ich ihr lassen. Sie flog zur Tür und schob ihren Mann aus dem Weg, zweifellos in der Absicht, die Beweise loszuwerden. Ich war so überrumpelt, dass sie bereits aus der Tür war, bevor ich meine Füße in Bewegung setzen konnte. Sylvia überholte mich, aber Joanna hatte die Tür schon geöffnet und rannte hinaus. Sie stieß einen Schrei aus, als sie gegen Rafe prallte. Er packte sie am Arm und zerrte die sich wehrende Frau ins Haus zurück. Er sah mich an und nickte kurz. „Ich nehme an, die Versammlung ist noch nicht zu Ende."

Sylvia sagte: „Ich denke, es sollte jemand die Polizei rufen."

„Ich habe mir bereits erlaubt, das zu tun", sagte Rafe.

KAPITEL 28

Der einundzwanzigste Juni war so sonnig und hell, wie es sich für den längsten Tag des Jahres gehörte. Es war ein Freitagmorgen, und Violet, die jetzt glücklicherweise wieder in ihrem eigenen Haus wohnte, kam frühmorgens vorbei und brachte mir Kaffee und Muffins, auf einem stand eine Geburtstagskerze. „Kein Wunder", sagte sie, „dass du eine so mächtige Hexe bist, wenn dein Geburtstag auf die Sommersonnenwende fällt."

„Ich fand es schon immer toll, meinen Geburtstag am längsten Tag des Jahres feiern zu dürfen. So kann ich ihn länger genießen."

„Ich hoffe, es macht dir nichts aus, heute Abend mit unseren Großmüttern zu Abend zu essen. Ich dachte, wir könnten danach ins Pub gehen und uns mit ein paar Freundinnen treffen, um deinen achtundzwanzigsten Geburtstag gebührend zu feiern."

Ihr Ton war viel zu unverbindlich. Ich wusste, dass mehr geplant war als ein einfaches Abendessen im Familienkreis. Die Vampire benahmen sich die ganze Zeit schon sehr geheimnisvoll und schienen ihre Vorfreude zu unterdrücken. Wenn ich einen Raum betrat, brachen alle Gespräche sofort ab. Sie mochten übermenschliche Kräfte haben, aber was die Planung von Überraschungspartys anging, versagten sie kläglich. Trotzdem spielte ich mit, weil es so lieb war, dass sie mir eine Freude machen wollten.

„Das wäre großartig." Ich hatte hier in Oxford Freunde gefunden. Es war schön zu wissen, dass ich genug Leute für eine Party kannte.

Am späten Vormittag kam Ian Chisholm in den Laden und sagte mit verlegener Miene: „Alles Gute zum Geburtstag, Lucy." Er reichte mir eine Karte, auf der stand: „Alles Gute zum Geburtstag für eine sehr gute Freundin. Alles Liebe, Ian." Ob wir wohl jemals wieder richtige Freunde werden konnten, nachdem wir kurz miteinander gegangen waren? Ich beschloss, mich zu einem späteren Zeitpunkt mit dieser Frage zu befassen. Heute sollte es nur um mich gehen. Trotzdem fragte ich ihn, wie das Verfahren gegen Joanna Newman stand.

„Ich bezeichne niemals einen Fall als hieb- und stichfest, aber dieser hier kommt dem sehr nahe", sagte er zufrieden. „Ihre Fingerabdrücke waren überall auf den Gegenständen, die Grayson Timmins am Tag seiner Ermordung gestohlen wurden. Sie hatte alles in einem alten Schuppen auf der Nickleby Farm versteckt. In einem alten Sack mit Pferdefutter. Sie des Mordes an Elizabeth Palmer zu überführen, ist schwieriger, aber ihr Bogen passt als Mordwaffe, und sie benutzt dieselben Pfeile wie die, mit denen Elizabeth getötet wurde."

„Gut. Es ist an der Zeit, dass sie für ihre Taten bezahlt."

Von den Vampiren sah an diesem Tag nicht allzu viel. Ich

nahm an, dass sie alle schliefen. Violet hatte ein Abendessen mit uns beiden, Scarlett und Polly arrangiert. Granny durfte sich nicht in der Öffentlichkeit sehen lassen, aber sie wollte später in die Wohnung kommen, um sich von meinem Abend erzählen zu lassen und ein Glas Sherry mit mir zu trinken. Ich bemerkte, dass Violet immer wieder auf ihre Uhr schaute. Wenn sie dachte, ich würde nicht hinsehen, schaute sie auch immer wieder auf ihr Handy und schrieb SMS. Natürlich tat ich so, als würde ich nichts bemerken. Wie immer schlossen wir den Laden um fünf, und dann sagte sie: „Darf ich zu dir hochkommen, um mich umzuziehen?"

„In Ordnung."

Sie nahm einen Kleidersack mit nach oben, und ich war überrascht, wie schick ihr blaues Kleid war. Sie sagte: „Ich dachte, es wäre schön, wenn wir uns schick machen. Um zu feiern, dass du mein Dorf für Hexen wieder sicher gemacht hast, gehen wir in ein sehr schönes Restaurant."

„In Ordnung." Ich spürte ihre unterdrückte Aufregung und ließ mich davon anstecken. Also holte ich ein rosaweißes trägerloses Kleid und hochhackige rosa Sandalen aus dem Schrank. Für den Fall, dass es kühl werden sollte, legte ich mir den weißen Pashminaschal um die Schultern, den ich seit dem Dorffest nicht mehr getragen hatte. Mit meiner Frisur und dem Make-up gab ich mir besondere Mühe. Als wir beide fertig waren, fragte ich: „Könntest du fahren?"

„Tut mir leid, Lucy. Das würde ich ja, aber mein Auto hatte heute Morgen eine Reifenpanne. Ich musste mich zur Arbeit mitnehmen lassen. Ich hatte gehofft, du könntest fahren."

Ich versuchte, mich nicht zu ärgern. „Vielleicht sollten wir ein Taxi nehmen?"

„Ach, komm schon", schimpfte sie. „Wenn du zu viel trinkst, nehmen wir für die Rückfahrt ein Taxi. Oder ich kann fahren."

„Gut", sagte ich etwas verärgert und schnappte mir ein paar Turnschuhe, mit denen ich fahren konnte. Als wir an der Parklücke ankamen, in die ich Grannys winziges Auto das letzte Mal gezwängt hatte, sah ich dort ein nagelneues Auto stehen. Dasselbe Modell wie bei der Probefahrt, nur war es rot. Leuchtend und glänzend wie eine frische Kirsche. Mir fiel die Kinnlade runter. „Ich verstehe das nicht."

Erst fing Violet an zu lachen, und dann öffneten sich die hinteren Türen des Autos und Granny und Sylvia stiegen aus, kicherten und riefen: „Happy Birthday!" Wir umarmten uns, und ich glaube, ich habe gequiekt. Granny sagte: „Das ist ein Geschenk von uns allen. Rafe hat gesagt, dass dir das Auto gefallen hat, als du damit gefahren bist."

Wer konnte Rafe schon trauen. Aber er hatte recht gehabt.

„Jason Palmer hat uns einen sehr guten Preis gemacht, und er hat versprochen, dass du dein Leben lang Wartung und Ölwechsel gratis bekommst."

Ich streichelte mein neues Auto. Ich war bereits verliebt. „Na ja, immerhin habe ich ihn mit davor bewahrt, für einen Mord ins Gefängnis zu kommen, den er nicht begangen hat."

Sylvia nickte. „Und diese furchtbare Joanna wird bald hinter Gittern sitzen, wo sie schon seit dreißig Jahren hingehört." Sie schüttelte den Kopf. „Ihr armer Ehemann. Ich weiß nicht, ob sich Bill Newman jemals von diesem Schock erholen wird. Er macht sich solche Vorwürfe. Elizabeth mochte er sehr. Deshalb hat er ihrem Mann das Geld geliehen. Wenn er ihm das Darlehen nicht gegeben hätte, wäre sie noch am Leben. Bankrott, aber lebendig. Es geht ihm sehr zu Herzen. Dadurch, dass er seine Frau all die Jahre gedeckt hat, hat er ihr die Möglichkeit gegeben, Elizabeth zu töten."

Ich umarmte die beiden Vampirinnen, und dann stiegen Violet und ich in mein brandneues Auto. Obwohl der Verkehr nicht wie durch ein Wunder auf Rechtsverkehr umstellte, fiel es mir sehr viel leichter, ein Auto mit Automatikgetriebe zu fahren, das so geschmeidig und reaktionsschnell war, dass ich den Eindruck hatte, das Autofahren könnte mir wieder Spaß machen.

Während der Fahrt sagte ich: „Du hattest recht mit deiner Wahrsagerei. Elizabeth ist tatsächlich gestorben. Und ich schätze, jetzt, wo Jason nicht mehr unter Mordverdacht steht, wird er das Geld bekommen und Nora heiraten."

Sie erschauderte. „Ich werde nie wieder wahrsagen." Dann hellte sich ihre Miene auf. „Aber etwas Gutes habe ich doch getan. Erinnerst du dich an die Frau mit dem geringen Selbstwertgefühl, der die Männer die Verabredungen abgesagt haben?"

„Aber natürlich. Sie war überzeugt, du wärest eine böse Hexe."

„Na, dann rate mal, wer sich einen neuen Haarschnitt, eine bessere Lebenseinstellung und einen neuen Verehrer zugelegt hat?"

Ich war so erstaunt, dass ich meinen Blick für eine Sekunde von der Straße löste, um meine Großcousine, die Hexe, anzustarren. „Willst du mich veräppeln? Wen?"

Sie kicherte. „Sie geht in letzter Zeit mit Tony Betts Kaffee trinken."

Ich spürte in meinem Herzen, wie gut die beiden zusammenpassten. „Das ist einfach perfekt. Ich hoffe, sie werden glücklich miteinander."

„Eine schlechtere Partnerin als Nora kann sie gar nicht sein."

Das war also abgehakt.

Ich folgte weiterhin Violets Wegbeschreibung und jetzt wurde mir die Landschaft langsam vertraut. „Moment mal. Wohin fahren wir eigentlich?"

Aber da wusste ich es schon. Wir bogen durch das offene Tor von Rafes Villa ein. Ich hielt vor dem Haus, oder zumindest so nahe dabei wie möglich, angesichts der großen Zahl Autos, die bereits dort standen.

Als wir ausstiegen, hörte ich einen Schrei und erblickte Henri, den Pfau, auf seiner Lieblingsmauer. Als ich zu ihm aufblickte, spreizte er seinen Pfauenschwanz. Ich lachte ihn erfreut an. „Danke, Henri. Ich liebe dich auch."

Die Tür ging auf. William sagte: „Guten Abend, meine Damen. Bitte kommen Sie herein. Alles Gute zum Geburtstag, Lucy."

Rafe und seine Mitarbeiter hatten sich schwer ins Zeug gelegt. Überall hingen rosa und lila Luftballons und draußen fand eine Gartenparty statt. Als ich herumging, wurde mir klar, wie viele Freunde ich hier schon gefunden hatte. Alice und Charlie von Frogg's Books hielten Händchen und sahen so verliebt aus, dass ich jeden Tag mit einer Hochzeitseinladung rechnete.

Einige Theaterschüler vom Cardinal College standen lachend in einer Gruppe zusammen. Ich bekam Geburtstagsglückwünsche und Umarmungen erst von Scarlett und Polly und dann auch von Liam, der den Rest des Abends damit verbrachte, mit meiner Großcousine Violet zu flirten.

Ein paar Hexen tauchten auf, obwohl sie auf dem Weg zur Sonnwendfeier bei den stehenden Steinen waren. Ich war so froh, dass ich eine gute Ausrede hatte, nicht dorthin zu müssen. Margaret Twig wünschte mir alles Gute zum Geburtstag und schaffte es irgendwie, die Worte wie eine vage Drohung klingen zu lassen. Ich glaubte nicht, dass sie gekommen war, um den Jahrestag meiner Geburt zu feiern. Sie war wohl eher hier, weil es kostenlosen Champagner gab.

Einige meiner Lieblingskundinnen waren da und natürlich die meisten Vampire. Rafe hatte ein riesiges Festzelt organisiert, damit niemand in der Sonne stehen musste, der das nicht wollte. Trotzdem zogen es viele der Vampire vor, im Haus zu bleiben. Ich trank Champagner und aß viel zu viel von dem herrlichen Essen.

Rafe war der perfekte Gastgeber, der hier und da Gäste miteinander bekanntmachte oder lachend Kommentare abgab, aber sich nie wirklich in meiner Nähe aufhielt. Nachdem die Sonne untergegangen war, erstrahlte der Garten im Schein der Kerzen und Lichterketten.

Es war eine so klare Nacht, dass ich das Gefühl hatte, jeden Stern am Himmel erkennen zu können. Das Kreischen zeigte mir, dass die Pfauen in der Nähe waren. Bald würden sie sich für die Nacht hinlegen. Rafe hatte einmal gesagt, Henri hätte eine Vorliebe für Steaks. Ich bediente mich am Buffet mit ein paar Scheiben Rindfleisch und schlich mich hinaus, um meinen Freund, den Pfau, zu suchen.

Ich ging zu Henris Lieblingsplatz und erschrak, als ich einen großen, dunklen Schatten an der Wand stehen sah. Dann wurde mir klar, dass Rafe mit der gleichen Absicht gekommen war. „Kein Wunder, dass Henri so dick ist", schimpfte ich. „Du fütterst ihn ständig."

„Und was machst du hier draußen mit dieser Serviette in der Hand?" Seine Stimme klang tief und sexy.

Ich gluckste. „Ertappt."

Als Henri Stimmen hörte, kam er herangewatschelt, als hätten wir die Essensglocke geläutet. Zwei weitere Pfauenhähne und eine der Hennen kamen auf uns zu. Ich legte das mitgebrachte Essen ab, dann holte Rafe ein Taschentuch hervor und bot es mir an, damit ich mir die Hände abwischen konnte.

Er blieb neben mir stehen wir schauten beide zu den Sternen hinauf. „Wie fühlt es sich an, achtundzwanzig zu sein?"

Ich dachte über seine Frage nach. „So, als sollte ich erwachsen sein. Als ob ich mittlerweile mehr wissen sollte."

Er legte einen Arm um meine Schultern, und wir standen da und sahen den Pfauen bei ihrem improvisierten Festmahl zu. „Es ist noch genug Zeit, um alles zu wissen."

„Was hast du an deinem achtundzwanzigsten Geburtstag gemacht?" Normalerweise redete er nicht allzu viel über seine Vergangenheit, aber da ich Geburtstag hatte, dachte ich, er könnte mir einmal den Gefallen tun. Er schien in seine Vergangenheit zurückzublicken, und die lag sehr weit zurück. „Das war das Jahr, in dem Königin Elisabeth gekrönt wurde." Er sah mich an. „Elisabeth I., meine ich natürlich. Ich habe viele Jahre in ihrem Dienst verbracht."

„Mann, du bist wirklich alt."

Er sah auf mich herab. „Alt genug, um zu wissen, wann du mich provozieren willst."

Ich lehnte mich an ihn. „Danke für das schöne Auto. Ich weiß, dass es deine Idee war."

Er leugnete es nicht. „Ich möchte, dass du in Sicherheit

bist. Ich war mir sicher, dass die alte Schrottkiste deiner Großmutter dich irgendwann einmal im Stich gelassen hätte."

„Willst du eine Runde mitfahren?"

„Wie, jetzt gleich?"

„Es ist ein schöner Abend für eine Fahrt."

„Und meine Gäste zurücklassen?"

„Rafe, du hast hervorragendes Personal. Wir werden nicht lange weg sein."

„Wohin fahren wir?"

„Zu den stehenden Steinen."

„Ich dachte, du hättest diesen Hexentreffen abgeschworen."

Das dachte ich eigentlich auch. „Jetzt, wo ich erwachsen bin, sollte ich diese Hexensache ernster nehmen."

Wir gingen zu meinem neuen Auto, und er sagte: „Du bist mächtiger, als du denkst." Und dann, so leise, dass ich so tun konnte, als hätte ich ihn nicht gehört, sagte er: „Du hast mich wirklich verhext."

Danke, dass Sie das Buch gelesen haben. Ich hoffe, Sie hatten Spaß mit Lucys neuestem Abenteuer. Werfen Sie hier gleich noch einen Blick in den nächsten Krimi, *Schwindelei und Spitze.*

Eine Nachricht von Nancy

Liebe Leser und Leserinnen,

Vielen Dank, dass Sie die Serie der Strickclub der Vampire lesen. Ich freue mich sehr über die Begeisterung, die diese Serie hervorruft. Ich habe vor, noch viele Geschichten über Lucy und ihre bestrickenden Vampire folgen zu lassen.

Über Rezensionen freue ich mich immer, und vergessen Sie nicht, anderen Liebhabern von Häkel- und Strickkrimis von dieser Serie zu erzählen.

Sie können Ihre Rezension auf Amazon hinterlassen.

Ihre Beiträge sind die Wolle, mit der ich diese Geschichten stricke.

Bis zum nächsten Mal.
Viel Spaß beim Lesen,

Nancy

BÜCHER VON NANCY WARREN

Erfahren Sie mehr über neue Ausgaben und Sonderangebote in Nancy's Newsletter (auf Englisch) bei NancyWarrenAuthor.com oder folgen Sie ihr auf Facebook auf facebook.com/nancywarrenDeutsche

~

Der Strickclub der Vampire

Verwirrung und Verrat - ein kostenloses Prequel für die Abonnenten von Nancys Newsletter

Der Strickclub der Vampire - Band 1

Maschen und Magie - Band 2

Häkelei und Hexenkessel - Band 3

Zwirn und Zauber - Band 4

Lieblingspullis und Liebestränke - Band 5

Weissagung und Wollpullover - Band 6

Schwindelei und Spitze - Band 7

Bommelmützen und Besenstiele - Band 8

Poltergeist und Popcornmuster - Band 9

Gargoyles und Geheimbünde - Band 10

Dolch und Diamanten - Band 11

Flüche und Fischgrätmuster - Band 12

Der Strickclub der Vampire: Band 1-3

Das Verwunschene Brautkleid

Eine Serie aus fünf romantischen Komödien über Frauen, die auf der Suche nach dem richtigen Kleid, den dazu passenden Schuhen und dem perfekten Mann sind.

Die Flucht der Braut - Buch 1

Die Braut aus Zweiter Hand - Buch 2

Brautjungfer zu mieten - Buch 3

Ein Brautkleid zum Verlieben - Buch 4

Wenn das Kleid passt - Buch 5

Die Oma

Das Jahr, in dem die Weihnachtsoma das Weite suchte

Um eine vollständige Liste ihrer Bücher zu sehen, gehen Sie auf Nancys Website NancyWarrenAuthor.com

ÜBER DIE AUTORIN

Nancy Warren ist eine USA Today Bestseller-Autorin und hat mehr als 100 Romane verfasst. Sie stammt ursprünglich aus Vancouver, Kanada, zieht jedoch gerne um und hat längere Zeit in England, Italien und Kalifornien gewohnt. Die Inspiration zur Strickrunde der Vampire kam ihr während ihrer Zeit in Oxford. Gegenwärtig lebt sie teils in Großbritannien, in Bath, wo sie oft so tut, als sei sie Jane Austen, oder zumindest eine von deren Romanfiguren, und teils in Victoria, Britisch-Kolumbien, wo sie es genießt, am Meer zu leben. Zu ihren Lieblingsmomenten zählen die Tage, als sie die Antwort in einem Kreuzworträtsel der kanadischen Zeitung National Post war, als sie es mit ihrem Roman Speed Dating, dem Auftakt zur Buchreihe Harlequin's NASCAR, auf das Titelblatt der New York Times schaffte, und die drei Male, als sie für den RITA-Award, den bedeutenden Preis für englischsprachige Liebesromane, nominiert wurde. Sie hat einen MA in kreativem Schreiben von der Bath Spa University. Sie ist eine begeisterte Wanderin, liebt Schokolade und vor allem liebt sie es, von ihren Lesern zu hören!

Die beste Weise, mit ihr in Kontakt zu bleiben, ist, sich über NancyWarrenAuthor.com für Nancys Newsletter anzumelden (auf Englisch).

Mehr über Nancy und ihre Bücher erfahren Sie hier:
NancyWarrenAuthor.com

- facebook.com/nancywarrenDeutsche
- instagram.com/nancywarrenauthor
- amazon.com/Nancy-Warren/e/B001H6NM5Q
- goodreads.com/nancywarren
- bookbub.com/authors/nancy-warren